KB262324

한국 고전소설의
구조와 의미

한국 고전소설의 구조와 의미

경일남 著

도서출판 역락

책 머리에

한 때는 글을 쓰고자 했던 적도 있었다. 아마 어려서 멋도 모르고 백일장에 나가 몇 번 조그만 상을 탄 것이 그 계기였던가 보다. 그래서 오죽잖은 습작품 몇 개를 만들어 보기도 했었다. 그러던 꿈은 대학에 들어오면서 문학을 공부하는 쪽으로 방향 전환을 하게 됐다. 나의 재주로 볼 때 그 선택은 잘한 듯 싶다.

고전소설을 읽으면 향토흙 내음이 난다. 그래서인지 고전소설 작품을 읽는 동안은 마치 시골 고향집에 있는 듯한 착각 속에 빠져들곤 한다. 고전소설은 나에게 항상 포근함과 향수를 주는 그런 존재다.

고전소설을 공부하면서 '고전소설을 어떻게 읽을 것인가?' 라는 질문을 항상 던지곤 했다. 이 책에서는 그 질문을 '고전소설은 무엇을 말하고 있는가?'로 바꾸어 보았다. 그리고 그 질문의 해답을 고전소설의 구조에서 찾아보고자 했다. 고전소설의 작가가 작품의 구조 속에 어떤 메시지를 담고 있는가를 밝혀보고자 하는 것이 이 책의 의도다. 이 책 속에서는 그동안 발표했던 몇 편의 논문을 모아서, 그것들의 일부는 수정·보완하고, 또 일부는 재편집하기도 했다. 그러나 이 논문들이 발표된 이후에 나온 학계의 업적들은 미처 수용하지 못했다.

많이 부족한 책이지만 이 책은 제일 먼저 은사이신 사재동 선생님께 보여 드리고 싶다. 학자가 갖추어야 할 성실함과 진지함을 일깨워주신 선생님께 깊은 감사를 드린다. 그리고 자식 잘되는 것을 낙으로 알고 사시는 부모님께도 이 책을 보여 드리겠다. 이 책을 보고 기뻐하시는 모습을 보면 내 마음도 괜히 기뻐질 것 같다. 또 멋없는 남편과 사는 아내에게 이 기회에 고마움을 표하고 싶고, 잘 커가고 있는 두 딸의 책꽂이에 이 책을 꽂아주겠다.

끝으로 어려운 출판 상황임에도 불구하고 출판을 맡아준 이대현 사장님과 도서출판 역락 여러분께도 감사를 드린다.

2002년 12월
경일남

「부설전」의 인물 대립 의미와 작가의식

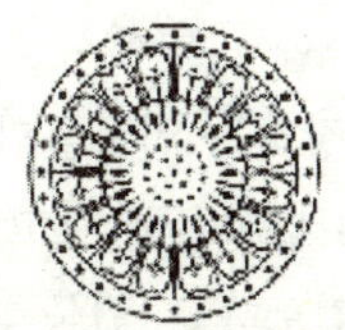

1. 머리말

　「부설전(浮雪傳)」은 월명암(月明庵)을 창건한 자로 알려진 부설거사(浮雪居士)[1]의 일대기(一代記)를 그린 작품으로 한국서사문학사에서 중시할 만하다. 일찍이 김태준은 이 작품이 소설적 체재를 상당히 갖추고 있다고 지적하여[2] 「부설전」에 대한 학계의 관심을 이끌어 냈다. 이러한 논의는 이후 황패강[3], 차용주[4], 김승호[5] 등에 의해 더욱 심화되면서 이 작품의 소설적 실상이 구체적으로 검토되기에 이르렀다.

　이러한 그간의 논의를 통해 「부설전」의 소설적 면모가 크게 부각된 것

---

1) 월명암은 전북 부안군에 위치한 사찰로 선운사의 말사(末寺)다. 이 사찰은 신라 신문왕대(神文王代 681년~691년)에 부설(浮雪)에 의해 창건된 것으로 전해지고 있다.

2) 김태준, 『조선소설사』, 학예사, 1939, 42면.

3) 황패강, 「부설전 연구」, 『신라불교설화연구』, 일지사, 1975, 364~396면.
　　────, 「불교전기・불교설화의 전개 과정과 고소설」, 『고소설사의 제문제』, 성오 소재영교수 환력기념논총 간행위원회, 집문당, 1993, 433~449면.

4) 차용주, 『한국한문소설사』, 아세아문화사, 1989, 93~96면.

5) 김승호, 「고려 승전의 서술방식 연구」, 동국대 대학원 박사논문, 1990, 129~141면.

은 사실이라 하겠다.[6] 그러나 아직도 이 작품은 학계의 주목을 제대로 받고 있지 못하며, 따라서 이 작품에 대한 연구도 아직은 미미한 단계에 머물고 있는 것이 사실이다. 이러한 점에서 「부설전」에 대한 연구는 앞으로 보다 본격적으로, 그리고 다양한 방면에서 시도될 필요가 있다 하겠다.

이에 본고는 「부설전」에 등장하는 인물들의 대립 양상에 주목하여 여기에 담긴 의미가 무엇인지에 대해 고찰해 보고자 한다. 이를 위해 본고에서는 우선 인물 대립의 양상을 검토하고, 인물 대립에 내포된 의미를 구명하며, 이를 바탕으로 인물 대립에 담긴 작가의식을 분석해 보기로 한다.

이러한 논의가 「부설전」의 인물 대립이 지닌 본질적인 의미와 작품의 주제의식을 살피는 데 도움이 되리라 기대한다. 본고에서 활용한 자료는 월명암(月明庵) 소장의 한문 필사본 「부설전(浮雪傳)」이다.[7]

2. 인물 대립의 양상

1) 작품의 순차 구조

「부설전」은 주인공 부설(浮雪)이 출가(出家)하여 득도(得道)하고 열반(涅槃)

---

6) 「부설전」에 대한 실질적인 연구는 황패강에 의해 처음으로 시도되었다 하겠는데, 그는 구체적인 작품 분석을 통해 「부설전」이 본격적인 소설 작품임을 밝힌 바 있다. 이러한 논의는 이후 차용주·김승호로 이어졌고, 이들 역시 「부설전」을 극적 흥미와 유기적인 구성을 갖춘 소설 작품으로 검토하였다.

7) 본고에서 활용한 월명암 소장의 「부설전」은 월명암에서 발행한 영인본(月明庵, 『浮雪傳』, 文友堂印刷所, 佛紀 2531)을 자료로 삼았으며, 번역문 역시 이 자료집에서 인용하였다. (이하의 「부설전」 원문과 번역문은 이 자료집의 인용 면수 만을 밝히기로 함.) 「부설전」 관련 자료는 이외에도 海日의 『暎虛集』에 수록된 「浮雪傳」, 李能和의 『조선불교통사』(경희출판사, 1968)에 수록된 「浮雪功熟水懸空中」, 馬鳴의 『한국불교사화』(경서원, 1965)에 수록된 「浮雪居士의 蓄妻成道」 등이 있다.

에 이르는 일련의 과정을 서사화한 작품이다. 이러한 부설의 일대기 속에
는 많은 부수적 인물들이 등장한다. 이러한 부수적 인물들 중 특히 주목
시 되는 등장 인물은 영조(靈照)와 영희(靈熙)다. 영조와 영희는 주인공 부
설과 함께 서사 사건을 이끌어 가는 주요한 보조 인물들로서, 이들은 부
설과 대립적 관계를 맺고 있다. 「부설전」은 이 같은 인물 대립 속에 작품
이해를 위한 중요한 정보들을 담고 있다.

　다음에서는 이러한 인물 대립의 구체적인 양상과 그 의미를 검토하기
위해, 우선 「부설전」의 서사 내용을 시간적 순차에 따라 요약·정리해 보
기로 한다.

① 신라 진덕여왕(眞德女王) 즉위 초[8], 경주 남내(南內)의 향아(香兒)라는 곳에서
　진광세(陳光世)가 태어나다.
② 그는 어려서부터 영특하고, 스님을 좋아하며, 살생을 보면 마음 아파하다.
③ 그는 다섯 살에 불국사(佛國寺)에 있는 원정선사(圓淨禪師)의 제자가 되고, 일
　곱 살에는 법문(法門)에 통달하였으며, 법명(法名)을 부설(浮雪)이라고 하다.
④ 부설이 영조(靈照)·영희(靈熙) 두 도반(道伴)과 더불어 구도(求道)의 길을 떠
　나다.
⑤ 세 수도자가 남해(南海)를 거쳐 두류산(頭流山)에서 3년 간 구법·정진하고,
　천관산(天冠山)에서 5년 동안 참선하다.
⑥ 그 후 그들은 능가산(陵迦山) 법왕봉(法王峰) 아래 묘적암(妙寂庵)을 짓고 10
　년 동안 수도에 전념하다.
⑦ 이어 부설 일행은 문수도량(文殊道場)인 오대산(五臺山)을 참배하러 가던 중
　두릉(杜陵)이라는 곳에 이르러 독실한 불신자(佛信者)인 구무원(仇無冤)의 집
　에 묵게 되다.
⑧ 부설 일행이 봄비로 그 곳에서 며칠동안 머물게 되다

---

8) 현전하는 「부설전」의 자료 중에는 시대적 배경을 진덕여왕대(眞德女王代)가 아닌 선덕여왕
　대(善德女王代)로 설정해 놓고 있는 경우도 있다. 「浮雪功熟水懸空中」에서는 ‘新羅 善
　德女王 啓祖年初’라 하였고, 「浮雪居士의 蓄妻成道」에서도 ‘신라 선덕여왕 때’로 기재되
　어 있다.

⑨ 부설이 구무원에게 설법하는 것을 들은 그의 딸 묘화(妙花)가 죽기를 한하고 부설과 부부가 되길 간청하다.

⑩ 구무원의 부부도 딸 묘화를 제도(濟度)해 줄 것을 부설에게 간곡히 청하다.

⑪ 부설이 묘화와 구무원 부부의 청을 거절치 못하고, 자비심(慈悲心)에서 혼인을 승낙하다.

⑫ 영조·영희 두 수도자는 오대산으로 구도의 길을 떠나고, 부설은 두릉에 남게 되다.

⑬ 부설이 두릉에서 15년 동안 수도·정진하면서 중생을 교화하다.

⑭ 부설과 묘화 사이에서 아들 등운(登雲)과 딸 월명(月明)이 태어나다.

⑮ 부설이 두릉의 선비들과 교유하다.

⑯ 부설이 5년을 기약하고 수행하여 마침내 원각(圓覺)의 경지에 이르다.

⑰ 영조·영희 두 수도자가 수행을 마치고 부설을 찾아오다.

⑱ 부설이 이들과 공부의 생숙(生熟)을 겨루는 대결을 하여 이기다.

⑲ 부설이 열반게(涅槃偈)를 짓고는 해탈하다.

⑳ 영조와 영희가 부설의 사리(舍利)를 거두어 부도(浮圖)를 세우다.

㉑ 이어 명양(冥陽)의 법회를 베푸니 호남(湖南)의 선비와 서민들이 운집하다.

㉒ 등운과 월명이 삭발하고 꾸준히 수도에 전념하다.

㉓ 때가 되자 월명은 구름을 타고 서천(西天)으로 날아가고, 등운은 시멸(示滅)하다.

㉔ 묘화가 임종하여 부설원(浮雪院)을 세우고, 산문(山門)의 스님들이 등운암(登雲庵)과 월명암(月明庵)을 세우다.

2) 인물 대립의 양상

이상의 순차 구조를 통해 알 수 있듯이, 부설과 영조·영희의 관계는 처음에는 동지적(同志的) 관계에서 출발하고 있다. 다섯 살의 어린 나이에 출가하여 불국사에서 불법(佛法)을 닦던 부설이나 그 곳에서 부설과 더불어 정진하던 영조와 영희는 모두 불교적 덕성을 갖춘 구도심이 강한 사문(沙門)들이다.

> 그들은 모두 인자하고 이해심이 많아 몸가짐을 잘하고, 공손하고 온화한 성품을
> 이루어 마음은 도(道)의 밖에 있지 아니하였고, 행실은 말하기에 앞서 실천하였다.
> 욕심을 적게 하고 탐욕을 그치는 것을 귀히 여기고, 단아히 살면서 세상의 일에 번
> 거롭지 않은 것을 좋아하였다.[9]

따라서 이들은 수도의 반려자로 존재할 뿐, 대립·대결의 관계를 맺고 있지는 않다. 더욱이 이들은 고승대덕(高僧大德)을 찾아 수행하여 득도하겠다는 수도의 목표를 같이 세우고 구도 여행을 동행한 수행의 동지들이었다. 이같은 동지적 관계는 이들이 경주 불국사(佛國寺)를 떠나 남해(南海)를 거쳐 두류산(頭流山)·천관산(天冠山) 등지에서 구법·참선하고, 능가산(陵迦山) 법왕봉(法王峰) 아래에 묘적암(妙寂庵)을 짓고 수도·정진할 때까지 장기간 유지된다.

그러나 세 수도자의 이러한 동지적 관계는 이들이 문수도량(文殊道場)인 오대산(五臺山)을 찾아 구도의 여행을 떠나면서 해체의 과정으로 접어들게 된다. 묘화(妙花)의 혼인 요청은 바로 이들의 동지적 관계를 허무는 계기적(繼起的)인 사건으로 작용한다. 오대산을 찾아가던 부설 일행은 두릉(杜陵)에 들르게 되고, 그 곳에 사는 독실한 불신자인 구무원(仇無寃)의 집에서 하루를 묵게 된다. 그런데 다음날은 새벽부터 봄비가 흠뻑 내려, 세 수도자는 출발은 미루고 그 집에서 며칠 간 더 머물게 된다. 이때 부설은 구무원의 부탁을 받고 그에게 설법을 하게 된다. 그런데 묘화가 이 설법을 듣고는 감화를 받는다. 그리고는 그녀는 죽기를 작정하고 부설과 부부가 되고자 하고, 구무원 부부 역시 딸과의 혼인을 부설에게 간청한다. 이에 부설은 보살의 자비심을 발하여 묘화와 혼인한다.

이렇듯 부설이 묘화와 부부의 연을 맺어 파계(破戒)함으로써, 그와 영조·영희 사이에 맺어졌던 동지적 관계에는 변화가 생기게 된다. 영조와 영희는 부설이 속세의 여인으로 인해 계율(戒律)을 지키지 못하고 애욕의

---

9) 彼皆慈恕立身 恭和成性 心非道外 行在說前 貴寡欲而息求 好端居而簡務者也.(40면)

끈에 묶였다고 책망하면서 오대산으로 향한다. 그러나 부설은 환속하여 세간(世間)에 머물게 된다. 그리하여 영조와 영희는 오대산 문수도량에서 수행을 하고, 부설은 거사(居士)의 모습으로 두릉에서 중생을 교화하며 수도에 힘쓰게 된다. 이처럼 부설과 영조·영희의 동지적 관계는 묘화와 부설의 혼인으로 인해 균열·분리되고, 득도라는 수도의 목표를 누가 달성하느냐라는 점에서 양자는 대립·대결의 관계에 놓이게 되는 것이다.

이와 같은 인물 대립의 절정을 보여주는 사건은 생숙경쟁(生熟競爭)이다. 이 경쟁은 '물병 깨기'라는 대결 양상으로 제시되고 있다. 오대산에서 수행을 마친 영조와 영희가 부설을 찾아와 세 수도자가 한 곳에 모이게 된다. 이 자리에서 부설은 그들에게 수행의 정도를 겨루는 대결을 청한다. 이것이 바로 '물병 깨기'다. 먼저 영조와 영희가 들보 위에 물병을 매달고 그 병을 치자 각각의 병은 깨지고, 병 속의 물은 아래로 쏟아져 내렸다. 그러나 부설의 경우에는 병만 깨지고 물은 들보에 매달린 채 그대로 있었다. 부설이 영조·영희와의 대립에서 우위를 확보한 것이다.

기실 부설과 영조·영희 양자 중에서 득도의 경지에 도달한 수도자는 부설이었다. 그는 이미 영조와 영희가 두릉을 찾아오기 전에 득도의 경지에 올라서 있었던 것이다.

> 어느덧 기약한 지 5년이 되던 해에 빛나는 별처럼 밝게 통하였다. 그러나 다시 남은 찌꺼기를 깨끗이 하니, 거듭 지혜의 봉오리는 높이 솟았다. 이에 화엄(華嚴)의 법계(法界)를 두루 횡행하고 원각(圓覺)의 오묘한 경지에 편안히 앉아서 스스로 자신이 즐길 뿐이며, 남에게는 일체 말하지 아니하였다.10)

이처럼 부설은 수도의 목표를 달성하였을 뿐만 아니라, 나아가 해탈(解脫)·왕생(往生)에까지 이르게 된다. 생숙 경쟁을 통해 영조와 영희에게 수

---

10) 期及五秋 解徹明星 再淨餘塵 重崇智嶽 頓轡於華嚴法界 宴坐於圓覺妙場 只自怡悅 莫能說破(56~57면)

행의 진면목을 깨우쳐 알린 다음 부설은 곧바로 열반상(涅槃相)을 보인다.

> 이 때 하늘에서 상서로운 구름이 자욱이 펼쳐지고, 신선의 아름다운 음악이 허공에 가득히 메아리쳤다. 부설은 단정히 앉아 한 생각에 해탈하는 것을 보이니 향기는 바다의 밖에까지 퍼지고 꽃비는 하늘에서 쏟아졌다. 영조·영희 두 스님이 그 덕을 그려 추모하고 관을 들어 다비(茶毘)하니, 불꽃 속에서 학(鶴)이 춤을 추고, 빗방울은 오색이 영롱한 사리(舍利)의 구슬에 적시었다. 사리를 거두고 보배 병에 넣고서 묘적암(妙寂庵)의 남쪽 기슭에 묻고 부도(浮圖)를 세웠다.11)

이와 같이, 부설은 득도·해탈하여 수도의 궁극적인 목적을 달성하고 있는 것이다. 그러나 이에 반해 영조와 영희는 목표한 득도의 경지에 이르지 못하였던 것이다. 결국 '물병 깨기'라는 생숙 경쟁은 이들 양자간 인물 대립의 우열을 분명히 보여주고 있는 것이다.

이상에서 살펴본 바와 같이, 「부설전」에서 부설과 영조·영희라는 두 유형의 수도자의 대립은 부설의 승리로 귀결된다. 이로써 「부설전」은 부설의 수행이 득도·해탈에 이르는 참된 방편임을 보여준다. 「부설전」의 경우처럼 대립적 관계에 있는 두 수도자가 성도(成道)를 추구하는 과정을 그린 작품으로 『삼국유사(三國遺事)』에 수록된 「남백월이성(南白月二聖) 노힐부득(努肹夫得) 달달박박(怛怛朴朴)」과 「광덕(廣德) 엄장(嚴莊)」을 들 수 있다. 이 두 작품에서 부득(夫得)과 박박(朴朴), 광덕(廣德)과 엄장(嚴莊)의 대립 관계는 부설과 영조·영희의 대립 관계에 견줄 만하다. 이들 역시 성도(成道)의 목표를 세우고 수행하며, 양자의 대립에서 부득과 광덕이 우위(優位)에 선다.

그런데, 「남백월이성 노힐부득 달달박박」과 「광덕 엄장」의 경우에는 대립에서 우위에 있는 부득과 광덕 뿐만 아니라 열위(劣位)에 있는 박박과

---

11) 于時 天雲密布 仙樂盈空 端坐一念 示同蟬蛻 香飛海表 花雨天中 二師 追慕 擧龕 闍維 鶴飄火中 雨滴靈珠 收舍利 入寶瓶 瘞于妙寂南麓 建浮圖(62면)

엄장 역시 선후(先後)의 차이는 있으나 모두 성도에 이른다. 그러나 「부설전」의 인물 대립에서는 부설만이 성도의 목표를 이루고, 영조와 영희는 성도에 이르지 못한다. 이처럼 「남백월이성 노힐부득 달달박박」과 「광덕 엄장」이 2인 성도담적(成道談的) 인물 대립 양상을 보여주는 데 비해[12] 「부설전」은 1인 성도담적 대립 양상을 보여준다는 점에서 양자간의 차이점이 발견되기도 한다.

3. 인물 대립의 의미

1) 형식적 계행의 비판

「부설전」에서 영조와 영희 두 수도자는 계율(戒律)을 중시하면서 엄격한 수행을 하는 지계사문(持戒沙門)이다. 이에 비해 부설은 본래는 이 수도자들과 더불어 수도·정진하던 출가승(出家僧)이었으나, 묘화(妙花)라는 속세의 여인과 혼인하여 세간(世間)에 머물면서 수행한 파계거사(破戒居士)다. 이처럼 부설과 영조·영희의 인물 대립은 파계거사와 지계사문의 대립 양상을 보여준다. 다음에는 이러한 인물 대립 속에 내포된 의미가 무엇인지에 대하여 살펴보기로 한다.

지계사문(持戒沙門)의 면모를 지닌 영조·영희가 보여주는 수행 태도는 계율에 따른 엄격한 청정행(淸淨行)이다. 그들은 일체의 세간사(世間事)와는 초연한 채 오로지 계율을 준수하면서 수행한다. 그들은 불국사를 떠나 두류·천관·능가 등지에서 18여 년 동안 세속과 인연을 끊은 채 수도·정

---

12) 두 수도자가 성불(成佛)을 희구하고, 마침내 그들이 그것을 성취하는 구조를 취한다는 점에서 이 두 작품을 '이인성불담(二人成佛譚)'이라 부르기도 한다.
　　박용식, 「二人成佛譚의 發願과 成就構造」, 『古小說硏究論業』, 다곡 이수봉선생 회갑기념논총 간행위원회, 1988, 561~573면 참조

진한다. 이러한 그들의 탈세속적(脫世俗的)인 계행(戒行)은 이후 20여 년 동안 오대산 문수도량(文殊道場)을 중심으로 이어진다.

이처럼 영조와 영희는 오랜 세월을 계행으로 일관하고 있는 것이다. 이런 점에서 이 두 사문은 계율을 전문적으로 하는 율사(律師)라 일컬을 만하다. 기실 이러한 점은 「부설전」에서 그들이 수도의 도량으로 택한 곳을 계율종조(戒律宗祖)인 자장율사(慈藏律師)에 의해 개창(開創)된 오대산 문수도량으로 설정해 놓고 있다는 사실을 통해서도 짐작되는 바라 하겠다.13)

이와 같이, 영조와 영희가 계행을 견지하고 있음에 반해 부설은 계율을 깨뜨리고 만다. 앞에서 살펴본 대로, 부설 역시 처음에는 영조·영희와 마찬가지로 계행을 즐기던 출가사문(出家沙門)이었다. 그러나 묘화와의 혼인으로 인해 부설은 계율을 어기게 된다.

> 이 날 부설의 설법 소리를 듣고저 문득 슬픔에 복받쳐 슬프게 울음을 그치지 못하는 것이 마치 아란(阿難)의 설법을 듣고서 울었던 마등가(摩登迦)와 같고, 초양왕(楚襄王)과의 이별을 서러워하여 울던 무산(巫山)의 선녀와도 같았다. 부설의 곁에서 가까이 모시면서 조금도 떨어지려 하지 않았다. 그녀는 맹세코 부설을 쫓으려 하였고, 영원히 부부가 되면 죽어도 원이 없거니와 만일 버림을 당하면 이에 맹세코 목숨을 끊어버린다고 다짐을 하였다.14)

위의 인용문이 보여주듯, 부설의 설법을 들은 묘화는 그의 곁을 잠시도 떠나지 않으며 그와 부부의 연을 맺고자 한다. 게다가 묘화의 부모도 부설에게 그녀를 버리지 말고 제도(濟度)해 줄 것을 밤낮으로 간청한다. 이렇듯 죽을 작정을 하고 간청하는 묘화와 그녀 부모의 혼인 요청을 부설은 계율만을 내세워 거절하지 않고 보살(菩薩)의 자비심으로 승낙한다. 이로써 그

---

13) 김무조, 「오대산 설화의 종교적 영험설」, 『신라 불교설화의 원형』, 민족문화, 1993, 301~
338면 참조

14) 是日 聞說法之音 神忽慨然 悲啼莫已 恰似阿難之摩登 襄王之巫神 昵押左右 未嘗
暌離 誓從卽席 永遂于飛 殄身無怨 若見棄去 斯決殞命已矣(47면)

는 환속하여 파계거사(破戒居士)의 모습으로 진세(塵世)에 머물게 된다.

> 한 삼태미로 높은 대를 쌓아 올린 힘이요,
> 구고(九皐)에 날개치는 하 좋은 불연(佛緣)일세.
> 수행을 하는 것은 대나무 쪼개듯이 바로 나가고,
> 득도를 하는 것은 달리는 말에 채찍하듯 이루네.
> 삼생에 쌓인 누를 면하지 못하고서,
> 원씨 집의 인연으로 한 생각이 매였네.
> 언젠가는 엎지러진 물을 다시 담아서,
> 먼 훗날 서로 만나 발걸음을 같이 하세.15)

위의 인용문은 묘화와 혼인하여 환속한 부설을 두릉에 남겨 두고 문수 도량이 있는 오대산으로 떠나며 영희가 그에게 써준 게(偈)다. 영희는 부설이 속세의 여인과 혼인하여 계율을 깨뜨린 것을 '엎지러진 물'에 비유하면서 동행하지 못하게 된 것을 아쉬워한다. 영조 역시 부설에게 써준 게(偈)를 통해 부설이 자비로 묘화의 혼인 요청을 거절하지 못하고 계행을 깨뜨리게 된 것을 아쉬워하며 오대산으로 떠난다.

이처럼 영조와 영희는 계율을 준수하며 수행하고 부설은 계율을 깨뜨린 채 수행하였는데, 득도·왕생의 경지에 도달한 자는 영조와 영희가 아니라 부설이었다. 영조와 영희가 성도(成道)의 경지에 이르지 못한 것은 그들의 수행이 지극히 형식화된 계행의 실천에 머물고 있었기 때문이었다. 그러나 부설의 경우는 비록 그가 계율을 어기고 환속하였지만, 세속 인연에 빠져 타락하지 않고 진실되게 수도에 임했기 때문에 득도(得道)·성불(成佛)의 경지에 이를 수 있었던 것이다.

---

15) 一簣成臺力 九皐翹足緣 修行破竹爾 得道着鞭然 未免三生累 冤家一念懸 他年瓶返水 追後跡相連(50면)

부설선사의 거룩하신 모습은 정말 몸은 비록 진세에 묻혀 있으나, 마음 만은 사물의 밖에 높이 두고 초연히 삼업(三業)을 정밀히 닦고, 육도(六度)를 널리 행하고, 내외 경전을 두루 통하여 말씀은 언제나 전장(典章)을 벗어나지 아니하였다.16)

수도자의 참된 수행은 형식화된 계행에 있은 것이 아니라 이를 초극해야 한다는 사실을 상징적으로 보여주는 사건이 바로 '물병 깨기'라는 생숙 경쟁이다. 그리고 전술한 바와 같이, 이 '물병 깨기'의 대결에서 승리한 자는 계율에 따른 엄격한 청정행을 견지하던 영조·영희가 아닌 부설이었다.

> 부설거사가 말하기를,
> "세 개의 병에 물을 담아 오너라. 공부가 얼마나 익었는지를 시험해 보리라."
> 하고 들보 위에 병을 매달아 놓고 각기 병 하나씩을 치게 하니, 영희·영조의 두 사람은 병과 물이 모두 부서져 쏟아져 내렸다. 부설도 또한 한 병을 치니 병은 부서졌으나 물은 들보에 그대로 매달려 있었다.17)

위의 대목은 부설이 영조·영희와 함께 '물병 깨기' 경쟁을 하고 있는 장면이다. 이 인용문이 보여주듯이, 영조와 영희의 경우는 물병을 깨뜨렸을 때 병과 물이 모두 부서져 쏟아졌다. 그러나 부설의 경우에는 병은 부서져 쏟아졌으되, 물은 그대로 허공에 매달려 있었던 것이다.

여기에서 병이 의미하는 바는 곧 계율이며, 병 안의 물은 진상(眞常)을 가리키는 것으로 보아진다.18) 형식주의적 계율관(戒律觀)에 빠져있는 영조와 영희는 득도(得道)의 경지에 이르지 못해 결코 진상을 구하지 못하였던 것이다. 그러나 계율에 구애받음이 없이 진실한 수행을 한 부설은 이미

---

16) 師之軒昂 身在塵勞 心懸物外 精修三業 廣行六度 解通內外 語涉典章(52～53면)
17) 浮雪云 取三瓶盛水來 試工夫生熟 掛於樑上 各打一瓶 熙照二人 瓶水俱碎 浮雲亦打之 瓶碎水懸(59～60면)
18) 황패강, 앞의 책, 388면 참조

득도의 경지에 도달했기에 진상을 볼 수 있었던 것이다.

생숙 경쟁을 통해 영조·영희에게 자신이 수행의 우위에 있음을 확인시켜 준 부설은 곧 그들을 깨우쳐 준다.

> 눈에 보이는 바가 없으니 분별할 것이 없고,
> 귀에 소리없는 참소식을 들으니 시비가 끊이는구나.
> 분별과 시비를 모두 놓아 버리고,
> 다만 마음의 부처를 보며 스스로 귀의를 하소[19]

위의 인용문은 '물병 깨기'의 생숙 경쟁이 끝난 후, 부설이 영조와 영희 앞에서 읊은 게송(偈頌)이다. '분별(分別)과 시비(是非)에서 벗어나 다만 마음 속의 부처를 보며 스스로 귀의(歸依)하라'는 그의 가르침은 형식적인 계행에서 벗어나지 못하고 있는 영조와 영희에 대한 부설의 설법인 동시에, 올바른 수행 방식이 과연 무엇인지를 「부설전」을 통해 독자에게 말하고 있는 작가의 목소리이기도 한 것이다.

이와 같이, 「부설전」은 파계거사와 지계사문이라는 대립 양상을 통해 형식적인 계행이 성도(成道)의 경지에 이르는 올바른 수행이 아님을 여실히 보여주고 있다. 득도·해탈은 형식화된 계율의 준수로 달성되는 것이 아니라 진실한 수행을 통해 성취된다는 의미가 양자의 대립 속에 함축되어 있는 것이다.

2) 이타적 보살행의 강조

「부설전」에서 부설과 영조·영희는 대승적(大乘的) 수도자와 소승적(小乘的) 수도자란 점에서도 대립한다. 「부설전」은 이러한 인물 대립을 통해

---

19) 目無所見無分別 耳聽無聲絶是非 分別是非都放下 但看心佛自歸依(61~62면)

자리행(自利行)만을 앞세우는 소승적 수행을 비판하고, 중생 구제의 이타적(利他的) 보살행(菩薩行)이 우위에 있음을 부각시키고 있다.

앞서 살펴보았듯이, 영조와 영희는 자리(自利) 위주의 수행에 경도되어 있는 소승적 수도자들이다. 「부설전」에서 그려지고 있는 이들의 승려적 삶은 정각(正覺) 추구로만 점철된 개인적 수행의 삶이다. 이들의 관심은 자신들의 종교적 이상을 달성하고자 하는 데 집중되어 있기 때문에, 이들의 삶 속에서 중생을 구제하고자 하는 이타행(利他行)의 모습을 찾아보기는 어렵다. 이 두 수도자가 두류·천관·능가 등지를 돌며 수도하고, 오대산 문수도량에서 수행한 것은 깨달음을 얻고자 하는 자리행일 뿐, 자신을 희생하여 중생을 구제하고자 하는 대승적 이타행은 아니었던 것이다.

그러나 부설에게서는 대승적 수도자의 면모를 찾아볼 수 있다. 정각을 이루기 위해 영조·영희와 더불어 세속과 인연을 끊고 자리행을 추구하던 부설의 앞에 묘화가 나타나 혼인을 요청한다. 이에 부설은 상구보리(上求菩提)의 자리행(自利行)과 하화중생(下化衆生)의 이타행(利他行) 사이에서 갈등을 겪는다.

> 부설은 뜻을 굽히지 않고 쇠와 돌보다도 더욱 견고하여 애욕 따위에 심취하지 않으니, 어찌 여색(女色)에 미혹(迷惑)할 수 있겠는가. 구무원의 인연 때문에 도(道)에 방해가 된다고 경계를 하여 깊이 두려워하고 있었다. 그러나 또 돌이켜 보살의 자비스러운 뜻을 생각할 때 혼인의 육례(六禮)를 갖추지 않았으나, 죽음을 한한 여인의 한 마디의 맹서의 말이 진실하고 간절하니, 부설은 마치 밀을 씹는 것처럼 맛이 없고, 연꽃이 물에 떠있는 것 같았다.[20]

그러나 부설은 하화중생의 이타행을 중시하여 묘화의 혼인 요청을 받아들인다. 자기의 정각 추구가 잠시나마 희생되더라도 중생 구제의 길을

---

20) 浮雪抗志 金石方堅 未敢爲慾所醉 詎能色塵所迷 深恐冤家 防道之戒 又念菩薩 慈悲之意 六禮未備 一言宜誠 淡無味於嚼蠟 比蓮花之着水(48~49면)

선택하는 부설의 모습은 바로 대승보살(大乘菩薩)의 모습인 것이며, 묘화와의 혼인은 곧 수순중생(隨順衆生)의 보살행이라 하겠다.[21]

이와 같이, 「부설전」은 부설과 영조·영희의 인물 대립을 통해 대승적 수행과 소승적 수행을 대비시켜 놓고 있는 것이다. 그리고 이러한 대립에서 부설을 우위에 위치시킴으로써 영조·영희의 소승적 자리행을 부정하고, 부설의 대승적 이타행을 긍정하고 있다. 이처럼 「부설전」의 인물 대립 속에는 득도·왕생에 이르는 올바른 수행은 자리(自利) 위주의 수행이 아니라 이타적 보살행이라는 의미가 내포되어 있는 것이다.

3) 서민적 교화행의 부각

영조와 영희는 전술한 대로 일찍이 불국사에서 불법을 익혔으며, 그 후 오랜 기간 동안 오대산 문수도량에 정주(定住)하면서 수행한 수도승이다. 이처럼 그들은 권위적이고 귀족적인 성격을 지닌 불교 교단에 기반을 둔 승려들로서, 귀족적 수도승이라 일컬을 만하다.[22] 이에 비해 부설은 파계·환속으로 교단에서 벗어나 세간(世間)에서 서민 대중을 교화하며 생활한 서민적 교화승(教化僧)의 모습을 지니고 있다.

이와 같이, 「부설전」에서 부설과 영조·영희는 서민적 교화승과 귀족적 수도승이라는 또 다른 인물 대립의 구도를 만들어 놓기도 한다. 「부설전」은 이러한 인물 대립을 통하여 귀족적이고 권위적인 불교를 비판·지양하고, 미천한 서민 대중에게까지 불화(佛化)가 고루 미치게 하는 서민적 교화행(教化行)의 가치를 부각시키고 있는 것이다.

---

21) 황패강, 앞의 책, 380면 참조
22) 「부설전」이 시대 배경으로 하고 있는 신라 당시의 승려들은 큰 사원에서 왕실과 귀족층을 대상으로 하여 생활하던 귀족 중의 귀족이라 할 만하다.
　김영태, 『한국불교사』, 경서원, 1997, 66면 참조 영조와 영희가 계율을 중시하고 자리적(自利的) 수행에 전념하는 소승적 수도자임은 앞서 지적한 바 있다. 이처럼 이들은 상구보리(上求菩提) 위주의 수행에 전념할 뿐, 중생 구제나 대중 교화와는 기본적으로 거리가 있는 귀족적인 수도승이다. 그러나 부설은 환속한 후, 두릉에 머물면서 대중 교화 활동을 벌리기도 했던 것이다. 그는 15년이란 적지 않은 기간 동안 장엄한 사찰이나 호화스러운 귀족 사회가 아닌 서민적 공간에서, 귀족적 승려가 아닌 서민적 거사(居士)의 모습으로 일반 대중들을 교화하였던 것이다. 이러한 그의 서민적 교화행에 힘입어 귀머거리와 어리석은 이도 깨칠 정도로 불화(佛化)가 서민 사회에 폭넓게 미치게 되었던 것이다. 또한 부설은 이 지역의 선비들과도 교유하면서 교화의 영역을 확대시키기도 하였다.

그 고을의 높은 덕망을 지닌 이승계와 상사(上舍) 김국보 등이 방외의 교분을 맺어 서로 더불어 한가한 가운데에서 얻는 즐거움으로 나이의 늙고 젊음도 잊어 버리고 몸과 마음이 하나가 되었다. 날마다 모여서는 경을 강하고 이를 논하였다. 바람이 부나 비가 내리거나, 눈이 오거나 서리가 치거나를 가리지 아니하고 서로 소식을 끊이지 않으니, 마치 그 옛날 혜원의 백련사를 방불케 하고, 또 한퇴지가 태전선사에게 가사 장삼을 마련하여 준 것과 같았다.23)

이와 같이, 부설은 권위적이고 귀족적인 교단 불교에 속한 승려들과는 달리 서민들의 생활 공간에서 대중들과 어울리고, 그들을 교화시키고 있는 것이다. 「부설전」은 이러한 부설의 일련의 행위를 서민 대중들을 위한 숭고한 교화행으로 크게 부각시키고 있다 하겠다.

---

23) 本懸高人 李公承桂 上舍 金公國寶等 結爲方外之交 相與閑中之樂 忘老小一內外
　　一與講經論理 風雨霜雪 不輟音信 譬遠公之賞蓮 喩韓子之留衣(55면)

4. 인물 대립에 담긴 작가의식

1) 불교계의 모순 비판

「부설전」에서 부설은 득도·해탈의 경지에 도달한 참된 불교인으로 형상화되고 있는 반면, 영조와 영희는 비록 출가는 하였지만 올바른 수행을 하지 못한 승려로 그려지고 있다. 그것은 앞서 살펴보았듯이, 그들이 형식적인 계율에 얽매인 지계사문(持戒沙門)이었으며, 개인의 정각 추구에만 전념한 소승적(小乘的) 수도자였으며, 또한 중생의 구제와는 무관한 권위적이고 귀족적인 수도승이었기 때문이었다. 「부설전」은 아무리 출가한 승려라 할지라도 형식적인 계율에 구애를 받고, 소승적인 자리행(自利行)에만 심취하며, 중생 구제의 교화행(教化行)을 게을리 하면 득도·해탈의 경지에 이를 수 없다는 사실을 여실히 보여주고 있는 것이다.

그런데 여기서 주목되는 사실은 영조와 영희 두 수도자가 오랜 기간 수도·정진하였음에도 불구하고 득도·해탈하는 데 장애가 된 것들이 「부설전」에 설정된 진덕여왕대(眞德女王代, 647년~654년) 무렵의 신라 불교계의 상황과 결코 무관하지 않다는 점이다. 기실 「부설전」에서 시대적 배경으로 설정한 진덕여왕 당시의 불교계는 영조와 영희 두 수도자가 보여주었던 것처럼 계율적·소승적·귀족적 성격을 강하게 지니고 있었던 것이 사실이다. 그러기에 원효(617년~686년)와 같은 대덕은 이 같은 당시의 불교계에 불만을 품고 지극히 형식화된 계율을 준수하는 것이 참된 수행이 아니라는 점을 밝히고,[24] 나아가 자기 자신은 계율을 잘 수지(受持)하지만 중생 제도를 소홀히 했던 당시 불교계의 풍조를 강하게 비판하고 있는 것이다.[25]

---

24) 임병태·이희덕, 『한국사대계』(통일신라), 삼진사, 1975, 94~95면 참조

25) 최원식, 「원효의 보살계 인식경향과 그 특성」, 『신라 보살계 사상사연구』, 민족사, 1999, 90면 참조

주지하는 바와 같이, 진덕여왕대를 전후한 7세기 중엽의 신라 불교를 대표하는 고승대덕 중의 한 사람은 자장(慈藏)이었다. 그는 왕족인 진골 출신의 승려로, 당시 신라 불교계를 총관하던 대국통(大國統)이었으며, 우리 나라 계율종(戒律宗)의 개조(開祖)이기도 하다. 이처럼 그는 귀족 출신의 율사(律師)로서, 소승계에 기반을 둔 계율을 엄격히 시행하여 교단의 질서를 바로잡고 승려의 기강을 세우며 계단(戒壇)을 쌓아 지계(持戒)를 철저하게 하였다.26) 앞서 지적한 대로, 영조와 영희가 20여 년 동안 수도에 전념한 도량이 이 같은 자장율사에 의해 개창된 오대산 문수도량이었다는 사실도 이런 점에서 시사하는 바가 적지 않다고 하겠다.

이렇듯 「부설전」의 작가는 영조와 영희를 통해 이들이 살았던 당시 불교계와 승려들의 모순을 드러내고 있으며, 이들의 득도 실패를 통해 당시 불교계와 승려들을 비판·풍자하고 있는 것이다.

> 그대들은 두루 높은 선지식(善知識)을 찾아 보았고, 오랫동안 총림(叢林)에서 세월을 보냈는데, 어찌하여 생멸을 섭수하여 진상(眞常)을 삼고 환화(幻化)를 공(空)으로 하여 법성(法性)을 지키는 이 소식을 터득치 못하는가.27)

상기 예문은 '물병 깨기'라는 생숙 경쟁에서 패한 영조와 영희를 깨우치려고 부설이 그들에게 건넨 말이다. 「부설전」의 작가는 부설의 입을 빌어 형식화되고 권위화되어 있던 진덕여왕대 무렵의 승려들을 비판하고 있으며, 나아가 당시 신라 불교계의 모순을 비판·풍자하고 있는 것이다.

---

26) 김영태, 앞의 책, 63~65면 참조
27) 公等 遍參知識 久歷叢林 豈不攝生滅 爲眞常 空幻化守法性乎(60~61면)

2) 올바른 수행상의 제시

앞에서 검토한 바와 같이, 이 작품에는 부설과 영조·영희라는 두 수도자상이 그려지고 있다. 「부설전」의 작가는 이 두 유형의 수도자를 대립·대결시키고, 양자간의 우열을 분명히 보여줌으로써 득도·성불의 경지에 이르기 위한 올바른 수행이 어떤 것인지를 제시하고 있는 것이다.

양자 간 인물 대립의 의미를 분석하면서 이미 언급하였듯이, 득도·성불의 경지에 도달하는 올바른 수행을 보여준 수도자는 부설이다. 부설은 형식화된 계율에 구애받지 않고 진실하게 불도(佛道)의 성취를 지향하였고, 자리행(自利行)에 머물지 않고 대승적 이타행(利他行)을 몸소 실천했으며, 서민 대중 속에 파고 들어 그들의 교화에 전력을 기울이기도 하였다. 부설이 보여준 이러한 일련의 수행들은 모두 중생 제도를 위한 방편들이다.

기실, 「부설전」에서 수도자의 올바른 수행상으로 특히 강조되고 있는 것은 중생 제도다.

> 도라는 것은 승려의 검은 옷과 속인의 하얀 옷에 있지 아니하며, 도라는 것은 번화로운 거리와 조용한 초야에 있는 것도 아니다. 모든 부처님의 뜻은 중생을 이롭게 제도하는 데에 있으니 우리 도반(道伴)들은 길이 참구(參究)하여 법유(法乳)를 배불리 먹고 와서 이 늙은이를 경책하소[28]

상기한 예문은 부설이 묘화의 혼인 간청을 받아 들여 환속한 후, 오대산 문수도량으로 떠나는 영조·영희와 작별하면서 그들에게 당부하고 있는 말이다. 참된 불도(佛道)는 중생 제도에 있으며, 자신의 파계·환속 역시 이 중생 제도를 위한 것임을 분명히 밝히고 있는 것이다. 이러한 언급은 부설의 말인 동시에 곧 작가의 발언이기도 한 것이다.

주지하는 바와 같이, 중생 제도를 중시하였던 신라대의 대표적인 인물

---

28) 道不在緇素 道不在華野 諸佛方便 志在利生 道侶遠叅 飽食法乳 來警老夫(52면)

로는 원효(元曉)를 들 수 있다. 특히 원효는 중생 제도를 위하여 계율을 어
긴 경우에는 죄가 아니라 복이 된다는 견해를 가지고 있었으며,[29] 실제
그는 환속한 이후에 무애행(無碍行)을 통해 중생을 제도하는데 적극성을
보이기도 했다.[30]

　　만약 홀로 깨끗하다는 것을 전제해서 모든 사람들에게, 널리 저 모든 승려들이
　복전(福田)이 되지 못한다 하고, 이양(利養)과 존중(尊重)을 치우쳐 자기에게만 돌리
　고저 하는 자(者)이면 비록 성문(聲聞)에서 자기 자신을 제도하는 계(戒)에는 따르는
　것이 되지만, 대승보살(大乘菩薩)로 보아서는 광대한 심계(心戒)를 어기는 것이 된
　다.[31]

　원효는 이 글을 통해서도 자리행에 치우쳐 중생 제도를 소홀히 하는
것이 바람직하지 않음을 여실히 보여주기도 한다.
　부설의 파계 역시 중생 제도를 위함이었던 것이다. 그러기에 이 같은
파계는 그가 득도·해탈을 이루는데 장애물이 되지 않았고, 오히려 그를
영조와 영희가 도달하지 못한 득도·해탈의 경지에 이르게 하는 방편이
되었던 것이다. 이러한 점은 위에서 언급한 바와 같이, 중생을 제도하기
위해서는 계율을 어겨도 죄가 되는 것이 아니라 복이 된다는 원효의 견해
와 그 맥을 같이 하는 바라 하겠다.
　주지하는 바와 같이, 처자를 거느린 채 수도하여 득도·성불의 경지에
이르고 있는 예는 『삼국유사』의 「남백월이성(南白月二聖) 노힐부득(努肹夫
得) 달달박박(怛怛朴朴)」과 「광덕(廣德) 엄장(嚴莊)」에서도 찾아 볼 수 있다.
이들 작품에 등장하는 부득과 박박, 그리고 광덕은 모두 처자를 거느리고

---

29) 최원식, 앞의 논문, 85면.
30) 『三國遺事』卷4,「元曉不羈」
31) 若由獨淨 令諸世人 普於諸僧 謂非福田 利養尊重 偏歸於巳者 雖順聲聞自度心戒
　　而逆菩薩 廣大心戒(元曉,「菩薩戒本持犯要記」,『국역 원효성사전서』권4, 대한불교원
　　효종 원효전서 국역 간행회, 제일문화사, 1988, 476~477면)

수도·정진하였으며, 성도(成道)의 경지에 오르고 있는 것이다. 「부설전」의 경우에도 묘화와 등운·월명은 부설이 수행하는데 일체 장애가 되지 않았던 것이다. 그러기에 그 역시 처자를 거느린 채 수도하여 득도·해탈의 목적을 달성하고 있는 것이다.

이상에서 살펴본 바와 같이, 「부설전」은 주인공 부설의 수행 방식을 통하여 성도(成道)의 경지에 이르는 올바른 수행상이 무엇인지를 구체적으로 보여주고 있다. 「부설전」의 작가는 그 해답으로 중생 제도를 제시하고 있는데, 이런 점에서 이 작품에 반영된 작가정신이 원효의 중생 제도에 대한 견해와 상통하고 있음을 확인할 수 있다 하겠다.

3) 대중 교화의 옹호

전술하였듯이, 「부설전」은 권위적이고 귀족적인 불교계에 대해 비판적 시각을 보여준다. 왕실이나 귀족 사회를 중심으로 하는 귀족 불교를 통해서는 일반 서민들까지 널리 불법을 알릴 수가 없다. 「부설전」의 작가는 두릉이라는 세속 공간에서 서민 대중들과 생활하면서 그들을 교화한 부설을 주인공으로 내세워 영조와 영희로 대표되는 귀족 불교의 한계성을 드러내 보여주고, 대중 교화의 필요성과 중요성을 강조한다.

주지하는 바와 같이, 「부설전」이 시대 배경으로 설정해 놓고 있는 진덕 여왕대를 전후한 무렵은 불교 대중화 운동이 전개되던 시기다. 이 시기에는 적잖은 대중 교화승들이 출현하였고, 그들의 노력에 의해 천촌만락(千村萬落)의 일반 서민층에까지 불교의 교화가 미치게 되었던 것이다.

이러한 당시의 대중 교화승에는 혜숙(惠宿)·혜공(惠空)·대안(大安)·원효(元曉) 등이 있다. 진평왕대(579년~631년)의 승려였던 혜숙은 도성에서 벗어나 이름 없는 시골에 묻혀 살면서 서민 대중을 교화하였고, 그와 동시대의 인물인 혜공 역시 조그만 절에 머물면서 항상 술에 취한 채 서민과 어울리며 그들을 교화하였다.[32] 또한 원효와 같은 시대를 살았던 대안은 시장을 돌며 그곳에서 대중 교화행을 실천했고,[33] 원효는 무애박을 들고 가무를 행하면서 널리 불법을 알렸다.[34] 이와 같이, 이들 대중 교화승들은 귀족적 공간에서 벗어나 서민적 공간으로 들어가, 그곳에서 일반 대중들에게 불도(佛道)를 전하였던 것이다.

「부설전」에서 부설의 모습은 상기한 대중 교화승들과 흡사하다. 물론 이 작품 속에서 부설이 보여준 일련의 교화행은 이들 대중 교화승의 행적처럼 특이한 모습은 아니다. 그러나 부설 역시 사찰이라는 공간에서 벗어나 빈한한 서민인 구무원의 집에 머물면서 일반 서민들을 교화함으로써 대중 교화승적 면모를 지니고 있는 것은 사실이다.[35]

> 이에 사람들이 사방에서 기쁜 마음으로 찾아 들고 팔방에서 서로 옷깃을 이끌면서 모여드니, 의원을 찾는 선비들은 바람처럼 몰려들고, 약을 먹으려는 사람들은 한 곳으로 폭주하였다. 귀머거리와 어리석은 이도 모두 깨치고, 마른 고목조차도 모두 윤기가 올랐다. 법을 널리 펴서 떨친 지 어언 15년이나 되었다.[36]

위의 인용문이 보여주듯, 그가 환속하여 두릉에 거하게 되자 그 지역의 서민 대중들이 몰려들었고, 부설의 교화에 힘입어 귀머거리와 어리석은 이조차도 깨우침을 얻게 되었으며, 심지어는 마른 고목(枯木)조차도 윤기가 오르게 되었던 것이다. 게다가 부설이 그 지역의 선비와도 폭넓은 교유 관계를 맺으며 교화행을 실천하고 있었음을 위의 인용문은 보여준다. 이처럼 「부설전」의 작가는 주인공 부설의 대중 교화승적 면모를 부각시

---

32) 『三國遺事』卷4,「二惠同塵」
33) 『宋高僧傳』卷4,「釋元曉傳」
34) 『三國遺事』卷4,「元曉不羈」
35) 김영태,「신라 불교 대중화의 역사와 그 사상 연구」,『불교학보』6, 1969, 30면 참조
36) 四隣歡心 八表引領 求醫之士 風趨 服藥之人 輻輳 聾騃盡醒 槁枯悉潤 十有五年
  (52~53면)

킴으로써 대중 교화를 옹호하고 있는 것이다.

5. 맺음말

　이상에서　본고는 「부설전」에서 설정해 놓고 있는 인물 대립의 양상과 그 의미를 살펴보았으며, 이를 토대로 하여 인물 대립 속에 내포된 작가 의식을 검토해 보았다. 지금까지 논의된 내용을 요약・정리해 보면 다음과 같다.

　「부설전」에서 득도・해탈의 문제를 놓고 주인공 부설(浮雪)과 대립하는 인물은 영조(靈照)와 영희(靈熙) 두 사문이다. 이들은 불교적 덕성을 갖춘 구도심이 강한 출가사문(出家沙門)으로 부설과 수도의 목표를 같이 하는 동지적 인물들이다.

　그러나 이러한 그들의 동지적 관계는 묘화(妙花)라는 세속의 여인이 등장함으로써 균열・분리되고, 묘화와 혼인한 부설이 파계・환속하고 영조와 영희는 도량에서 수행하게 됨으로써 양자의 동지적 관계는 대결・대립의 관계로 변환된다. 이 같은 양자의 대립 관계는 '물병 깨기'라는 생숙경쟁(生熟競爭)으로 절정에 도달하게 되는데, 이 대립은 부설의 승리로 귀결되고 그는 득도・해탈의 경지에 이르게 된다.

　이처럼 「부설전」은 대립적 관계에 있는 두 수도자의 성도(成道) 추구의 과정을 그리고 있다. 이런 점에서, 「부설전」의 인물 대립은 「남백월이성(南白月二聖) 노힐부득(努肹夫得) 달달박박(怛怛朴朴)」이나 「광덕(廣德) 엄장(嚴莊)」의 인물 대립 양상과 비교된다. 그런데 대립 관계의 두 수도자 모두 성도하는 이 두 작품과는 달리 「부설전」은 주인공 부설만이 득도・해탈하는 1인 성도담적인 인물 대립 양상을 보여준다는 차이점을 지니고 있다.

　「부설전」에서 부설과 영조・영희는 파계거사(破戒居士)와 지계사문(持戒

沙門)으로 대립한다. 지계사문인 영조·영희가 득도에 실패하고 파계거사인 부설이 이를 성취하는 양자간의 인물 대립을 통해 「부설전」은 형식적 계행이 성도하기 위한 올바른 수행이 아님을 보여 준다.

또한 「부설전」에서 이들 양자는 대승적 수도자와 소승적 수도자라는 점에서도 대립한다. 이러한 대결 구도에서 대승적 수도자인 부설을 우위에 위치시킴으로써, 「부설전」은 영조·영희가 추구한 소승적 자리행(自利行)을 부정하고 대승적 이타행(利他行)이 득도·왕생에 이르는 올바른 수행임을 보여주고 있다.

그리고 「부설전」에서는 부설과 영조·영희의 인물 대립을 통해 서민적 교화승과 귀족적 수도승의 대립 구도를 만들어 놓기도 한다. 이러한 인물 대립 구도를 통해 「부설전」은 부설이 보여준 서민 대중을 위한 교화행(敎化行)의 가치를 부각시키고 있다.

이처럼 「부설전」은 인물 대립을 통하여 형식적 계율에 얽매이고, 소승적 자리행(自利行)에만 심취하며, 서민 대중을 위한 교화행과는 단절된 영조·영희의 수행을 비판하고 있다. 이러한 비판은 계율적(戒律的)·소승적(小乘的)·귀족적(貴族的) 성격이 강했던 신라 진덕여왕대 무렵의 승려들에 대한 풍자·비판이며, 나아가 당시의 불교계에 대한 비판이라 하겠다. 이와 같이, 「부설전」의 작가는 영조·영희의 수행 방식을 비판·풍자함으로써 신라 당시의 위선적이고 형식적이며 권위적인 불교계와 승려들의 모순을 지적·비판하고 있는 것이다.

또한 「부설전」의 작가는 부설의 수행을 통해 수도자의 참된 수행상이 중생 제도에 있으며, 나아가 대중적 교화행이 구도자가 득도·해탈에 이르는 방편임을 보여 주고 있다. 이 같은 사실을 통해 올바른 수도자상에 대한 작가의 인식을 엿볼 수 있다.

「부설전」의 인물 대립에 내포된 이러한 작가의식은 이 작품의 주제의식과 관련하여 주목할 필요가 있다 하겠다.

참고 문헌

김무조,『신라불교설화의 원형』, 민족문화, 1993.

김승호,「고려 승전의 서술방식 연구」, 동국대 대학원 박사논문, 1990.

김영태,「신라 불교대중화의 역사와 그 사상 연구」,『불교학보』 6, 1969.

______,『삼국시대 불교신앙 연구』, 불광출판사, 1990.

______,『한국불교사』, 경서원, 1997.

김태준,『조선소설사』, 학예사, 1939.

마　명,『한국불교사화』, 경서원, 1965.

박용식,「이인 성불담의 발원과 성취구조」,『고소설연구논총』, 다곡 이수봉선생 화갑
　　　　기념논총 간행위원회, 1988.

사재동,「원효론」,『한국문학작가론』, 나손선생 추모논총 간행위원회, 1991.

이능화,『조선불교통사』, 경희출판사, 1968.

장휘옥,「신라 광덕 · 엄장의 왕생설화와 원효」,『불교학보』 29, 1992.

차용주,『한국한문소설사』, 아세아문화사, 1989.

최원식,『신라 보살계 사상사 연구』, 민족사, 1999.

황패강,『신라불교설화연구』, 일지사, 1975.

______,「불교전기 · 불교설화의 전개과정과 고소설」,『고소설사의 제문제』, 성오 소재
　　　　영교수 환력기념논총 간행위원회, 집문당, 1993.

「조신전」의 관음행화 구조와 의미

1. 머리말

「조신전(調信傳)」은 서사 사건이 현실적·인과적으로 전개되고 있으며, 대화의 삽입이 빈번할 뿐만 아니라, 묘사 기법도 뛰어나 설화(說話)보다는 상당히 발전된 작품의 면모를 보여주고 있다. 그리하여 「조신전」은 일찍부터 학계의 관심의 대상이 되었고, 그동안 이 작품이 지닌 몽유 구조의 양상과 소설적 수준에 대한 논의도 적잖이 시도되었다. 그 결과 「조신전」에서 꿈이 지닌 내용·구조상의 독특한 성격과 더불어 이 작품의 소설사적 가치가 크게 부각된 바 있다.[1]

「조신전」은 인간의 본능적 애욕을 버리지 못한 승(僧) 조신(調信)이 꿈을 통해 깨달음을 얻고 불도(佛道)에 전념하게 되는 서사 구조를 근간으로 작품이 구성되고 있으며, 이것은 낙산사(洛山寺) 관음존상(觀音尊像)의 영험과

---

1) 지준모, 「전기소설의 효시는 신라에 있다」, 『어문학』 32, 한국어문학회, 1975.
　장덕순, 『한국문학사』, 동화출판사, 1983.
　임형택, 「나말여초의 전기문학」, 『한국문학사의 시각』, 창비사, 1984.
　김광순, 「한국고소설사서설」, 『어문론총』 19, 경북어문학회, 1985.

직결되고 있다. 또한 이 작품은 그 결말을 사찰연기담(寺刹緣起談)으로 처리함으로써, 내용·구조상으로 불교적 편향성(偏向性)을 강하게 드러내 주고 있다.

그러므로 「조신전」의 작품적 이해에 있어서 이러한 불교적 편향성은 우선적으로 고려되어야 할 사항이라 하겠다. 따라서 「조신전」이 기본적으로 관음신앙적 기반 위에서 형성·전개되었을 것이라는 사실은 이 작품에 대한 보다 합리적인 접근을 위해 중시할 필요가 있는 것이다.

그럼에도 불구하고 그간의 「조신전」에 대한 검토에 있어서는 이러한 점에 크게 주목하고 있지 않은 것이 사실이다. 그러나 작품 자체의 분석은 물론 작품 구조상의 핵심 부분인 몽중담(夢中談)의 의미를 밝혀내고, 나아가 「조신전」의 작품 성격을 구명하는 데 있어서 이러한 불교적 편향성은 그 해결의 실마리가 되겠기 때문에 중시되어야 할 것이다.

게다가 학계에서 이미 지적하고 있듯이, 「조신전」이 맹아기(萌芽期) 소설작품으로서 우리 서사문학사에서 중요한 위치를 점유하고 있다고 할 때[2], 이 작품의 실체를 올바로 파악하는 것은 한국 서사문학사의 이해를 위해서도 긴요한 일이라 하겠다.

이에 본고에서는 우선적으로 「낙산이대성(洛山二大聖) 관음정취조신(觀音正趣調信)」조의 전체 서술 체재상에서 「조신전」이 담당하는 역할은 무엇인지를 살펴보고, 이 작품에 나타나는 관음행화(觀音行化)의 구체적인 양상과 그 의미는 무엇인지 분석하겠으며, 이러한 논의를 토대로 하여 이 작품의 성격과 기능에 대해 검토해 보고자 한다. 이러한 논의를 통해 「조신전」의 본질적 실체가 보다 합리적으로 드러나길 기대한다.

---

2) 김광순, 「한국고소설사의 시대구분과 전개양상」, 『어문론총』 22, 경북어문학회, 1988, 189~196면 참조

2. 불보신앙적 서술 체재

1) 「낙산이대성 관음정취조신」조의 구조적 특징

「조신전(調信傳)」은 『삼국유사(三國遺事)』 권3 탑상(塔像) 제4 「낙산이대성 (洛山二大聖) 관음정취조신(觀音正趣調信)」조에 인용·수록되어 있는 작품이다. 따라서 「조신전」의 기본 성격을 이해하는 데 있어서는 우선적으로 『삼국유사』 소재 탑상편(塔像篇) 서사물의 기본 취지와 더불어 「낙산이대성 관음정취조신」조의 총체적인 서술 체재에 대한 검토가 필요하다. 왜냐하면 「조신전」은 개별적 작품으로서의 의미도 지니지만, 다른 한편으로는 「낙산이대성 관음정취조신」조의 전체 서술 체재 내에서 차지하고 있는 서사적 의미도 아울러 지니고 있기 때문이다.

주지하는 바와 같이, 『삼국유사』의 편목 중 탑상편(塔像篇)에 수록되어 있는 서사물들은 각종의 사탑(寺塔)과 불상(佛像) 그리고 사리(舍利) 등의 유래와, 그 불보(佛寶)들이 드러낸 바 있는 기이한 영험을 위주로 서술한 불보신앙적(佛寶信仰的) 기록이다.[3] 「조신전」이 인용·수용되고 있는 「낙산이대성 관음정취조신」조 역시 탑상편의 기본 속성에서 벗어남이 없이 불보신앙적인 내용을 서술하고 있다.

그런데 이와 같은 사실은 「조신전」의 기본 성격을 살피기 위한 하나의 전제 조건이기도 하다. 그것은 『삼국유사』의 찬자(撰者)가 후기(後記)에서 밝히고 있는 것처럼 「낙산이대성 관음정취조신」조를 기록할 때 기존의 원작(原作) 「조신전」이 활용되고 있는데[4], 이때 찬자가 작가적 창의성을 발휘하여 원작 「조신전」 내용을 어느 정도나 변개(變改)시켜 놓았는지 그 여부는 속단할 수 없지만, 적어도 이 작품이 『삼국유사』의 찬자에 의해 불보신앙적 서사물로 인식되었으며, 그러한 인식의 결과로 이 작품이 「낙

---

3) 홍윤식, 「삼국유사와 불교의례」, 『불교학보』 26, 1979, 234~237면 참조
4) 議曰 讀此傳 掩卷而追釋之 何必信師之夢爲然

산이대성 관음정취조신」조에 수용·편입되고 있기 때문이다.

이미 언급하였듯이, 「낙산이대성 관음정취조신」조는 낙산사에 안치된 관음보살(觀音菩薩)과 정취보살(正趣菩薩)의 유래와 영험을 기술하고 있는 불보신앙적 서사물로서, 전체의 서술 체재는 낙산사에 관음·정취보살상과 수정염주(水精念珠)·여의보주(如意寶珠)가 안치된 유래를 설명하는 전반부의 내용과 그 불보(佛寶)들의 영험성을 드러내 주는 후반부의 내용으로 양분할 수 있다. 이처럼 「낙산이대성 관음정취조신」조의 전체적인 서술 체재는 연기담적(緣起談的) 내용의 전반부와 영험담적 내용의 후반부의 결구(結構)로 이루어져 있다. 그런데 이들 연기담과 영험담은 각기 세 개의 삽화(揷話)에 의해 구성되고 있다. 이처럼 「낙산이대성 관음정취조신」조의 전체 서술 체재는 각기 세 개의 삽화로 구성된 연기담과 영험담이 이원적(二元的)으로 연결되어있는 구조적 특징을 보여준다. 다음에는 「낙산이대성 관음정취조신」조의 이러한 이원적 구조의 구체적인 실상에 대해 살펴보기로 한다.

(1) 전반부의 연기담적 실상

「낙산이대성 관음정취조신」조의 전체 서술 체재 중 전반부는 고본(古本)에 근거하여 기술되고 있는 부분이다. 그런데 이 전반부에서는 의상(義湘)·원효(元曉)·범일(梵日) 등의 고승대덕이 관음보살(觀音菩薩)과 정취보살(正趣菩薩)을 친견하고 그 보살상을 낙산사에 안치하게 된 일련의 사적(事蹟)을 시간적·계기적 순차에 의해 서술해 놓고 있다.5) 이 전반부의 서술 내용은 관음보살과 정취보살과 관련된 세 편의 연기담적 삽화로 구성되어 있다. 이들 세 삽화의 내용을 살펴보면 다음과 같다.

---

5) 원래 古本에는 범일의 사적이 의상과 원효의 사적에 선행하고 있으나, 범일이 의상과 원효보다 後人이라고 지적하고, 그로 인해 그 편차를 바꾸었음을 밝히고 있다.

① 의상의 관음 진신 친견과 관음상의 안치

우선 의상의 사적에서는 의상법사(義湘法師)가 낙산 해변의 동굴에서 관음진신(觀音眞身)을 친견한 뒤 관음상을 소조(塑造)·안치(安置)하고 낙산사(洛山寺)를 창건하게 되었음을 밝히고 있으며, 아울러 관음과 동해용(東海龍)이 하사한 두 보주(寶珠)가 낙산사에 안치된 내력을 설명하고 있다.

> 옛날 의상법사(義湘法師)가 처음 당나라에서 돌아왔을 때 대비(大悲)의 진신(眞身)이 해변 동굴에 머문다는 말을 들었기 때문에 낙산(洛山)이라 하였다. …(중략)……
> 7일 동안 재계하고 좌구(座具)를 신수(晨水) 위에 띄우니 용천팔부(龍天八部)의 시종들이 동굴 안으로 인도하여 들어가 공중에 참례하니 수정염주 한 벌을 내어 주었다. 의상이 받아 가지고 나오니 동해용이 또한 여의보주 한 개를 주었다. 법사가 받들고 나와 다시 7일동안 재계하니 그제서야 그 참 얼굴이 나타나 말했다.
> "이 좌상(座上) 산 위에 쌍죽(雙竹)이 솟아날 것이니 그곳에 불전을 세우면 좋을 것입니다."
> 법사가 그 말을 듣고 굴을 나와 보니 과연 쌍죽이 땅 위에 솟아 올랐다. 이에 거기에 금당(金堂)을 짓고 소상(塑像)을 봉안하니 원만한 모습과 고운 본질이 엄연히 하늘에서 난 듯 하였다. 그 대나무가 도로 없어져 바로 보살의 진신이 머문 곳임을 알았다. 따라서 그 절의 이름을 낙산이라 하였다. 법사가 받은 두 구슬은 성전(聖殿)에 두고 떠났다.6)

② 원효의 관음 응신 친견

여기에 이어지는 원효의 사적은 원효법사가 여인으로 화현(化現)한 관음의 응신(應身)을 친견하는 내용을 서술하고 있다.

---

6) 昔義湘法師 始自唐來還 聞大悲眞身住此海邊崛內 故因名洛山 ……(中略)…… 齋戒七日 浮座具晨水上 龍天八部侍從 引入崛內 參禮空中 出水精念珠一貫給之 湘領受而退 東海龍亦獻如意寶珠一顆 師捧出 更齋七日 乃見眞容 謂曰於座上山頂 雙竹湧生 當其地作殿宜矣 師聞之出崛 果有竹從地湧出 乃作金堂 塑像而安之 圓容麗質 儼若天生 其竹還沒 方知正是眞身住也 因名其寺曰洛山 師以所受二珠 鎭安于聖殿而去

  그 후 원효법사(元曉法師)가 뒤이어 이곳에 와서 첨례(瞻禮)를 구하고자 하여 남쪽 교외의 수전(水田) 가운데 이르렀을 때, 흰옷을 입은 한 여인이 벼를 베고 있었다. 법사가 희롱으로 벼를 얻고자 하니, 그 여인도 농담으로 흉년이 들어 줄 수 없다고 대답했다. 또 다리 밑을 지날 때, 한 여인이 월수백(月水帛)을 빨고 있었다. 법사가 물을 달라 하니, 여인은 더러운 물을 떠서 주었다. 법사가 그것을 엎어 버리고 다시 냇물을 떠서 마셨다. 이때 들판 가운데 있는 소나무 위에 있던 청조(靑鳥) 한 마리가 '저 화상을 깨우지 마라' 하고는 홀연 보이지 않고, 그 소나무 아래 벗어버린 신 한 짝이 있었다. 법사가 이미 절에 이르러 관음의 좌하(座下)에 또한 전에 보았던 신 한 짝이 있는 것을 보고는, 바야흐로 전에 만났던 성녀(聖女)가 곧 진신(眞身)임을 알았다. 고로 당시의 사람들이 그것을 관음송(觀音松)이라 하였다. 법사가 성굴(聖堀)에 들어가 다시 진용(眞容)을 보고자 하였으나, 풍랑이 크게 일어나 들어가지 못했다.[7]

③ 범일의 정취보살 친견과 불상 안치

  원효의 사적에 이어 서술되고 있는 범일의 사적은 굴산조사(堀山祖師) 범일이 당나라 명주(明州) 개국사(開國寺)에서 정취보살을 친견하고, 그 불상을 낙산에 안치하게 된 유래를 그 내용으로 하고 있다.

  그 후 굴산조사(堀山祖師) 범일(梵日)이 태화(太和) 연간에 당나라에 들어가 명주(明州) 개국사(開國寺)에 이르니 왼쪽 귀가 없는 한 스님이 여러 중의 말석에 있다가 조사에게 말하기를,
  "나도 고향 사람입니다. 집이 명주(明州) 경내의 익령현(翼嶺縣) 덕기방(德耆坊)에 있습니다. 조사께서 타일에 만일 본국으로 돌아가시면 모름지기 나의 집을 지어 주십시오."

---

7) 後有元曉法師 繼踵而來 欲求瞻禮 初至於南郊水田中 有一白衣女人刈稻 師戲請其禾 女以稻荒戲答之 又行至橋下 一女洗月水帛 師乞水 女酌其穢水獻之 師覆棄之 更酌川水而飲之 時野中松上有一靑鳥 呼曰休醍醐和尚 忽隱不現 其松下有一 隻脫鞋 師旣到寺 觀音座下又有前所見脫鞋一隻 方知前所遇聖女乃眞身也 故時人謂之觀音松 師欲入聖堀 更覩眞容 風浪大作 不得入而去

했다. 조사가 두루 총석(叢席)을 돌아 다니다가 염관(鹽官)에게서 법을 받고, 회창(會昌) 7년 정묘(丁卯)에 환국하였다. 먼저 굴산사(堀山寺)를 세우고 전교하였다. 대중(大中) 12년 무인(戊寅) 2월 15일 밤 꿈에 옛날 보았던 중이 창 앞에 이르러 말하기를,

"옛날 명주 개국사에 있을 때 조사와 약속하여 이미 허락까지 받았거늘 어찌 그렇게 늦습니까."

했다. 조사가 놀라 깨어나 곧 수십 명을 데리고 익령 경계에 가서 그가 살던 곳을 찾았다. 한 여인이 낙산 아래 마을에 산다고 하여 그 이름을 물으니 덕기라 하였다. 여인에게 한 아들이 있는데, 나이는 겨우 8세이고 늘 마을 남쪽의 돌다리 가에 나가 놀았다. 그 어머니에게 고하기를,

"나와 같이 노는 자 중에 금색동자(金色童子)가 있습니다."

라고 말했다. 어머니가 조사에게 이를 고하니, 조사가 놀라며 기뻐했다. 그 아이와 함께 놀던 다리 밑을 찾아가 물 속에 있는 한 석불을 꺼내 보니, 왼쪽 귀가 떨어진 것이 전에 보았던 중과 비슷하니, 곧 정취보살의 상이었다. 이에 간자(簡子)를 만들어서 절을 지을 만한 터를 점치니, 낙산의 위가 길하다 하였다. 이에 불전 삼간(三間)을 짓고 그 상(像)을 봉안하였다.8)

이와 같이 「낙산이대성 관음정취조신」조의 전반부 서사 내용은 낙산이 바로 관음 진신과 정취보살이 머무르는 성소(聖所)며, 그로 인해 낙산사가 창건되었고, 이 사찰에 그 두 불상(佛像)과 보주(寶珠)가 안치되었다는 유래를 설명하는 연기담적 성격을 지니고 있는 것이다.

---

8) 後有堀山祖師梵日 太和年中入唐 到明州開國寺 有一沙彌 截左耳 在衆僧之末 與師言曰 吾亦鄕人也 家在溟州界翼嶺縣德耆坊 師他日若還本國 須成吾舍 旣而遍遊叢席 得法於鹽官 以會昌七年丁卯還國 先創堀山寺而傳敎 大中十二年戊寅二月十五日 夜夢昔所見沙彌到牖下曰 昔在明州開國寺 與師有約 旣蒙見諾 何其晚也 祖師驚覺 押數十人 到翼嶺境 尋訪其居 有一女居洛山下村 問其名 曰德耆 女有一子 年才八歲 常出遊於村南石橋邊 告其母曰 吾所與遊者 有金色童子 母以告于師 師驚喜 與其子 尋所遊橋下 水中有一石佛舁出之 截左耳 類前所見沙彌卽正趣菩薩之像也 乃作簡子 卜其營構之地 洛山上方吉 乃作殿三間安其像

(2) 후반부의 영험담적 실상

「낙산이대성 관음정취조신」조의 후반부는 낙산사에 안치된 관음보살과 정취보살의 두 불상(佛像)과 보주(寶珠)의 영험을 구체적인 실화(實話)를 통해 제시해 주고 있는 부분이다. 그런데 이 후반부도 역시 전반부의 구성 방식과 마찬가지로 세 개의 영험담적 삽화로 짜여져 있다. 다음에는 영험적 성격의 이들 세 삽화에 대해 살펴보기로 한다.

① 관음·정취보살의 영험적 삽화

「낙산이대성 관음정취조신」조의 후반부를 구성하고 있는 첫 번째 삽화는 그 서사량이 극히 미미하긴 하지만, 관음·정취 두 불상과 관련된 신이(神異)한 사실에 대한 기록이다. 낙산사에 관음·정취보살상을 안치한 백여 년 뒤에 낙산에 화재가 일어났으나, 그 두 보살상이 안치된 성전(聖殿)만이 화재를 면하였다는 아주 짤막한 내용의 영험적 삽화다.

> 백여년 후 들불이 이 산까지 미쳤으나 다만 두 성전(聖殿)만이 홀로 그 화재를 면하였고, 나머지는 모두 타버렸다.[9]

후반부의 첫 번째 삽화가 비록 『삼국유사』의 「낙산이대성 관음정취조신」조에는 이처럼 극히 간략한 내용으로 서술되어 있기는 하다. 그러나 당시에 기록이나 구전으로 전승·유통되던 이 신이한 사실은 이보다는 훨씬 확대된 내용을 갖추고 있었으리라는 점은 충분히 짐작되는 바다.

② 수정염주·여의보주의 영험적 삽화

후반부의 두 번째 삽화는 관음과 동해용(東海龍)이 의상법사에게 하사한 수정염주(水精念珠)와 여의보주(如意寶珠)의 신이성을 보여주는 실화적(實話

---

9) 後百餘年 野火連燒到此山 唯二聖殿獨免其災 餘皆煨燼

的) 성격의 영험담적 기록이다. 이 기록은 몽고대군의 침입으로 양주성(襄州城)이 함락되었을 때, 그 성 안에 옮겨져 있던 두 보주(寶珠)를 가지고 도망하려던 아행선사(阿行禪師)는 죽고, 그것을 땅 속 깊이 묻은 걸승(乞升)이라는 사노(寺奴)는 살아 남았다는 역사적 사실을 통해 두 보주가 지닌 신통력을 입증해 보인다.

> 또 서산(西山) 대병(大兵)이 들어왔던 계축(癸丑), 갑인(甲寅) 연간에는 두 성상(聖像)과 두 보주(寶珠)를 양주성(襄州城)으로 옮겼다. 전란의 공세가 심히 급하여 성이 장차 함락되려 할 때, 주지인 아행선사(阿行禪師)가 은합에다 두 구슬을 담아 몸에 차고 도망하려 했다. 걸승(乞升)이란 사노(寺奴)가 빼앗아 땅에 깊이 묻으며 맹세하기를,
> > '내가 만일 전쟁에서 죽음을 면치 못하면 이 두 보주(寶珠)는 마침내 세상에 나타나지 않을 것이니 사람들이 아는 이가 없을 것이오, 내가 만약 죽지 않는다면 마땅히 두 보주를 나라에 바치리다.'
> 라고 했다. 갑인 2월 22일 성이 함락되었을 때, 아행은 죽음을 면치 못하였고, 걸승은 죽음을 면하였다. 군사가 물러간 뒤에 파내어 명주도(溟州道) 감창사에게 바쳤다.(이하 생략)10)

③ 낙산사 관음상의 영험적 삽화

그리고 「낙산이대성 관음정취조신」조 후반부의 세 번째의 영험적 삽화로 제시된 것이 바로 「조신전」의 내용이다. 앞에서 살펴본 바와 같이, 관음·정취의 두 불상과 수정염주·여의보주의 두 보주에 관련된 첫 번째, 두 번째의 삽화는 불상 안치 후 백여 년 뒤라든가, 양주성이 함락된 갑인년(甲寅年, 高宗 41년, 1254년)이라는 식으로 구체적인 시간성을 제시하고 있

---

10) 及西山大兵已來 癸丑甲寅年間 二聖眞容及二寶珠 移入襄州城 大兵來攻甚急 城將
  陷時 住持禪師阿行以銀合盛二珠 佩持將逃逸 寺奴名乞升奪取 深埋於地 誓曰 我
  若不免死於兵 則二寶珠終不現於人間 人無知者 我若不死 當奉二寶獻於邦家矣 甲
  寅二月二十二日城陷 阿行不免 而乞升獲免 兵退後掘出 納於溟州道監倉使

다. 그러나 이에 비해 세 번째 삽화로서의 「조신전」의 경우는 '옛날 신라가 서울이 되었을 때(昔新羅爲京師時)'라고 하여 시간의 제시가 구체성을 띠고 있지는 않는다. 이처럼 「조신전」이 시간 제시의 막연성 때문에 전자의 삽화들보다 사실담(事實談)·역사담(歷史談)으로서의 성격이 약화되어 있는 것은 사실이다. 그러나 「조신전」 역시 낙산사에 안치된 두 불상과 두 보주의 영험을 강조하고 있는 앞의 두 삽화들과 마찬가지로 영험담적 성격의 삽화임에는 분명하다.

잘 아는 바와 같이, 「조신전」은 승(僧) 조신이 속세의 여인을 연모하여 낙산 대비전(大悲前)에서 자신의 소망이 이루어지길 기원하지만 그 뜻이 이루어지지 않자 대비전에서 원망을 하지만, 결국은 관음의 현몽(現夢)에 의해 깨달음을 얻게 된다는 내용을 담고 있는 작품이다. 이러한 서사 내용을 지닌 「조신전」이 낙산사 관음상의 위신력을 드러내 보이기 위한 방편으로, 『삼국유사』의 찬자에 의해 의도적으로 「낙산이대성 관음정취조신」조에 수록된 영험적 기록이라는 사실은 쉽게 짐작되는 바다.

이상에서 살펴본 바와 같이, 「낙산이대성 관음정취조신」조의 서술 체재는 세 개의 삽화를 갖춘 전반부와 후반부의 이원적 구조로 되어 있다. 이 이원적 구조의 전반부는 의상·원효·범일 등 초창주(初創主)나 고승대덕(高僧大德)의 신이한 행적담을 위주로 하여 창사(創寺) 내지 불보(佛寶)의 연기(緣起)를 밝히고 있는 부분이며, 후반부는 그 불상(佛像)과 보주(寶珠)의 영험을 드러내 보이는 부분이다.

이처럼 「낙산이대성 관음정취조신」조의 서술 체재는 체계적인 모습을 지니고 있는데, 이러한 서술 방식의 체계성은 이 조항의 기록이 찬자(撰者)의 계획적인 서술 의도에 의해 구성되어졌음을 보여주는 바라 하겠다.

2) 「조신전」의 불보영험담적 서사 기능

이와 같이 「낙산이대성 관음정취조신」조는 낙산사의 권능성(權能性)과 영험성(靈驗性)을 드러내기 위한 찬자의 계획적인 서술 의도에 따라 체계적으로 구성되어 있는 기록물이다. 「조신전」 역시 이러한 찬자의 계획적인 서술 의도에 따라 「낙산이대성 관음정취조신」조에 인용·수록되고 있는 것이다. 『삼국유사』의 찬자는 「조신전」을 낙산사에 안치되어 있는 불보(佛寶)의 영험성을 실증적으로 제시해 주는 효과적인 예화(例話)로 규정하고 있으며, 이러한 점은 「조신전」의 기본 성격을 검토하는 데 있어서 중시되어야 한다고 보아진다.

「낙산이대성 관음정취조신」조를 기술함에 있어서 찬자는 낙산사의 창건과 불보의 유래를 설명하고, 그 영험을 구체적으로 드러내기 위해 그와 관련된 문헌적 자료 뿐만 아니라 구담(口談)까지도 망라하는 세심함을 보여주고 있다.[11] 그런데 이들 문헌(文獻)·구전(口傳) 자료들은 적어도 낙산사를 중심으로 형성·유전된 자료들이라고 추정할 수 있다.

그런데 찬자가 「낙산이대성 관음정취조신」조를 기술하기 위해서 활용·인용하고 있는 이러한 자료 중 문헌 자료들은 대체로 낙산사와 연관된 사지류(寺誌類) 계통의 서적으로 짐작된다. 잘 아는 바와 같이, 「낙산이대성 관음정취조신」조에는 본전(本傳)·고본(古本) 등의 문헌 자료들이 보인다. 이들 문헌 자료들은 바로 위에서 지적하였듯이, 낙산사와 관련된 일종의 사지류 계통의 서적으로 보아진다.

그리고 이들 문헌 자료 외에 인용되고 있는 「조신전」도 넓은 의미에서 사지류에 포함시킬 수 있는 문헌 자료가 아닌가 추측할 수도 있겠다. 「조신전」의 경우는 '이 전(傳)을 읽고서(讀此傳)' 라고 하여 이것이 '전(傳)'에서 인용하였음을 밝히고 있다. 이 기록만을 가지고는 그 '전(傳)'이 어떤 성격

---

11) 낙산사의 두 보주와 관련하여 지림사(祇林寺) 주지인 각유선사(覺猷禪師)가 나라에 아뢴 말을 기록해 놓고 있는데(高宗 45년, 1259년), 이것이 여기에 해당한다.

의 문헌인지 확인할 수는 없다. 하지만 이 문헌 자료가 기본적으로 낙산사 관음상의 영험을 드러내기 위한 삽화로 「낙산이대성 관음정취조신」조에 편입되고 있다는 사실로 미루어, 이 문헌 자료 역시 낙산사를 중심으로 형성·유전되던 광의(廣義)의 사지류에 속하는 자료의 일종으로 볼 수 있는 여지도 있는 것이다.

「조신전」은 「낙산이대성 관음정취조신」조에 인용·수록되기 이전에 이미 개별적 작품으로 형성·행세했던 문헌 자료다. 그런데 이 독립적으로 존재하는 「조신전」이 「낙산이대성 관음정취조신」조에 수용될 수 있었던 것은 이 자료가 낙산사의 불보영험(佛寶靈驗)과 관련된 실증적 예화(例話)이었기 때문인 것이다. 『삼국유사』에는 이 「낙산이대성 관음정취조신」조와 같이 하나의 조목(條目)에 개별적으로 분리 가능한 복수의 서사 기록을 복합적으로 결합시켜 놓은 예가 간혹 보인다. 유가종(瑜伽宗)의 대덕(大德) 대현(大賢)과 화엄종(華嚴宗)의 대덕 법해(法海)의 개별적인 영험담을 결구한 「현유가법화엄(賢瑜伽法華嚴)」조가 바로 그러한 경우다. 그런데 이러한 개별적인 서사 사건이 한 편의 서사 조목 안에서 융합될 수 있었던 이유는 이들 사건이 공통적인 주제와 내용을 겸유하고 있기 때문이다.[12] 「조신전」 역시 앞에서 살펴본 바와 같이, 낙산사에 안치되어 있는 두 불상(佛像)과 두 보주(寶珠)의 영험을 실증해 주고 있는 두 개의 삽화와 공통적인 성격의 서사 내용과 동일한 서사 기능을 지니고 있었기에 「낙산이대성 관음정취조신」이라는 하나의 조목 안에 결구될 수 있었던 것이다.

「조신전」은 작품 자체의 서사 구조상으로 그 말미에 정토사(淨土寺)라는 사찰의 창건 모티브를 지니고 있다. 따라서 「조신전」은 서사 양식적 측면에서 보면, 불사연기담적(佛寺緣起談的) 성격을 지니고 있는 것도 사실이다.[13] 그러나 이 사찰연기담(寺刹緣起談)은 이 작품의 원형적인 요소로 보

---

12) 경일남, 「삼국유사 소재 '찬'의 서사문학적 의미」, 『어문연구』 16, 어문연구회, 1987, 89~
   93면 참조
13) 이월영, 「불가적 꿈형상 유형의 서사문학적 전개」, 『한국언어문학』 27, 한국언어문학회,

기는 어렵다. 오히려 이 사찰연기담은 「조신전」의 핵심적이고 본질적인 내용인 관음영험담에 역사성과 사실성을 부여하기 위하여 첨가된 부수적인 요소로 추정된다.

　이것은 마치 「서동전설(薯童傳說)」이나 「처용전설(處容傳說)」에 결부된 미륵사(彌勒寺)나 망해사(望海寺)의 사찰연기담이 선행설화(先行說話)의 전승·유전 과정에서 후대에 첨가된 부분일 가능성이 짙다는 사실을 통해서도 짐작되는 바다.[14) 따라서 작품 자체의 개별적인 서사 내용이나, 이 작품이 「낙산이대성 관음정취조신」조의 전체 서사 체재 내에서 차지하는 구조적 의미나 기능 등을 고려할 때, 「조신전」은 낙산사 관음상의 신통묘력(神通妙力)을 강조하는 불보영험담적(佛寶靈驗談的) 차원에서 분석·검토되어져야 할 것이라고 보아진다.

3. 관음행화의 구조와 의미

　「조신전」은 주인공인 조신이 꿈을 통해 탐욕을 버리고 해탈에 이르는 일련의 과정을 서사화한 몽유계통(夢遊系統)의 작품이다. 따라서 이 작품은 몽중담(夢中談)을 내부본체(內部本體)로 하고, 그 전후에 현실담(現實談)을 외부액자(外部額子)로 지닌 꿈 문학의 기본적인 서사 틀에 의해 구성되어 있다.

　그런데 「조신전」에서 몽중담은 그 전후의 현실담에 비해 그 서사 분량이 월등히 많다. 이러한 점은 이 작품에서 몽중담이 차지하는 서사 의미가 중차대함을 보여주는 바이기도 하다. 그러나 이 몽중담 자체가 표면적

　　1989, 224~226면 참조
14) 김학성, 「삼국유사소재 설화의 형성 및 변이과정 시고」,『관악어문연구』2, 서울대, 1977, 　　198~209면 참조

으로는 조신일가(調信一家)의 비극적 일생을 서사한 지극히 세속적(世俗的)인 사건이기 때문에 그 몽중담에서 불교적 취의(趣意)를 찾아 보기란 쉽지 않다. 그리하여 이 몽중담은 신라(新羅) 말 서민의 경제적인 곤란을 현실적으로 반영한 것이며, 이러한 몽중담의 성격은 이 작품의 소설적 수준을 가름하는 척도 차원에서 논의되기도 하였다.15) 그러나 앞에서 지적한 바와 같이, 이 작품이 기본적으로 낙산사의 관음상과 관련된 불보영험담적(佛寶靈驗談的) 성격을 지니고 있다는 점에 주목할 때, 이 작품 속에 등장하는 몽중담의 의미 역시 그와 연관지어 검토해야 함은 물론이라 하겠다.

다음에서는 이러한 점을 주목하면서, 꿈 문학의 기본적인 서사 구조를 통해 「조신전」이 그려내고 있는 작품 세계는 무엇이며, 그 속에 담겨져 있는 본질적인 의미는 과연 무엇인지에 대해 살펴보기로 한다.

1) 미계로부터의 초탈

「조신전」은 '현실 — 꿈 — 현실'이라는 서사 구조가 작품의 근간을 이루고 있다. 그런데 이러한 서사 구조에서 입몽(入夢) 이전의 전반부의 현실담(現實談)은 주인공인 승(僧) 조신(調信)이 명주(溟州) 날리군(捺李郡)에 위치한 세규사(世逵寺)라는 사찰의 장사(莊舍)에 지장(知莊)의 직책을 맡아 부임하는 것으로부터 사건이 비롯되고 있다.

옛날 신라가 서울이 되었을 때에, 세규사의 장사(莊舍)가 명주 날리군에 있었다. 본사(本寺)에서는 승(僧) 조신을 보내 지장(知莊)으로 삼았다. 조신이 장사에 이르러 태수(太守) 김흔공(金昕公)의 딸을 깊이 사모하여 누차 낙산 대비(大悲) 앞에 가서 그녀와 인연 맺어 줄 것을 가만히 빌었다. 그리하길 수년 동안에 그녀에게는 이미 배필이 생겼다. 또다시 법당 앞에 가서 대비(大悲)가 자기의 소원을 이루어 주지 않

---

15) 임형택, 앞의 논문, 17~21면 참조

음을 원망하여 날이 저물 때까지 슬피 울다가, 심정이 노곤하여 잠깐 졸았다.16)

위의 인용문이 보여주듯, 세규사의 지장으로 부임한 조신은 자신이 속세를 떠나 출가한 승려임에도 불구하고, 그곳에 도착하자 곧바로 그곳 태수의 딸인 김씨녀(金氏女)를 연모하게 된다. 그리하여 조신은 어리석게도 그녀와의 인연이 맺어지기를 낙산사 관음상을 찾아가 기원한다. 그러나 이 같은 자신의 간절한 염원과 달리 그녀에게 배필이 생기자, 이에 조신은 크게 낙심하여 대비전(大悲前)에 찾아가 원망(怨望)하기에 이른다. 그러면서 「조신전」의 작중 사건은 곧장 입몽(入夢)으로 연결되면서 조신은 몽중 세계로 진입하게 된다.

「조신전」의 '현실―꿈―현실'의 서사 구조에서 각몽(覺夢) 이후에 전개되는 후반부의 현실담(現實談)은 주인공인 조신이 세속적인 삶에 염증을 느끼고 낙산사 관음상에 참회하며, 세규사 장사(莊舍)의 지장직(知莊職)을 사임하고는 사재를 털어 정토사(淨土寺)를 짓고, 그리고는 불도(佛道)에 전념하는 일련의 사건으로 구성되어 있다.

막 손을 나누고 길을 떠나려 할 때 홀연히 꿈이 깼다. 쇠잔한 등불빛이 어스름하게 비치고, 밤은 벌써 깊었다. 아침에 보니, 수염과 머리가 모두 희어져 있었다. 마음이 망연하여 인간 세속에 뜻이 없고, 삶에 염증이 나고, 마치 백년 동안의 신고(辛苦)를 겪은 듯하여 온갖 탐욕이 얼음 녹듯 하였다. 부끄러운 마음으로 성용(聖容)을 대하여 깊이 참회하였다. 돌아와 해현(蟹峴)에 묻었던 아들의 무덤을 파니, 곧 돌미륵이었다. 깨끗이 씻어 이웃 절에 봉안하고, 서울로 돌아와 지장직을 사임하였다. 사재를 기울여 정토사(淨土寺)를 창건하고 백업(白業)을 부지런히 닦더니, 그 뒤 어떻게 마쳤는 지는 알 수 없었다.17)

---

16) 昔新羅爲京師時 有世逵寺之莊舍 在溟州㮈李郡 本寺遺僧調信爲知莊 信到莊上 悅太守金昕公之女 惑之深 屢就洛山大悲前 潛祈得幸 方數年間 其女已有配矣 又往堂前怨大悲之不遂己 哀泣至日暮 情思倦憊 俄成假寢

17) 方分手進道而形開 殘燈翳吐 夜色將闌 及旦鬚髮盡白 惘惘然殊無人世意 已厭勞生

위의 인용문을 통해 살펴볼 수 있듯이, 이러한 후반부의 현실담은 앞서 살펴본 바의 전반부 현실에 대한 초탈(超脫)로 나타나고 있다. 후반부의 현실담에서 조신이 세규사의 지장직을 사임하는 것은 전반부 현실에서 그가 지장직에 부임하는 것에 대한 초탈이고, 후반부 현실담에서 조신이 세속적인 삶에 대해 염증을 느끼는 것은 그가 전반부 현실에서 느꼈던 탐욕(貪慾)에 대한 초탈인 것이며, 또한 조신이 후반부의 현실담에서 낙산사의 관음상 앞에서 참회하는 것은 그가 전반부 현실에서 관음상 앞에서 원망(怨望)하던 것에 대한 초탈인 것이다.

이처럼 「조신전」에서 후반부의 현실담은 전반부의 현실을 철저히 초탈하는 방향으로 전개되고 있다. 그리고 그러한 초탈의 결과로 나타난 것이 바로 후반부 현실담에 있어서의 정토사(淨土寺)의 창건과 불도(佛道)에 대한 전념인 것이다.

「조신전」의 후반부 현실담이 보여주는 이 같은 전반부 현실에 대한 초탈은 몽유자(夢遊者)인 주인공 조신에게 인식상(認識上)의 대변화(大變化)가 일어났음을 의미한다. 세규사 장사(莊舍)의 지장(知莊)에 부임하면서부터 비롯되는 승 조신의 번뇌(煩惱)는 애욕에 의한 본능적 갈등에서 기인하며, 이것은 급기야 관음에 대한 원망(怨望)으로까지 이어진다. 그러나 몽중의 체험을 통해 그것이 부질없음을 깨달은 뒤에, 조신은 탐욕을 버림과 동시에 관음상에 참회하고, 자신에게 번뇌를 가져다 준 출발점이기도 한 세규사의 지장직에서 사임하기에 이르는 것이다.

따라서 전반부 현실에 대한 초탈로서 형상화되고 있는 후반부의 현실 세계는 세속적인 명예욕(名譽慾)와 탐욕(貪慾)과 원망(怨望) 등으로 가득 찬 전반부의 현실 세계와는 분명히 다른 이질적(異質的)인 세계일 수밖에 없다. 번뇌로 고통받는 전반부의 현실 세계가 속차원(俗次元)의 미계(迷界)라

如飫百年辛苦 貪染之心 洒然氷釋 於是慙對聖容 懺滌無已 歸撥蟹峴所埋兒塚 乃石彌勒也 灌洗奉安于隣寺 還京師 免莊任 傾私財 創淨土寺 懃修白業 後莫知所終

고 한다면, 여기에서 초탈(超脫)하여 깨달음을 얻은 후반부의 세계는 성차원(聖次元)의 오계(悟界)이기 때문이다. 이처럼 「조신전」은 '현실—꿈—현실'이라는 서사 구조를 통해 오도(悟道)의 세계에 이르기 위해서는 미계(迷界)의 무명(無明)으로부터 초탈해야 함을 강조하고 있는 것이다.

2) 인생고의 문학적 형상화

이와 같이 「조신전」에서 몽유자(夢遊者)인 조신은 입몽(入夢)에서 각몽(覺夢)의 단계를 거치면서 인식의 변화를 겪게 되고, 이로 인해 그가 처해 있는 현실 세계의 질적 변화가 유발되고 있는 것이다. 이처럼 「조신전」에서 주인공 조신의 인식의 변화와 그가 처한 현실 상황의 변모를 가능하게 해준 것은 바로 내부본체(內部本體)로서의 몽중담(夢中談)이다. 작품 전체의 서사 분량의 상당량을 차지하는 이 몽중담은 조신이 태수의 딸인 김씨녀와 인연을 맺고, 그들 부부가 경제적인 궁핍 속에서 겪는 50여 년 간의 처절한 삶을 그려내고 있다.

「조신전」의 몽중담은 태수의 딸인 김씨녀(金氏女)가 조신을 찾아와 부부가 되길 원하면서 본격적으로 시작된다.

> 홀연히 꿈에 김씨 낭자가 조용히 문으로 들어와 찬연히 웃으면서 이르기를, "제가 일찍이 상인(上人)과의 반면(半面)이 있어 마음으로 사랑하여 잠시도 잊을 수 없었습니다마는 부모의 명을 어기지 못하여 억지로 다른 사람을 따라 갔습니다. 지금은 동혈(同穴)의 벗이 되고자 원하여 왔습니다." 라고 하였다.[18]

조신은 자신을 찾아와 부부의 연을 맺고자 하는 김씨녀와 함께 기쁜

---

18) 忽夢金氏娘容豫入門 粲然啓齒而謂曰 兒早識上人於半面 心乎愛矣 未嘗暫忘 迫於
　　父母之命 强從人矣 今願爲同穴之友 故來爾

마음으로 고향으로 돌아간다. 그리고는 40여 년을 더불어 생활하면서, 조신 부부는 다섯 명의 자식을 두게 된다. 그러나 조신이 겪게 되는 삶은 그가 평소 꿈꾸었던 행복한 삶만은 결코 아니었다. 그 삶은 늙고, 병들고, 굶주리고, 사별(死別)하는 고통의 연속이었던 것이다.

집이라고는 네 벽 뿐이요, 나물죽으로도 끼니를 잇기가 어려웠다. 드디어 떠돌이 행각을 시작하여 사방으로 다니며 입에 풀칠을 한 지 10년 만에 초야를 헤매느라 옷이 누더기가 되어 또한 몸을 가리지 못하였다. 마침 명주(溟州) 해현령(蟹縣嶺)을 지나다가 열 다섯 살 된 큰 아이가 갑자기 굶어 죽으니 통곡하며 길가에 묻었다. 남은 네 식구를 데리고 우곡현에 가서 길가에 볏집을 짓고 살았다. 부부가 이미 늙고 병들었으며, 굶주려 일어나지도 못하였다. 열 살 된 딸이 마을을 돌아다니며 밥을 구걸하다가 개에게 물려 아파서 울부짖으며 앞에 쓰러졌다.[19)

위의 인용문이 보여주듯, 김씨녀와 함께 고향으로 돌아와 생활하던 조신은 가계가 점점 더 가난해지자 마침내 호구(糊口)를 위해 유랑 생활을 하게 된다. 그러는 동안 조신 부부는 늙고 병들며, 15세의 장자(長子)는 아사(餓死)하고, 10세의 딸은 구걸을 하러 다니다가 개에게 물려 자리에 눕게 된다. 위의 인용문의 내용은 이러한 조신일가(調信一家)의 비극적인 삶의 모습을 생생하게 보여준다.

이 같은 처참한 상황에 처하게 되자, 조신의 처인 김씨녀는 조신에게 헤어질 것을 권한다. 김씨녀의 이 말을 조신은 기쁜 마음으로 받아들이고, 그들은 각각 두 아이씩 데리고 헤어지기에 이른다. 그녀와 인연을 맺고자 갈망했던 원래의 마음은 온데 간데 없어지고, 조신은 그녀의 헤어지자는 말을 듣고는 크게 기뻐하고 있는 것이다. 처절한 삶의 고통이 마침내 조신의 마음에 큰 변화를 불러일으킨 것이다.

---

19) 家徒四壁 藜舊不給 遂乃落魄 扶携 糊其口於四方 如是十年 周流草野 懸鶉百結 亦
不掩體 適過溟州蟹縣嶺 大兒十五歲者忽餒死 痛哭收瘞於道 從率餘四口 到羽曲縣
結茅於路傍而舍 夫婦老且病 飢不能興 十歲女兒巡乞 乃爲里獒所噬 號痛臥於前

　「조신전」의 몽중사(夢中事)에 형상화되고 있는 조신 일가의 처절한 삶의 모습이 신라 말 서민들의 궁핍한 삶의 모습을 사실적으로 반영하고 있는 것은 사실이라 하겠다. 그런데 「조신전」의 작가가 이 작품에서 조신 일가의 비극적인 삶을 통해 궁극적으로 말하고자 하는 것은 신라 말 서민들의 처절한 현실상(現實相)은 아니다.

　「조신전」은 중생(衆生)이 무명(無明)으로 인해 헤어나지 못하고 겪어야만 하는 '생노병사(生老病死)'의 인생사고(人生四苦)와 '애별리고(愛別離苦)'를 형상화하기 위한 방편으로 당시 서민들의 궁핍하고 처참한 현실을 이끌어 들였을 뿐인 것이다. 기실 「조신전」의 몽중담은 신라 말 서민들의 비극적 삶을 통해 작가가 펼쳐 보이고자 하는 '생노병사'와 '애별리고'와 같은 인생고(人生苦)의 문학적 형상화인 것이다.

　앞에서 살펴보았듯이, 조신 일가가 겪는 50여 년의 처참한 삶은 인간 세상에서 전개되는 '생노병사'의 처절한 실상과 이별로 빚어지는 고통을 여실히 보여준다. 조신 부부가 궁핍하고 노쇠하여 호구지책(糊口之策)으로 유랑걸식(流浪乞食)하는 삶의 비극은 '생노(生老)'에 따른 고통이며, 자식들이 아사(餓死)하거나 병으로 신음하는 처절한 상황은 '병사(病死)'로 야기되는 고통이다. 이러한 조신 일가의 비참한 삶의 모습은 '생노병사'라는 네 가지 인생고(人生苦)의 현실적인 표현이라 할 만하다. 또한 몽중사(夢中事)의 종말에 이르러 조신과 그의 처인 김씨녀(金氏女)가 각기 두 아이를 데리고 생이별(生離別)하는 것 역시 '애별리고(愛別離苦)'에 대한 구체적인 표현이라 할 수 있다.

　「조신전」에서 애욕에 집착해 있던 주인공 조신은 몽중사를 통해 그러한 미망(迷妄)이 '생노병사' 내지 '애별리고' 등 인생고(人生苦)의 근본임을 깨닫게 되는 것이다. 그리하여 그는 자신에게 번뇌를 가져다 준 미망 즉 무명(無明)을 멸하는 방편으로 세규사(世逵寺)의 지장직을 사임하고 불도(佛道)에만 전념하는 행동의 변화를 보여주고 있다. 그의 심안(心眼)이 달라짐으로써 그의 행동에도 변화가 나타난 것이다.

결국 「조신전」에서 그려내고 있는 몽중세계(夢中世界)는 무명(無明)의 존재인 조신을 미계(迷界)에서 오계(悟界)로 이끌어 내기 위한 '인생 고해(苦海)의 동굴'이라고 하겠다. 그리고 「조신전」의 작가는 '생노병사'와 '애별리고'의 연속인 '인생 고해의 동굴'을 사실적으로 형상화하기 위해 신라 말 서민들의 처참한 생활상을 원용(援用)하고 있는 것으로 보아진다.

3) 관음행화담으로의 승화

「조신전」의 '현실 — 꿈 — 현실'의 서사 구조에서 꿈(몽중담)을 에워싸고 있는 외부액자(外部額子)는 내부본체(內部本體)인 꿈의 사건을 현몽(現夢)에 의한 관음의 위신력으로 승화시켜 준다. 몽유자인 조신의 몽중체험(夢中體驗)이 관음전에서 이루어지고 있으며, 입몽 직전에 조신이 관음에 대해 품었던 원망(怨望)이 각몽 직후에 오히려 참회로 전환되고 있음은 이러한 사실을 잘 보여준다. 앞에서 검토한 바, 미계(迷界)의 존재인 조신을 오계(悟界)의 존재로 변환시킨 인생고해담적(人生苦海談的) 내부본체는 외부액자인 전·후반부의 현실담 속에 수용되면서 낙산사 관음상의 의도적인 행화담(行化談)으로의 승화 과정을 거치게 되는 것이다.

「조신전」에서 몽유사건(夢遊事件)으로 그려지고 있는 조신 일가의 처절한 삶의 실상은, 외부액자를 완전히 떼어버리고 그 자체만을 독립시켜 놓고 보았을 때, 표면적으로는 현실성이 강하며 불교적인 색채가 약한 것이 사실이다. 그러나 위에서 지적하였듯이, 여기에 외부액자가 배치되면 조신 일가가 겪는 그 비극적인 사건은 무명중생(無明衆生)이 겪을 수밖에 없는 인생의 고해담(苦海談)으로서의 종교적인 상징성을 지니게 되고, 이것은 한걸음 더 나아가 완벽한 관음행화담(觀音行化談)으로 승화되는 것이다.

이처럼 비불교적이고 민간 설화적인 서사내용(主分)이 불교적인 액자(序分·結分)에 의해 불교적인 의미를 지니게 되는 기법은 이미 불경에서 전형화된 서술 체재다.[20] 「조신전」에서의 전·후반부의 현실담 역시 표면적으로는 비불교적이고, 민간 설화적인 조신 일가의 비극적인 삶을 '생노병사'와 '애별리고'를 상징적으로 형상화한 인생고해담(人生苦海談)으로 변환시키고, 나아가서는 무명존재(無明存在)인 조신을 오도(悟道)의 세계로 이끌어 내는 관음행화담(觀音行化談)으로 승화시켜 주는 서사 기능을 발휘하고 있는 것이다. 이런 점으로 미루어 볼 때, '현실 — 꿈 — 현실'이라는 「조신전」의 서사 구조는 불경의 서술 체재와 무관하지 않다 하겠다.

『삼국유사』에는 관음행화의 모습을 서술하고 있는 작품이 다수 수록되어 있으며, 관음의 화현양상(化現樣相)도 매우 다양하게 나타나고 있다. 노힐부득(努肹夫得)과 달달박박(怛怛朴朴)의 성불(成佛)을 도와 준 「남백월이성(南白月二聖) 노힐부득(努肹夫得) 달달박박(怛怛朴朴)」조의 낭자(娘子)나, 신효거사(信孝居士)에게 머무를 곳을 가르쳐 준 「대산월정사(臺山月精寺) 오류성중(五類聖衆)」조의 노부(老婦)와 같이 관음은 여인의 모습으로 화현하기도 하며, 광덕(廣德)과 엄장(嚴莊)의 왕생(往生)을 도와 준 「광덕엄장(廣德嚴莊)」조에서와 같이 아내의 모습으로 행화하기도 한다. 또한 관음은 적적(狄賊)에게 잡혀간 부례랑(夫禮郎)과 안상(安常)을 구출해 내는 「백률사(栢栗寺)」조의 승려나, 오(吳)나라에 표류해 간 장춘(長春)을 향리(鄕里)로 데려다 준 「민장사(敏藏寺)」조의 이승(異僧), 그리고 경홍법사(憬興法師)의 치병을 도와 준 「경홍우성(憬興遇聖)」조의 여승(女僧)과 같이 비구·비구니의 모습으로 나타나기도 한다.[21]

『삼국유사』에서 보여주고 있는 이 같은 관음 화현의 양상은 이미 관음 관련 경전에서 다양하게 제시되고 있는 바다. 원래 관음은 대자대비(大慈大悲)를 근본 서원(誓願)으로 하는 보살로서, 중생의 근기(根機)에 따라서 불신(佛身)·성문(聲聞)·제석(帝釋)·장자(長子)·거사(居士)·비구(比丘)·비구

---

20) 황패강, 『신라불교설화연구』, 일지사, 1976, 15~17면 참조
21) 임동주, 「보살화현설화에 나타난 보살화현의 원리와 양상」, 『국제어문』 2, 국제대 국어국문
    학과, 1981, 42~47면 참조

니(比丘尼)·부녀(婦女)·동남(童男)·동녀(童女)·아수라(阿修羅) 등 32 응신으로 화현하여 중생의 해탈을 도와 주는 것이다.[22] 따라서 앞에서 언급한 바, 『삼국유사』 소재 관음 화현의 서사물들은 32 응신으로 시현(示現)하여 중생의 소망을 원만히 성취시켜 제도(濟度)하는 관음의 신묘한 권능을 문학적으로 형상화시킨 서사 작품들인 것이다.

「조신전」 역시 관음의 행화담적 속성을 지닌 서사 작품이다. 이 작품은 이미 지적하였듯이, 낙산사 관음상의 신통한 위신력에 의해 승(僧) 조신이 무명에서 벗어나 해탈에 이르게 되는 일련의 영험적인 사건을 그려내고 있는 것이다. 비록 몽중사지만, 조신으로 하여금 불도(佛道)로 나아가게 깨우쳐 준 몽중(夢中)의 김씨녀는 바로 관음이 화현한 모습으로 볼 수 있겠기 때문이다.

기실 여색(女色)의 미망에 사로 잡혀 있던 무명(無明)의 존재 조신이 현몽(現夢)을 통한 관음의 제도(濟度)로 음욕(淫慾)을 버리고 득도(得道)하게 되는 「조신전」의 작품 골격은 이미 『관세음보살보문품(觀世音菩薩普門品)』에서 관음의 신통력 중의 하나로 제시된 것이기도 하다.[23] 이런 점에서 「조신전」은 낙산사 관음상의 신통묘력(神通妙力)을 그린 관음영험담(觀音靈驗談)이라 하겠고, 조신의 몽중에 등장하는 김씨녀는 관음의 32 응신 중의 하나라 볼 수 있겠다.

앞서 살펴보았듯이, 「낙산이대성 관음정취조신」조에는 관음의 모습이 다양하게 제시되고 있다. 그 첫 번째 낙산(洛山) 관음의 모습은 관음진신(觀音眞身)으로, 이 진신은 의상법사의 앞에 나타난 관음의 모습이다. 의상법사는 이 관음진신을 낙산 해변의 동굴에서 친견했으며, 그 뒤 관음상을 소조하여 안치하고 낙산사를 창건하였던 것이다. 낙산의 두 번째 관음의 모습은 여인으로 화현한 관음응신(觀音應身)이다. 이 관음응신은 남교(南郊)

---

22) 『법화경(法華經)』 권8, 「관세음보살보문품(觀世音菩薩普門品)」 25, 『수능엄경(首楞嚴經)』 권6, 「관음 32 응신(應身)」 참조

23) 若有衆生 多於婬慾 常念恭敬觀世音菩薩 便得離慾

의 수전(水田) 가운데서 흰 옷을 입은 여인의 형상으로 원효대사의 앞에 그 모습을 드러낸 바 있었다.

「낙산이대성 관음정취조신」조에는 이외에도 현몽(現夢)을 통해 그 실체를 드러내 보이고 있는 낙산의 또 다른 관음의 모습이 제시되어 있다. 이것이 바로 「조신전」에서 형상화해 놓고 있는 관음화신(觀音化身)인 것이다. 이는 여색의 탐욕에 빠져 있는 조신에게 나타난 관음의 모습으로, 현몽을 통해 조신에게 그 화신(化身)을 보여주고 있다. 「조신전」에서 조신은 이러한 관음현몽(觀音現夢)에 의해 음욕(淫慾)을 버리고, 해탈(解脫)·오도(悟道)의 길로 나아가게 되는 것이다.

이처럼 「낙산이대성 관음정취조신」조에는 관음진신(觀音眞身), 관음응신(觀音應身), 관음화신(觀音化身) 등 낙산사 관음의 다양한 화현 양상이 제시되고 있으며, 「조신전」은 그중 현몽을 통해 실체를 드러내고 있는 관음화신을 그려내고 있는 것이다. 이런 점에서 「조신전」은 낙산사 관음상의 행화담으로서의 성격을 지닌 작품이라 하겠다.

4. 설법 대본적 작품 성격

1) 관음 경전의 문학적 변용

「낙산이대성 관음정취조신」조에서 찬자(撰者)는 기존에 있던 '전(傳)'을 근거로 하여 이 「조신전」의 내용을 기술하였음을 밝히고 있다. 이 기록으로 보아 이 「조신전」은 늦어도 13세기 이전에 전(傳)의 형태로 작품화·기록화 되었음을 알 수 있다. 그러나 이 「조신전」이 서사 작품으로 이루어진 시기를 구체적으로 밝히기란 결코 용이한 일이 아니다. 다만 이 작품의 서두(序頭) 기록인 '옛날 신라가 서울이 되었을 때(昔新羅爲京師時)'로 미루어 볼 때, 만일 이 기록이 찬자에 의한 원전(原典)의 충실한 이기(移記)라고 인정할 수 있다면, 이 작품은 신라 시대를 상한선으로 하되 서사적 정착 시기는 일단 고려 초기로 설정해 볼 수 있겠다. 그러나 이 기록이 찬자에 의한 의도적인 첨가이거나, 개작(改作)일 가능성도 전혀 배제할 수 없기 때문에 이 기록이 주는 신빙성은 그다지 크다고 할 수는 없는 것이다.

　그런 점에서, 「조신전」의 형성 시기를 추정하는 데 있어서의 주요한 단서로 작품상에 나타나고 있는 시대적 배경을 주목할 필요가 있겠다. 그러한 단서 중의 하나가 바로 주인공인 조신의 신분과 관련된 문제다. 이미 살펴보았듯이, 승(僧) 조신(調信)은 본사(本寺)에 소속되어 있는 장원(莊園)을 관리하고, 감독하기 위해 세규사(世逵寺)라는 사찰에서 명주(溟州) 날리군(捺李郡)에 파견한 지장(知莊)이다. 이러한 작품의 내용적 사실은 이 작품이 적어도 사찰 경제가 비대해졌던 시기를 그 시대적 배경으로 설정해 놓고 있음을 보여주는 바라 하겠다.

　주지하는 바와 같이, 우리 나라의 고대 불교사(佛敎史)에서 사찰이 거대한 장원을 형성하던 시기는 신라하대(新羅下代) 이후며, 이것이 본격화된 것은 나말여초(羅末麗初)에 이르러서다. 이 무렵에 이르게 되면, 선종(禪宗)이 등장하여 크게 번성하였으며, 대체로 6두품 이하 신분의 선승(禪僧)들은 지방의 호족(豪族) 세력과 연결되어 사원을 중심으로 거대한 장원을 형성하였던 것이다.[24] 이와 같은 사실로 미루어 볼 때, 「조신전」에서 승려인 조신이 속한 신분적 계층인 '지장(知莊)'은 이 작품이 나말여초에 걸치는 시기를 작품의 시대 배경으로 설정하고 있음을 보여주는 결정적 단서 중의 하나라고 하겠다.

　또한 「조신전」에 등장하고 있는 인물 중 역사적 근거를 찾아 볼 수 있는 존재인 명주(溟州) 태수(太守) 김흔(金昕)이 문성왕(文聖王) 11년(849년)에 산재(山齋)에서 47세를 일기로 사거(死去)했다는 기록으로 미루어 보아

---

24) 최병헌, 「신라하대 선종 구산파의 성립」, 『한국사연구』 7, 1972, 101~112면 참조

도,25) 이 작품의 창작 상한 시기는 9세기까지 올라감을 알 수 있다. 거기에다가 작품 내 몽중사(夢中事)에서 그려지고 있는 인생고해담(人生苦海談)에서 살필 수 있는 조신 일가의 경제적 궁핍상이 기근과 질병으로 인해 유랑 걸식하던 신라 말 서민들의 생활상을 반영하고 있다는 점 역시 그러한 사실을 입증해 주는 바라고 할 수 있다.

이와 같은 점에서 「조신전」의 문헌적 정착은 9세기 이후에야 가능하다고 하겠다. 그런데 「조신전」이 작품상의 시대 배경으로 설정해 놓고 있는 이 시기는 작금에 이르러 한국 서사문학사상 소설 양식의 출현이 가능한 시기로 중시되기도 한다. 그리고 그러한 논의에서 이 「조신전」은 전기(傳奇) 계통의 소설 작품으로 취급된 바 있다. 이 경우 「조신전」은 작품에 나타나는 작가의 창의성 및 문식(文飾)의 가미 그리고 사회 현실의 풍부한 반영 등이 강조되었고,26) 낙산대비(洛山大悲)에게 기원하는 장면이나 입몽 과정이 『금오신화(金鰲新話)』이래의 몽유록 계통의 소설과 동계(同系)라는 점이 크게 부각되기도 하였다.27)

물론 「조신전」이 그러한 소설적 수준의 작품 면모를 지니고 있으며, 당대(唐代)의 전기(傳奇)와 비교될 만한 작품적 성격을 보여주고 있는 것도 사실이다. 그러나 「조신전」은 그럼에도 불구하고, 전기(傳奇)로만 규정하기에는 석연치 않은 부분이 많다. 잘 아는 바와 같이, 당대(唐代) 전기(傳奇) 중에는 「조신전」과 같이 꿈을 소재로 다룬 작품이 적지 않다. 그러한 작품 중 대표적인 것이 「침중기(枕中記)」와 「남가태자전(南柯太子傳)」이라 하겠는데, 이들 작품의 몽중사(夢中事)는 「조신전」의 몽중사와는 대조적으로 인생의 고뇌를 다루고 있지는 않는다. 오히려 이들 작품의 몽중사는 「조신전」의 경우와는 아주 상대적으로 인간사(人間事)의 부귀영화를 그려내고 있다. 이렇듯 「조신전」은 몽중사의 성격 면에서 당대(唐代) 전기(傳奇)의 그

---

25) 『삼국사기』 권44, 「열전」, 4, 金陽條.
26) 임형택, 앞의 논문, 22면.
27) 장덕순, 앞의 책, 151면.

것과 분명한 차별상을 드러낸다.

이런 점에서 「조신전」에서 그려내고 있는 몽중사는 당대(唐代) 전기(傳奇)의 몽중사 보다는 오히려 불경(佛經)의 그것과 친연성이 있다고 보아진다. 주지하는 바와 같이, 『대장엄경(大藏嚴經)』·『잡보장경(雜寶藏經)』을 비롯하여 불경 중에는 꿈을 소재로 한 이야기가 적지 않다. 이러한 불경 소재의 몽중담은 「조신전」의 작가가 작품의 몽중사를 구상하는데 직·간접적으로 영향을 주었을 것으로 짐작된다.[28]

이와 같이 「조신전」의 작품 성격을 전기(傳奇)로만 한정하여 규정하는데에는 무리가 있어 보인다. 이러한 사실은 이 작품의 몽중사가 지닌 불경적(佛經的) 친연성뿐만 아니라, 이 작품이 본질적으로 관음화현(觀音化現)의 신묘한 영험담이라는 점을 고려할 때 더더욱 그러하다. 앞서 살펴보았듯이, 「조신전」은 궁극적으로 관음의 신통한 위신력을 문학적으로 형상화한 작품으로, 이 작품이 관음의 영험을 강조하고 있는 관음경전(觀音經典)과 불가분의 관련성을 맺고 있을 것이라는 점은 쉽게 짐작되기 때문이다.

관음신앙은 『법화경(法華經)』이 성립되기 이전부터 인도(印度)에서는 이미 유행을 보았으며, 그것이 구체화된 시기는 대체로 『법화경』이 성립을 본 이후라고 추정된다. 그런데 이 관음신앙이 언제 우리 나라에 전래되었는지에 대해서는 구체적인 문헌적 근거가 없어 확실하게 단정짓기는 어려우나, 대체로 불교 초전(初傳)과 때를 같이 하여 관음신앙이 우리 나라에 전파되었을 것으로 보인다.

그런데 관음은 중생이 해탈에 이르지 못하면 정각(正覺)을 이루지 않겠다는 서원(誓願)을 세우고 온갖 고난으로부터 중생을 구제해 주는 보살이기 때문에, 이 관음신앙은 우리 나라에 전래된 이후로 서민 대중의 호응리에 상당한 유행을 보았을 것은 분명하다. 그리고 이 같은 관음신앙은

---

28) 정규복, 「한중 비교문학의 문제점」, 『변이와 수용』, 동방문학비교연구회, 1986, 550~554면
　　참조

관음의 영험적 권능을 다양하게 문학적으로 표현하는 관음설화(觀音說話)가 활발하게 형성되고 유전될 수 있는 원동력으로 작용했으리라고 추측된다.

『삼국유사』에 수록된 다수의 관음영험담들은 바로 이러한 사실을 입증해 주는 구체적인 예라고 하겠다. 앞에서 검토한 바와 같이,『삼국유사』에는 다양한 모습으로 관음이 화현하여 중생을 제도하는 서사 내용을 담고 있는 작품이 다수 수록되어 있다. 이 영험담들은 관음신앙의 유행과 함께 형성·전개된 작품들이며, 이들 영험담의 활발한 유통을 통해 관음신앙도 서민들 사이에서 보다 적극적으로 확산되어 나갔을 것으로 보아진다.

이렇듯 관음신앙의 유행은 관음영험담의 형성·유포를 가능케 하는 직접적인 동인이라 할 수 있다. 그런데 이러한 관음영험담의 근원적인 토대가 된 것은 역시 관음의 다양한 신통묘력(神通妙力)을 드러내 보이고 있는 관음경전이라 하겠다. 이미 관음정전으로 정립을 본『법화경』의「관세음보살보문품(觀世音菩薩普門品)」이나, 『능엄경(楞嚴經)』의「관세음보살이근원통장(觀世音菩薩耳根圓通章)」을 위시하여 많은 관음 관련 경전들에는 관음의 영험에 대한 구체적인 실상이 다양하게 제시되고 있기 때문이다. 당시의 불교계에서는 관음신앙의 전파와 대중 포교의 방편으로 관음관련 경전에 수록되어 있는 영험담들을 적극적으로 설법하였을 것이며, 이러한 설법을 통해 전파된 관음 경전 소재의 영험담들은 다양한 관음설화들을 재생산해 내는 원동력 구실을 효과적으로 담당했을 것으로 보아진다.

이와 같이 관음신앙이 전래되고 유행을 보면서 관음 경전의 내용을 근거로 하는 다양한 관음영험담이 형성·유통되었던 것이다.「조신전」역시 이러한 당시 불교계의 흐름 속에서 관음 경전의 문학적 변용(變容)으로 이루어진 작품이라 하겠다.

당시 낙산사나 그 주변 사찰의 어떤 문학적 재능이 있는 승려나 혹은 불심(佛心)이 돈독한 어떤 신불문사(信佛文士)가 관음신앙의 대중적 확산을 희구하고, 낙산사 관음상의 신통력을 드러내기를 염원하며, 나아가 낙산사의 사세(寺勢)가 더욱 확대되기를 갈망하였을 수 있다. 「조신전」은 이러한 욕구를 지닌 승려나 신불문사의 손에 의해 만들어진 작품일 가능성이 크다.[29] 「조신전」의 작가로 보아지는, 문학적인 재능과 종교적인 신심(信心)이 많은 그 승려나 신불문사는 자신의 그러한 욕구를 달성하기 위해 관음 경전의 내용을 토양으로 삼아 「조신전」을 탄생시켰을 것이고, 이 「조신전」은 낙산사 관음상의 영험담으로 활발하게 유통되었을 것이다.

그렇게 만들어졌을 것으로 보아지는 「조신전」은 저작 동기나 작품 내용의 성격으로 보아 어느 계제에 낙산사의 사적(寺蹟)을 기록하고 있는 사지류(寺誌類) 계통의 문헌 자료에 포함되어 낙산사의 사지적(寺誌的) 기록으로 행세했을 것으로 짐작된다. 그리고 낙산사를 중심으로 하여 꾸준히 전승·유통되던 이 기록은 『삼국유사』의 찬자에 의해 낙산사 관음상의 영험성을 실증적을 드러내 보이고자 하는 예화(例話)로써 「낙산이대성 관음 정취조신」조에 인용·수록되었던 것으로 보아진다.

2) 설법 대본적 작품 면모

「조신전」이 서사 작품으로 이루어졌으리라고 추정되는 나말여초 무렵의 불교문학적인 상황을 살펴보는 것은 이 작품의 성격을 이해하는 데 있어서 시사해 주는 바가 있다. 주지하는 바와 같이, 중국의 경우에는 당대(唐代)에 속강(俗講)에서 비롯된 변문(變文)이 성행하였다. 이 변문은 원래는 불경(佛經)의 해설을 목적으로 불경고사(佛經故事)의 강창(講唱)에서 출현을 보았다. 그러나 점차 그것은 불경과 무관한 작품으로의 내용적 통속화(通俗化)가 이루어지게 된다.[30] 우리 나라의 경우에 있어서도 삼국·신라 이

---

29) 「조신전」의 작가가 승려일 것이라는 추정은 지준모에 의해 지적된 바 있다.(지준모, 앞의 논문, 125면 참조)

래로 속강적 성격의 불교의식이 꾸준히 전승되었고, 그와 더불어 중국의 변문에 견줄 만한 수준의 작품 생산도 이루어지게 된다.[31]

중국에서 전개된 속강(俗講)은 본디 대중 포교를 위한 통속적인 강경의식(講經儀式)이다. 거기에서는 경전에 근거를 두긴 했으나 그 내용을 통속화한 변문을 대본(臺本)으로 의식이 진행되면서, 기악(伎樂)이나 영송(詠頌)·가무(歌舞) 등이 곁들여져 연희적인 분위기를 조성하게 된다. 이러한 중국의 속강은 우리 나라에 불교가 전래된 이후로 수용되었고, 그로 인해 속강적 불교의식의 한국적인 전개 역시 가능해지게 되었던 것이다. 이러한 한국적 속강의 흔적은 원효(元曉)·대안(大安)·혜공(惠空) 등 신라대의 대중 교화승(敎化僧)의 행적에서 그 편린을 찾아 볼 수 있다. 「조신전」은 이러한 한국적 속강의식에서 설법(說法)의 대본(臺本)으로 활용될 수 있는 가능성이 충분한 작품으로 짐작된다.

낙산사(洛山寺)는 창사(創寺) 이래로 관음영지(觀音靈地)로 인식되어 온 관음기도(觀音祈禱)의 도량이었다. 그러기에 이 사찰에서는 창사 이후 일찍부터 관음신앙과 관계된 법회(法會)나 재의(齋儀) 등 크고 작은 여러 불교의식이 활발하게 거행되었을 것은 물론이다. 그리고 관음신앙과 관련하여 거행되는 그러한 대소간의 불교의식에서 낙산사의 고승대덕(高僧大德)들은 신중(信衆)을 대상으로 포교와 교화를 위해 각종의 설법을 하였을 것인데, 그러한 설법의 내용은 그 의식의 성격상 관음신앙적인 것이 중심이되었을 것은 분명하다 하겠다.

관음신앙과 관계된 각종 법회와 재의에서 설법을 맡은 낙산사의 고승대덕들은 낙산사(洛山寺) 관음상(觀音像) 앞에 설법의 자리를 마련하고, 신불 대중들의 이해를 쉽게 하기 위해 관음 경전의 내용을 대중적으로 평이하게 풀어가며 설법했을 것으로 짐작된다. 그 설법승(說法僧)들은 운집해 있는 신중(信衆)에게 관음 세계의 화려함과 관음보살의 신묘한 영험상을

---

30) 김학주, 『중국문학개론』, 신아사, 1977, 355면 참조
31) 사재동, 「불교계 서사문학의 연구」, 『어문연구』 12, 어문연구회, 1983, 176~189면 참조

실감나게 설화했을 것이고, 그 자리에 모인 신중은 그 설법을 통해 종교적인 감동을 받고 교화되었을 것이다.

그런데 이러한 관음신앙적 법회나 재의에서, 낙산사 관음상의 영험성을 역사적이고 일상적인 사실에 기초하여 형상화하고 있는 「조신전」은 설법을 맡은 고승대덕들에게 있어 단골적인 소재였을 것으로 짐작된다. 그것은 낙산사 관음상 앞에 마련된 설법의 자리에서 신중들에게 그 보살상(菩薩像)의 영험담을 이야기할 때 설법의 효과가 극대화될 수 있었을 것이기 때문이다. 이러한 극적 효과 때문에 낙산사의 설법승들은 신중에게 관음신앙을 고취시키고, 낙산사 관음상의 영험력을 실증해 보이기 위해, 사지적(寺誌的)인 모습으로 존재하던 「조신전」을 설법의 대본으로 적극 활용했을 것이다.

속강에서 비롯된 변문(變文)은 순전히 산문(散文)으로 기술되거나 혹은 순전히 운문(韻文)으로 기술되고 있는 예도 일부 보이긴 하지만, 대부분은 산문과 운문이 교직(交織)되는 문체적 특징을 지닌다.[32] 그런데 『삼국유사』에 인용·수록되고 있는 「조신전」에는 운문이 전혀 개입되어 있지 않다. 그렇지만 현재 『삼국유사』에 전하는 「조신전」이 원작(原作) 「조신전」의 초록(抄錄)이었을 것으로 보는 것이 합리적이기 때문에,[33] 『삼국유사』에 보이는 순전히 산문으로만 기술된 「조신전」의 문체 모습이 원작(原作)의 문체라고 단정지을 수는 없다. 그것은 비록 『삼국유사』에 인용된 「조신전」의 서사 문맥상에 운문이 개입되고 있지는 않지만, 이는 스토리 위주로 원작의 내용을 축약하고, 재정착 시키는 과정에서 다수의 운문이 탈락된 것으로 볼 수도 있겠기 때문이다. 기실 이 시기는 불경의 전형적인 서술 문체인 산운교직(散韻交織)의 문체적 수법이 이미 보편화되었을 것으로 볼 수 있겠기 때문에,[34] 원작(原作) 「조신전」의 경우에도 산문과 운문

32) 白化文, 「什麼是變文」, 『敦煌變文論文集』, 明文書局, 臺北, 442면 참조
33) 지준모, 앞의 논문, 122~123면 참조
34) 정규복, 「한국 고전문학에 나타난 偈의 역할」, 『어문논집』 24·25, 고려대 국어국문학연구

을 섞어가며 낙산사 관음상의 영험담을 서술했을 가능성을 완전히 배제할 수 없는 것이다.

이와 같이 「조신전」은 낙산사를 중심으로 하여 전개되던 속강적 의식에서 대중 교화를 기하고, 낙산사와 관음상의 권능성과 영험성을 드러내기 위한 설법의 대본으로 행세·활용되었을 작품으로 보아진다. 전술하였듯이, 이 작품은 세속담적 몽중사를 내부본체로 하고, 그 전후에 불교적·관음신앙적 외부액자를 배치하여 불교적 취의(趣意)를 강조하는 서사구조나, 관음의 신통한 위신력을 드러내는 주제의식에 있어서 불교적 주제 내용을 평이한 이야기를 통해 설법하던 속강 대본의 성격과 부합되는 점이 많기도 하다.

5. 맺음말

이상에서 본고는 「조신전」이 「낙산이대성 관음정취조신」조에서 차지하는 서사 기능과 이 작품의 서사 구조적 실상 및 의미 그리고 이 작품이 지닌 관음영험담적 성격 등에 대해 살펴 보았다. 지금까지 논의된 바를 요약·정리하면 다음과 같다.

「조신전」을 인용·수록하고 있는 「낙산이대성 관음정취조신」조의 서술 체재는 연기담적 내용의 전반부와 영험담적 내용의 후반부가 체계적으로 결합된 구조적 이원성(二元性)을 보여준다. 이러한 이원적 구조 내에서 「조신전」은 낙산사에 속한 불보(佛寶)에 대한 영험담의 실증적 예화(例話) 중의 하나로 제시되고 있으며, 그 예화에서 영험을 드러내는 불보는 낙산사의 관음상이다. 이처럼 「조신전」은 찬자의 작품의 성격에 대한 인식 태도나, 이 작품이 「낙산이대성 관음정취조신」조의 전체 서술 체재 내

____

회, 1985, 789면 참조

에서 차지하는 서사 기능, 그리고 이 작품 자체가 지닌 사건 내용 등에서 불보영험담적(佛寶靈驗談的) 성격을 지닌다.

「조신전」은 '현실 ― 꿈 ― 현실'의 서사 구조로 구성되고 있는데, 전·후반부의 현실이라는 외부액자에 의해서 조신 일가의 비참한 삶을 그린 내부본체인 몽중 사건은 인생고해담(人生苦海談)으로 변환되고, 나아가 이는 관음행화담(觀音行化談)으로 승화된다. 「조신전」에서 관음은 현몽을 통해 화현하여 음욕에 빠져 있는 조신을 깨우쳐 주는 위신력을 보여준다. 이 같은 관음의 행화로 인하여, 몽유자인 조신은 각몽 후에 입몽 이전의 현실 상황을 초탈하는 인식의 변화를 일으킨다. 이로써, 조신을 둘러싼 입몽 이전의 속적(俗的) 현실계인 미계(迷界)는 성적(聖的) 세계인 오계(悟界)로 변환된다.

「조신전」은 낙산사 관음상의 신통한 위신력을 문학적으로 형상화하고 있는 작품으로, 관음의 영험을 강조하고 있는 관음 경전과 친연성을 갖는다. 이렇듯 「조신전」은 작품의 기저를 관음 경전에 두고, 낙산사 관음상의 영험을 드러내 보이는 작품이다. 이 작품은 낙산사나 그 주변 사찰의 어떤 문학적 재능이 많은 승려나 혹은 불심이 돈독한 한 신불 문사에 의해 관음신앙의 대중적 확산을 희구하고, 낙산사 관음상의 영험스런 신통력을 드러내고자 하는 의도에서 지어졌을 것으로 추정된다. 또한 이 「조신전」은 낙산사를 중심으로 관음신앙과 관련하여 거행되는 각종 의식에서 불법을 전하고, 낙산사와 그곳 관음상의 권능성과 영험성을 드러내기 위한 설법의 주요 대본으로 활용되었을 여지가 많은 작품으로 짐작된다.

참고 문헌

경일남, 「삼국유사소재 '찬'의 서사문학적 의미」, 『어문연구』 16, 어문연구회, 1987.

김광순, 「한국고소설사의 시대구분과 전개양상」, 『어문론총』 22, 경북어문학회, 1988.

김학성, 「삼국유사소재 설화의 형성 및 변이과정 시고」, 『관악어문연구』 2, 서울대, 1977.

김학주, 『중국문학개론』, 신아사, 1977.

사재동, 「불교계 서사문학의 연구」, 『어문연구』 12, 어문연구회, 1983.

이월영, 「불가적 꿈형상 유형의 서사문학적 전개」, 『한국언어문학』 27, 한국언어문학회, 1989.

임동주, 「보살화현설화에 나타난 보살화현의 원리와 양상」, 『국제어문』 2, 국제대 국어국문학과, 1981.

임형택, 「나말여초의 전기소설」, 『한국문학사의 시각』, 창비사, 1984.

정규복, 「한·중 비교문학의 문제점」, 『전이와 수용』, 동방문학비교연구회, 1986.

지준모, 「전기소설의 효시는 신라에 있다」, 『어문학』 32, 한국어문학회, 1975.

최병헌, 「신라하대 선종 구산파의 성립」, 『한국사연구』 7, 1972.

홍윤식, 「삼국유사와 불교의례」, 『불교학보』 16, 1979.

황패강, 『신라불교설화연구』, 일지사, 1976.

「만복사저포기」의 이합 구조와 의미

1. 머리말

『금오신화(金鰲新話)』는 한국 소설사상(小說史上) 중요한 위치를 점유하고 있기 때문에 일찍부터 학계의 주목을 받아 왔고, 그로 인해 『금오신화』에 대한 연구는 형성론,[1] 작가·사상론적[2] 측면에서 상당한 업적을 축적해 왔다. 게다가 근자에 이르러서는 이러한 선행 연구를 토대로 하여 『금오신화』에 수록된 5편의 작품에 대한 다양한 접근이 이루어지고 구체적이고 체계적인 분석이 시도되고 있어, 『금오신화』에 대한 연구가 이제

---

1) 박성의, 「비교문학적 견지에서 본 금오신화와 전등신화」, 『논문집』 3, 고려대, 1958.
　　이석래, 「금오신화의 전개적 고찰」, 『이숭녕박사 송수기념논총』, 을유문화사, 1968.
　　한영환, 『전등신화와 금오신화의 구성비교연구』, 개문사, 1975.
2) 정병욱, 「김시습연구」, 『논문집』 7, 서울대, 1958.
　　정주동, 『매월당 김시습연구』, 신아사, 1965.
　　이재수, 『한국소설연구』, 선명문화사, 1969.
　　민병수, 「김시습론」, 『한국문학작가론』, 형설출판사, 1977.
　　임형택, 「현실주의적 세계관과 금오신화」, 『국문학연구』 13, 서울대, 1971.
　　조동일, 「소설의 성립과 초기소설의 유형적 특징」, 『한국소설의 이론』, 지식산업사, 1977.

본격적인 단계에 이르고 있는 실정이다.[3]

이러한 논의 과정에서 「만복사저포기(萬福寺樗蒲記)」에 대한 검토도 다각적인 방향에서 시도되었다. 그리고 이러한 그간의 연구 결과는 작품 자체의 문학적인 의미를 해명하고, 나아가 『금오신화』의 전반적인 작품 성격을 이해하는 데 있어서 기여한 바 크다고 하겠다.[4]

잘 아는 바와 같이, 「만복사저포기」는 구조적으로 남녀 주인공인 양생(梁生)과 귀녀(鬼女)의 분리(分離)와 결합(結合)이 반복적으로 이루어지는 순환적인 작품 특성을 보여주고 있다. 이처럼 양생과 귀녀의 반복적인 이합(離合)은 이 작품의 구조적인 근간인 동시에 작품의 핵심적 사건·내용을 이루고 있기 때문에, 이 이합 구조(離合構造)가 어떤 원리에 의해 진행되고 있으며, 또한 그것이 궁극적으로 의미하는 바가 무엇인지를 제대로 구명해 내는 일은 「만복사저포기」의 합리적인 작품 이해를 위한 선결 과제라 하겠다.

그리하여 기존의 「만복사저포기」에 대한 연구에서도 이러한 점에 관심을 보여, 이 이합 구조의 의미 규명이 심도 있게 이루어졌다. 그러나 종전의 연구는 이 작품의 서사 구조가 지향하고 있는 여러 의미있는 문제를 해명하는 데 있어서 커다란 공헌을 한 것은 사실이지만, 이 작품의 이합 구조가 지닌 보다 핵심적이고 본질적인 의미를 구명하는 데까지는 이르

---

3) 김일렬, 「'금오신화' 고찰」, 『한국고전소설연구』, 새문사, 1983.

설중환, 『금오신화연구』, 고려대 민족문화연구소, 1983.

최삼룡, 「『금오신화』의 비극성과 초월의 문제」, 『한국고소설연구』, 이우출판사, 1983.

김명순, 「'금오신화'의 비극성」, 『우전신호열선생 고희기념 논문집』, 창비사, 1983.

강진옥, 「'금오신화'와 만남의 문제」, 『고전소설연구의 방향』, 새문사, 1985.

4) 주길순, 「만복사저포기의 설화적 고찰」, 『논문집』 2, 조선대 사범대, 1971.

윤영옥, 「만복사저포기의 아이러니」, 『국어국문학연구』 18, 영남대 국어국문학과, 1978.

김성기, 「만복사저포기연구」, 『연구논문집』 11, 울산공대, 1980.

박명희, 「만복사저포기연구」, 『이화어문논집』 3, 이화어문학회, 1980.

김용덕, 「만복사저포기연구」, 『한국학논집』 2, 한양대 한국학연구소, 1982.

지 못하고 있다고 보아진다.

기실 「만복사저포기」는 작품의 배경이나 서사 사건·주제의식 등에 있어서 불교적인 색채를 강하게 지니고 있다. 따라서 「만복사저포기」의 분석에 있어서 이 작품이 지니고 있는 불교적 성격은 충분히 고려되어야 한다고 보아진다. 그리고 이러한 연구 시각은 이 작품의 구조적인 양상과 그 의미를 파악함에 있어서도 동일하게 적용되어야 한다. 그러나 「만복사저포기」의 이합 구조에 대한 그간의 논의에서는 이 작품의 이합 구조가 지닌 불교적인 의미를 구명하는 데에는 별다른 관심을 기울이지 않은 것이 사실이다. 이런 점에서 종전의 연구에는 재고의 여지도 있다고 하겠다.

이에 본고에서는 「만복사저포기」의 구조 분석을 통해 이 작품이 그려내고 있는 이합 구조의 실상은 어떠하고, 그 구성 원리는 어떠하며, 또한 그 이합의 구체적인 양상과 의미는 어떠한지를 검토하겠으며, 이러한 논의를 토대로 하여 이 작품의 서사 구조에 담겨져 있는 불교적 성격에 대하여 살펴보고자 한다.

본고의 이러한 논의가 「만복사저포기」의 구조적인 실체와 거기에 담겨져 있는 문학적 의미를 합리적으로 이해하는데 기여하는 바 있기를 기대한다.

2. 이합의 반복성과 층위성

1) 결합지향적 의식의 양상

「만복사저포기」는 현실에서 소외된 양생(梁生)과 귀녀(鬼女)가 헤어지고 만나는 사건을 반복적으로 구성해 놓고 있는 작품이다. 그런데 이 반복적인 이합(離合)의 과정에는 분리(分離)된 두 존재를 결합(結合)시키기 위한 필요성에서, 두 존재의 분리를 야기한 요인을 제거해 내기 위한 의식(儀式)이 반드시 개입되고 있다는 구조적 공통성을 보여준다.

「만복사저포기」에는 저포희(樗蒲戲)·축원의식(祝願儀式)·예불의식(禮佛儀式)·추천불공(追薦佛供)·공창축원(空唱祝願) 등 다양한 의식들이 등장한다. 그런데 이러한 매개적(媒介的) 의식이 분리된 두 존재의 결합에 선행하여 이루어지고 있다는 점은 그 의식이 두 존재의 결합을 위한 의도적(意圖的) 의식이며, 그 의식의 결과로 나타난 것이 두 존재의 결합임을 보여주는 바라 하겠다.5)

이처럼 「만복사저포기」의 매개적 의식이 결합지향적(結合指向的) 욕구에서 비롯되고 있기 때문에, 그 의식은 분리되어 있는 양생과 귀녀에 의해 이루어지고 있음은 당연하다. 다음에는 분리된 두 존재에 의해 실현되고 있는 이 결합지향적 매개의식의 구체적인 양상과 거기에 담긴 의미에 대해 살펴보기로 한다.

(1) **저포희와 축원의식**

분리되어 있는 두 존재인 양생과 귀녀를 만남으로 이끄는 첫 번째의 매개적 의식은 저포희(樗蒲戲)와 축원의식(祝願儀式)이다. 이 저포희는 만복사(萬福寺)에서 거행한 연등제 때 양생에 의해 불전(佛前)에서 이루어진다

> 날이 저물어 저녁 불공이 끝나자, 사람들이 드문 틈을 타서 양생은 저포를 소매 속에 품고 법당에 들어갔다. 그는 저포를 내어 불전에 던지기 전에 소원을 말씀드렸다.
> "제가 오늘 부처님과 더불어 저포놀이를 할까 합니다. 만약 제가 지면 법연(法筵)을 차려서 치성드리고, 만약 부처님께서 지시면 아름다운 아가씨를 구하셔서 저의 소원을 이루어 주옵소서."

---

5) 김성기, 앞의 논문, 171~172면 참조

축원을 마치고 나서 저포를 던지니 과연 소원대로 양생이 승리하였다.[6]

저포희와 더불어 첫 번째 매개의식 중의 하나인 축원의식은 같은 날 동일한 장소에서 귀녀에 의해 이루어진다. 그런데 여기에 등장하고 있는 귀녀는 사자(死者)의 모습이 아니라, 열 대여섯 살 정도의 아리따운 여인의 모습이다. 자신의 귀신적 실체를 드러내지 않은 채 생자(生者)로 행세하고 있는 귀녀는, 양생이 저포희를 끝내고 불좌 밑에 숨어 배필을 학수고대하고 있을 때 그곳에 이르러 축원의식을 거행한다.

조금 있다가 한 아름다운 여인이 나타났는데, 나이는 열 대여섯 살쯤 되어 보였다. 머리를 두 갈래로 땋았고 깨끗한 옷차림을 했는데, 얼굴과 태도가 마치 하늘의 선녀와 같았으며, 가만히 바라보니 엄연하였다. 그녀는 고운 손으로 등잔에 기름을 따르어 넣은 다음, 불을 켜고 향로에 향을 꽂고서 세 번 절하고는 무릎을 꿇고 앉아 슬피 탄식하며 말하였다.

"인생이 박명한 들 어찌 이와 같을 수 있을까?"

하며, 품속에서 축원문을 꺼내어 불탁(佛卓) 위에 얹어 놓고 그 축원문을 읽는데 다음과 같았다.

'○○고을 ○○마을에 사는 소녀 ○○는 ……(중략)…… 자비로운 부처님이시여! 이 몸을 가엾이 여기시어 각별히 돌보아 주십시오 인간의 한 평생은 태어나기 전부터 마련되어 있으며, 선악의 응보는 피할 수 없으므로 타고난 운명에 인연이 있을 것이오니, 늦지않게 배필을 점지하여 주시어 즐거움을 얻게 해 주시옵기를 간절히 비옵니다.'

여인이 빌기를 마치고 나서 수차 소리내어 흐느껴 울었다.[7]

---

6) 日晩梵罷人稀 生袖樗蒲 擲於佛前曰 吾今日 與佛欲鬪蒲戲 若我負 則設法筵以賽 若佛負 則得美女 以遂我願耳 祝訖 遂擲之 生果勝(「萬福寺樗蒲記」, 번역문은 『국역 매월당집』 3, 세종대왕기념사업회, 1978, 296면에서 인용, 이하의 번역문은 인용 면수 만을 밝히기로 함.)

7) 俄而有一美姬 年可十五六 丫鬟淡飾 儀容婥妁 如仙姝天妃 望之儼然 手攜油瓶 添燈插香 三拜而跪 噫而歎曰 人生薄命 乃如此耶 遂出懷中狀辭 獻於卓前 其辭曰 某州某地居住 何氏某 ……(中略)…… 惟願覺皇 曲垂憐愍 生涯前定 業不可避 賦命有緣 早

이상에서 살펴 볼 수 있듯이 분리된 두 존재인 양생과 귀녀에 의해 행해진 저포희나 축원의식은 모두 배필을 구하고자 하는 강렬한 결합 욕구에서 기인된 의식이다. 만복사에서 기식(寄食)하던 노총각 양생은 부처와의 저포희를 통해, 그리고 아직은 자신의 실체를 감추고 있지만 귀녀 역시 축원문을 통해 자신의 강렬한 결합 욕구를 드러내고 있는 것이다. 이러한 의식의 결과로 분리되어 있던 두 존재인 양생과 귀녀의 결합이 만복사(萬福寺)와 개녕동(開寧洞)에서 각각 이루어진다.

(2) 예불의식

양생과 귀녀의 두 번째 만남의 계기가 된 매개적 의식은 예불의식(禮佛儀式)이다. 만복사와 개녕동에서의 두 사람의 만남은 영속성(永續性)을 지니지 못하였다. 만복사를 거쳐 개녕동으로 이어지는 두 존재의 만남은 "어찌 이별이 이렇듯 빠릅니까?(何遽別之速也)"라는 양생의 말처럼 오래 지속되질 않았다. 그리하여 그들은 개녕동에서의 3일을 마지막으로 다시 분리된다. 이렇게 분리된 두 존재를 다시 결합시켜 준 의식이 바로 보련사(寶蓮寺)에서 거행되는 예불의식인 것이다.

> 양생이 우두커니 서서 여인이 오기를 기다리고 있으니까 약속하였던 시간이 되자 과연 한 여인이 시비를 데리고 갸우뚱거리면서 오는데, 바로 기다리던 그 여인이었다. 그들은 만나 서로 기뻐하면서 손을 잡고 절로 향하였다. 여인은 절 문에 들어서자 먼저 법당에 올라 부처님께 예를 드리고는 흰 휘장 안으로 들어가는데, 그의 친척들과 승려들은 모두 그 여인을 보지 못하였다. 그러나 오직 양생 혼자만의 눈에 보일 뿐이었다. 여인은 양생에게 말하였다.
> "함께 진지나 드실까요?"
> 양생은

得歡娛 無任懇禱之至 女旣投狀 嗚咽數聲(296~298면)

　　"그럽시다."

　　하고는, 그 여인의 부모님께 여인이 한 이야기를 말하였다. 여인의 부모는 양생
의 말이 믿어지지 않아 시험해 보기 위해 같이 밥을 먹게 했더니, 그 얼굴은 보이
지 않고 오직 수저 놀리는 소리만 들릴 따름이었는데, 인간이 식사하는 것과 하나
도 다름이 없었다. 여인의 부모는 이에 경탄을 마지 않더니, 양생에게 권하여 휘장
옆에서 같이 잠을 자게 하였다.[8]

　　위의 인용문은 개녕동에서 아쉽게 헤어졌던 양생과 귀녀가 보련사에서
재회하는 장면이다. 여기에서 귀녀는 자신의 귀신적(鬼神的) 실체를 비로
소 드러내 보인다. 양생은 개녕동에서 헤어질 때 귀녀가 준 주발을 가지
고 그녀와 약속한 대로 보련사로 가는 길가에서 기다린다. 그 주발은 왜
침(倭侵)으로 인해 목숨을 잃은 귀녀를 그 부모가 가매장할 때 무덤 속에
같이 묻었던 것으로써, 죽은 딸의 대상(大祥)을 치르기 위해 사찰로 가던
귀녀의 부모는 그 주발로 인해 양생과 만나게 되고, 이어서 양생은 귀녀
와 재회하게 된다. 그리고 양생과 귀녀는 보련사 불전(佛前)에서 함께 예
불의식을 드리고 다시 합일(合一)에 이르게 된다.

(3) 추천불공과 공창축원

　　양생과 귀녀가 결합을 지향하여 행하는 마지막 의식은 추천불공(追薦佛
供)과 공창축원(空唱祝願)이다. 양생과 귀녀의 보련사에서의 합일도 영속적
인 만남은 되질 못했다. 보련사에서 양생과 하루를 함께 보낸 뒤, 귀녀는
다시 양생의 곁을 떠난다. 또다시 두 존재의 분리가 이루어진 것이다. 귀
녀와 다시 헤어진 후 양생은 귀녀의 정식 장례를 치뤄 주고, 전사(田舍)를

---

8) 生竚立以待 及期 果一女子 從侍婢 腰裊而來　卽其女也 相喜攜手而歸 女入門禮佛
　　投于素帳之內 親戚寺僧 皆不之信 唯生獨見 女謂生曰 可同茶飯 生以其言 告于父母
　　父母試驗之 遂命同飯 唯聞匙箸聲 一如人間 父母於是驚歎 遂勸生 同宿帳側(312면)

팔아 귀녀의 명복을 기원하는 추천불공을 올린다.

> 이튿날 양생이 고기와 술을 갖추어 개녕동 옛 자취를 찾아가니 과연 시체를 임
> 시로 안치한 한 무덤이 있었다. 양생은 제물을 차려 놓고 슬피 울면서 그 앞에서
> 지전(紙錢)을 불사르고 정식 장례를 치른 뒤 제문을 지어 조상하였다.
> ……(중략) ……
> 장례를 치른 뒤 양생은 이내 슬픔을 이기지 못해 전답과 가옥을 죄다 팔아 절에
> 가서 계속해서 사흘 저녁을 재를 올렸더니,9)

귀녀의 명복을 기원하는 이러한 양생의 추천불공으로 인하여 그녀는
타국(他國)에서 남자의 몸으로 환생하게 된다. 그리고 환생한 귀녀는 공창
(空唱)을 통해 자신과 마찬가지로 양생도 윤회(輪回)에서 벗어나기를 축원
해 준다.

> 여인이 공중에 나타나 양생을 불러 말하였다.
> "저는 그대의 은덕을 입어 이미 다른 나라에서 남자의 몸으로 태어나게 되었습
> 니다. 비록 유명(幽明)의 한계는 더욱 멀어졌사오나, 그대의 두터우신 은덕에 깊
> 이 감사의 뜻을 드립니다. 그대께서는 이제 다시 정업(淨業)을 닦으시어 저와 같
> 이 속세(俗世)의 누(輪回)를 벗어나게 하십시오."10)

그런데 이러한 추천불공(追薦佛供)과 공창축원(空唱祝願) 등의 의식을 거
행한 결과로 나타난 사건은 만복사와 보련사의 불전에서 거행된 의식의
경우와는 다른 양상을 보여준다. 앞의 두 경우는 이미 살펴보았듯이, 분
리되어 있던 두 존재가 바로 결합·합일에 이르는데 비해 마지막의 경우

---

9) 翌日 設牲牢朋酒 以尋前迹 果一殯葬處也 生設奠哀慟 焚楮鏹于前 遂葬焉 作文以弔
   之曰 ……(中略)…… 後極其情哀 盡賣田舍 連薦再三夕(314~315면)
10) 女於空中 唱曰 蒙君薦拔 已於他國 爲男子矣 雖隔幽明 寔深感佩 君當復修淨業 同
   脫輪回(315면)

에 있어서는 표면적인 사건으로 보면 두 존재가 분리되는 양상을 보여주고 있기 때문이다. 실제로 작품에서 귀녀는 양생의 추천불공(追薦佛供) 이후 왕생(往生)에 이르게 되며, 양생은 귀녀의 공창축원(空唱祝願) 이후에 지리산(智異山)에 입산(入山)해 버린다.

> 양생은 그 뒤 다시는 장가들지 않고 지리산에 들어가 약초를 캐며 살아갔다고 하는데, 그가 어디에서 세상을 마쳤는지 아는 이가 없다.[11]

귀녀의 왕생(往生)과 양생의 입산(入山)을 결합·합일로 보는 것이 쉽지 않은 것은 사실이다. 추천불공과 공창축원 이후에 전개되고 있는 귀녀의 왕생과 양생의 입산이라는 두 사건은 문면상(文面上)의 의미로만 보면 엄연히 두 존재의 분리를 뜻하고 있어 보이기 때문이다.[12] 그러나 두 현상이 공히 결합지향적 의식에서 비롯된 것이라는 점을 고려할 때, 이것을 단순히 두 존재의 분리 현상으로 보아 넘길 수만은 없는 것이다.

「만복사저포기」에서 분리되어 있는 두 존재의 결합은 사실상 결합지향적 의식에 선행하여 이미 분리되어 있는 상태에서부터 암시적으로 제시되고 있다. 저포희와 축원의식을 통해 양생과 귀녀의 1차 결합이 이루어지기 이전에 그들의 만남은 이미 공성(空聲)의 형태로 예고된 바다.

> 양생은 언제나 달밤이면 그 나무 밑을 거닐면서 낭랑한 소리로 시를 읊었다.
> ……(중략)…… 시를 읊고 나자 별안간 공중에서 이상한 소리가 들려왔다.
> "그대 좋은 배필을 얻고자 한다면 그 무엇 근심할 것 있느뇨!"
> 양생은 그 소리를 듣고서 마음 속으로 기뻐했다.[13]

---

11) 生後不復婚嫁 入智異山採藥 不知所終(315면)
12) 김일렬, 앞의 논문, 247면 참조
13) 生每月夜 逡巡朗吟其下 詩曰 ……(中略)…… 吟罷 忽空中有聲曰 君欲得好逑 何憂不
    遂 生心喜之(295～296면)

또한 보련사 불전에서 예불의식을 통해 양생과 귀녀의 2차 결합이 이루어지기 전에도, 그들의 재회 사실은 이미 이연(離宴)의 자리에서 암시되고 있다. 그 자리에서 귀녀는 이별을 서러워하는 양생에게 지금 작별하더라도 다시 만나게 될 것이라는 언약을 하며, 이 언약으로 이미 두 존재의 재회는 예고되고 있는 것이다.

> 술 잔치가 다 되자 서로 헤어지게 되었다. 여인은 은 주발 하나를 내어 양생에게 주면서 말하였다.
> "내일은 저희 부모님께서 저를 위하여 보련사에서 음식을 베풀 것입니다. 낭군께서 저를 버리지 않으신다면 보련사로 가는 길 도중에서 기다리고 계시다가 저와 함께 절로 가서 저희 부모님을 뵙는 것이 어떠하신지요?"
> 양생은 대답하였다.
> "예, 좋습니다."14)

이처럼 「만복사저포기」에서 두 존재의 결합은 이미 분리된 상황에서 공성(空聲)이나 언약(言約)을 통해 예고되고 있으며, 양생은 이 예고를 아무런 의심없이 받아들이고 있다. 위의 인용문에서 볼 수 있듯이 그는 예고된 결합의 실현을 확신하여, 기뻐하거나 좋아하는 등의 반응을 보이기까지 한다. 그리고 이 예고는 양생의 기대에 어긋나지 않게 작품 내에서 어김없이 현실화되고 있다.

보련사에서 헤어져 다시 분리된 양생과 귀녀가 앞으로 새로운 만남을 이룰 것이란 사실도 작품 내에서 이미 예고되고 있다. 이러한 예고의 역할을 하는 것은 앞에서 살펴 본 귀녀의 공창축원(空唱祝願)이다. 양생의 도움을 통해 왕생한 귀녀는 양생도 다시 정업(淨業)을 닦아 자신과 함께 윤회의 굴레에서 벗어나기를 축원해 주고 있는 것이다. 이러한 귀녀의 공창

---

14) 酒盡相別 女出銀椀一具 以贈生曰 明日 父母飯我于寶蓮寺 若不遺我 請遲于路上
　　同歸梵宇 覲我父母 如何 生曰諾(310~311면)

(空唱) 역시 양생과 귀녀의 1, 2차 결합을 예고해 주었던 공성(空聲)이나 언약(言約)과 마찬가지로, 두 존재의 만남을 암시적으로 제시해 주는 역할을 담당하는 예고적(豫告的)인 장치로 보인다. 그리고 귀녀의 이 같은 공창축원 이후에 양생이 장가들지 않고 입산(入山)한 일련의 사건은 공성과 언약을 확신하고, 그 내용대로 행했던 양생의 행위와 그 성격상 부합된다고 하겠다.

이와 같이 귀녀의 공창축원(空唱祝願)이 두 존재의 또 다른 만남을 예고해 주는 것이라 할 때, 그 축원의 내용을 통해 앞으로 전개될 새로운 만남의 모습을 확인할 수 있다. 그런데 귀녀의 공창축원의 내용은 정업(淨業)을 열심히 닦아 왕생한 자신과 함께 윤회에서 벗어나자는 것이다. 이러한 축원의 내용으로 미루어 볼 때, 양생과 귀녀 앞에 놓여있는 예정된 만남의 실체는 바로 윤회에서 벗어나는 종교적 결합 · 합일임을 알 수 있다.

양생이 지리산에 들어가 채약(採藥)하다가 '어디서 세상을 마쳤는지 알 수 없다.(不知所終)'는 일련의 사건은 표면적인 차원에서만 볼 때 불교적인 삶과 무관한 것으로 취급될 수도 있겠으나,[15] 사실상 이러한 양생의 태도는 윤회에서 벗어나기 위한 종교적인 노력으로 해석되어져야 합리적이다.[16] 그것은 이 같은 양생의 행위가 윤회에서 벗어나기를 기원한 귀녀의 공창(空唱)에 따라 이루어진 결과로서, 그의 행위는 귀녀가 지시해 준대로 윤회의 굴레에서 벗어나기 위해 정업(淨業)을 닦는 종교적 행위로 볼 수 있기 때문이다.

이런 점에서 입산 이후의 일련의 사건은 정토왕생(淨土往生)을 위한 해탈지향적(解脫指向的) 행위로 그 의미를 규정지을 수 있겠다. 그것은 양생의 입산이 귀녀의 공창(空唱)에 따라 그녀와의 종교적인 만남을 위한 출발점이며, 그 이후의 삶은 수행득도(修行得道)를 위한 종교적 정진(精進)의 과정으로 풀이할 수 있기 때문이다. 따라서 추천불공(追薦佛供)과 공창축원

---

15) 최삼룡, 앞의 논문, 308~313면 참조
16) 정주동, 앞의 책, 497면 참조

(空唱祝願)의 결과인 귀녀의 왕생과 양생의 입산 역시 두 존재의 분리 상태의 지속이 아니라, 종교적 차원에서의 두 존재의 예정된 결합이라는 의미를 내포하고 있다고 하겠다. 양생이 지리산에 들어간 후 어디서 세상을 마쳤는지 알 수 없다고 작품 표면에 그려지고 있으나, 그 문맥의 이면에는 양생을 해탈하게 하여 이미 남자의 몸으로 환생한 귀녀와 종교적 차원의 결합·합일을 이루게 하고자 하는 작가의 의도가 감추어져 있는 것이다.

2) 이합 과정의 반복성과 층위성

이와 같이 「만복사저포기」는 양생과 귀녀의 이합과정(離合過程)을 하나의 기본적 서사단위(敍事單位)로 하여 그것을 삼중적(三重的)으로 결구시킨 서사 구조로 구성되어 있다. 그런데 이 작품의 하위 구조(下位 構造, Sub-Structure)라 할 수 있는 이 세 개의 개별적인 서사 단위는 「분리 → 결합지향적 의식 → 예지(豫知)된 결합의 구체화」라는 공통적 구조 법칙에 따라 전개되고 있다. 이러한 하위 구조의 삼중적 반복을 통해 분리된 두 존재의 합일을 이루어내고 있는 「만복사저포기」의 총체적 서사 구조는, 그것이 단순한 반복이 아니라 점진적으로 완전을 지향해 가는 발전적(發展的) 층위성(層位性)을 보여주고 있다는 점에서 주목된다.

「만복사저포기」의 서사 구조 내에서 이합의 양상이 삼중적으로 되풀이되고 있다는 사실은 1차와 2차의 중간적 결합들이 불완전한 결합임을 보여준다. 1차와 2차의 결합이 완전성을 지닌다면 그들의 결합은 다시 분리되어서는 안되기 때문이다. 이처럼 그 결합들이 영속적이지 못하고 다시 분리된다는 것 자체는 그 결합이 아직 미숙하고, 모순적이며, 불완전한 결합일 수밖에 없다는 것을 의미하게 된다.

이런 점에서 1차와 2차의 중간적 결합들은 완전한 결합인 3차 결합에 이르기 위한 과도적이고, 일시적인 결합 단계에 지나지 않는다고 하겠다.

이처럼 이들 중간적 결합은 비록 완전한 결합을 지향하기는 하지만 아직 완전한 결합이 아니기 때문에, 이 중간적 결합들은 분리되어야만 하고, 그러기 위해서 이들 중간적 결합은 선행하는 분리 상황과는 그 성격을 달리하는 새로운 분리 상황을 만들어 내는 계기로 작용하기도 한다.

「만복사저포기」의 서사 구조가 지닌 이러한 발전지향적 층위성은 매개의식의 질적 변화 양상을 통해서도 살펴볼 수 있다. 앞에서 검토한 바 있듯이 「만복사저포기」에서 결합지향적 욕구로 행해지는 매개의식은 처음에는 자기구제(自己救濟) 위주의 소승적(小乘的) 차원의 기복불공(祈福佛供)에서 출발한다. 그러나 이러한 의식은 점차 타인구제(他人救濟) 위주의 대승적(大乘的) 차원의 왕생불공(往生佛供)으로 발전·승화된다.

「만복사저포기」의 이합 구조에서 1차 하위 구조에 등장하는 저포희나 축원의식은 비록 그것이 불전(佛前)에서 이루어진 의식이기는 하지만 세속적인 강렬한 애정 욕구에서 비롯된 행위다.[17] 그리하여 그들 의식은 각기 자신의 배필을 구하고자 하는 자기 구제의 차원에서 이루어지고 있다. 이에 비해 2차 하위 구조에서의 예불의식은 세속적 애정 욕구가 약화되고, 상대적으로 신앙적 욕구가 강화되고 있다. 그리고 3차 하위 구조에 이르러서는 세속적 욕구가 완전히 소멸되고, 순수한 종교적 희원에서 비롯된 추천불공(追薦佛供)이나 공창축원(空唱祝願)이 이루어지고 있는 것이다. 더구나 이 의식에서는 1차 하위 구조에 개입되어 있는 저포희나 축원의식 등의 매개적 의식이 보여준 자기 구제적인 소승적 면모는 전혀 찾아 볼 수 없으며, 오히려 상대방의 왕생을 서로 기원하는 대승적인 태도가 엿보인다.

이와 같이 「만복사저포기」는 「분리 → 결합지향적 의식 → 예지된 결합의 구체화」라는 하위 구조를 삼중적(三重的)으로 반복시키면서, 양생과 귀녀가 불완전한 결합을 거쳐서 완전한 결합에 이르는 과정을 서사화하

---

17) 김명순, 『고전소설의 비극성연구』, 창학사, 1986, 25~26면 참조

고 있는 것이다. 그리고 이러한 과정에서 결합지향적 의식은 점진적이고 발전적으로 불교적 신앙성을 강하게 드러내게 되며, 두 존재의 결합은 점차 완전성을 획득해 나가게 된다. 따라서 「만복사저포기」의 서사 구조는 이러한 삼중적 하위 구조의 발전적 전개라는 차원에서 검토되어져야 할 것이다.

3. 이합 구조의 양상과 의미

「만복사저포기」에서 남·여 주인공인 두 존재의 분리와 결합은 서사 사건이 전개되어 나가는 추진력일 뿐만 아니라 작품의 핵심적인 구성 원리로 작용하고 있다. 따라서 작품에 나타나고 있는 이 이합(離合)의 구체적인 양상과 그것이 지닌 근본적인 의미를 밝혀내는 일은 이 작품의 이해에 있어서 매우 중요한 의미를 갖는다.

앞에서 살펴본 바와 같이, 「만복사저포기」에는 3개의 하위구조적(下位構造的)인 이합구조(離合構造)가 반복적(反復的)·층위적(層位的)으로 전개되고 있으며, 이들 세 이합 구조의 양상은 서로 다른 의미를 지니게 된다. 다음에서는 이들 각각의 이합의 양상은 어떠하며, 그 속에 함축되어 있는 의미는 무엇인지에 대해 검토해 보기로 한다.

1) 운명적 분리와 성애적 결합

「만복사저포기」의 삼중적(三重的) 이합 구조 중 1차 하위 구조에 나타나는 이합의 양상은 운명(運命)에 의한 분리와 성애적(性愛的) 결합이다. 이 1차 이합 과정에서 양생과 귀녀는 가정적·사회적 불행으로 자신에게 짐지워진 비극적인 운명으로 인해 빚어진 절대적인 고독과 고립을 극복하고, 드디어 인간적인 결합·합일을 이루게 된다.

(1) 운명에 의한 분리

이 첫 번째 이합의 과정에서 양생은 일찍이 부모를 여의고 만복사라는 사찰에 의탁되어 외로이 지내는 노총각으로서의 존재다. 그리고 귀녀는 아직 이 과정에서는 자신의 귀신으로서의 실체를 드러내고 있지는 않지만, 그녀는 왜구(倭寇)의 내침(來侵)으로 인해 어린 나이에 죽음에 이르고 개녕동 초야(草野)에 가매장된 채 쓸쓸히 지내는 원귀(冤鬼)다. 이렇듯 「만복사저포기」의 1차 이합 과정에 등장하는 양생과 귀녀는 절에서 기식(寄食)하는 노총각, 초야에 가매장된 원귀와 같이 현실로부터 철저히 소외된 인물들인 것이다.

이들이 이처럼 현실로부터 소외된 인물이기에 그들이 처한 공간 역시 현실로부터 격리·이탈된 공간일 수밖에 없다. 양생이 거처하는 퇴락한 사찰의 동방(東房)이나, 귀녀가 가매장되어 있는 수풀이 우거져 있는 개녕동 들판의 가묘(假墓)는 바로 현실로부터 철저히 소외된 공간으로써, 양생과 귀녀의 존재적 성격인 절대 고독·절대 고립을 상징적으로 형상화하고 있는 공간이라고 할 수 있다.

양생과 귀녀를 현실로부터 소외시켜 절대 고독·절대 고립의 존재로 만든 것은 위에서 언급했듯이 '조실부모(早失父母)'와 '왜구내침(倭寇來侵)'이다. 그런데 이러한 두 요인은 모두 양생과 귀녀의 의지와는 상관없이 그들에게 닥친 불가항력적(不可抗力的)인 운명이다.[18] 양생과 귀녀는 가정적·사회적 불행에서 기인된 비극적인 운명에 의해 어쩔 수 없이 현실로부터 고립·분리된 상태에 존재하고 있는 것이다.

---

18) 김일렬, 앞의 논문, 247면 참조

(2) 성애적 결합

이러한 비극적인 운명에 의해 야기된 두 존재의 분리 상태를 해소·극복하기 위한 노력으로 나타난 것이 바로 저포희와 축원의식인 것이다. 양생과 귀녀는 현실로부터의 고립과 분리에서 오는 절대 고독·절대 고립을 해소하기 위해, 현실로부터 소외된 자신들의 거처에서 만복사 불전(佛前)으로 공간 이동을 한다. 그럼으로써 그들은 실질적인 결합·합일에 앞서 동방(東房)과 가묘(假墓)의 격리된 분리 공간에서 벗어나 공간적 합일을 보게 된다. 그리고 여기에서 그들은 서로의 배필을 찾는 공통된 결합지향적 의식인 저포희와 축원의식을 거행함으로써 마침내 결합·합일의 욕구를 이루게 되는 것이다.

그들의 결합은 고독과 고립의 상징적인 공간인 만복사 동방과 개녕동 가묘에서 각각 이루어짐으로써 운명적 분리 상태를 해소·극복하게 된다. 그런데 양생과 귀녀의 결합은 사실상은 생자(生者)와 사자(死者)의 결합임에도 불구하고 귀녀의 신분이 철저히 은폐되고 있음이 주목된다. 이 1차 이합의 과정에서 귀녀는 자신을 철저하게 생자(生者)로 위장하고 있다.

> 이때 양생은 불좌 아래에서 여인의 자용(姿容)을 보고는 마음을 걷잡을 수 없었으므로 뛰쳐나가 말을 건넸다. ……(중략)……
> "아가씨여! 그대는 대체 어떤 사람이십니까? 어찌하여 여기까지 혼자 오셨습니까?"
> 여인이 대답하였다.
> "저도 역시 사람입니다. 대체 무슨 의심나는 일이 있으신지요? 당신께서는 다만 좋은 배필만 얻으시면 되지 않습니까? 반드시 이름을 물으셔야 합니까? 그렇게 당황하실 것은 없습니다."19)

---

19) 生於隙中 見其姿容 不能定情 突出而言曰 ……(中略)…… 子何如人也 獨來于此 女曰 妾亦人也 夫何疑訝之有 君但得佳匹 不必問名姓 若是其顚倒也(298면)

그러기에 양생도 의심스러운 바가 전혀 없는 것은 아니지만 그녀를 담을 넘어 온 '귀한 집 아가씨(貴家處女)' 정도로 인식하고 있는 것이다.

> 시녀는 분부를 받고 돌아간 뒤 얼마 안 있다 다시 와 뜰에 술자리를 베푸니, 시간은 벌써 사경(四更)에 이르렀다. 시녀가 차려 놓은 포진(鋪陳)과 궤안(几案)은 깨끗하며 문채는 없지만 술에서 풍기는 향기는 정녕 인간 세상의 자미(滋味)가 아니었다. 양생은 비록 속으로 의심이 나고 괴이하게 생각하였으나, 여인의 이야기와 웃음소리가 맑고 고우며 얼굴과 몸가짐이 얌전하여 틀림없이 귀한 집 아가씨가 담을 넘어 나온 것으로 여기고 더 이상 의심하지 않았다.[20]

이처럼 귀녀는 양생에게 자신이 귀신임을 철저히 은폐하고 있으며, 양생 또한 귀녀를 귀한 집 처녀 정도로만 생각하고 있는 것이다. 이런 점에서 만복사와 개녕동에서 이루어진 양생과 귀녀의 통정(通情)은 비록 생자(生者)와 사자(死者) 간에 이루어진 비현실적인 결합임에도 불구하고, 세속적인 차원의 성애적 결합이라고 하겠다.

2) 생사적 분리와 시애적 결합

「만복사저포기」의 반복적인 이합 구조 중 2차 하위 구조에서 제시하고 있는 이합의 양상은 생사(生死)에 의한 분리와 시애적(屍愛的) 결합이다. 비록 1차 이합 과정에서 양생과 귀녀는 성애적 결합을 이루어내지만, 그러나 이 결합은 불완전하여 곧바로 다시 분리된다. 이들의 재분리(再分離)를 야기한 요인은 생(生)과 사(死)의 이질성(異質性)이며, 그들은 이 장애를 해소·극복하고 시애적 결합을 이루어낸다.

---

20) 侍兒一如其命而往 設筵於庭 時將四更也 鋪陳几案 素淡無文 而醴醴馨香 定非人間
滋味 生雖疑怪 見其談笑淸婉 儀貌舒遲 意必貴家處子 踰墻而出 亦不之疑也(299면)

(1) 생사에 의한 분리

양생과 귀녀의 1차 결합인 성애적(性愛的) 결합은 귀녀의 신분이 철저히
은폐된 상태에서 이루어진 불완전한 합일이기 때문에 분리될 수밖에 없
는 한계를 지니고 있었다. 그리하여 이 결합은 곧바로 이연(離宴)으로 이
어지면서 양생과 귀녀 사이에는 재분리가 이루어진다.

> 양생은 그곳에서 사흘을 머물렀는데, 즐거움은 평상시와 같았다.
> ……(중략)…… 여인이 양생에게 말하였다.
> "이 땅의 사흘은 인간 세상의 3년과 같습니다. 낭군은 이제 집으로 돌아가셔서
> 옛날의 살림을 돌보시옵소서."
> 드디어 헤어지는 이별의 잔치가 열렸다.[21]

위의 인용문이 보여주듯, 귀녀는 양생에게 개녕동 가묘(假墓)에서의 시
간과 인간 세상의 시간이 유별(有別)하다는 사실을 통해 자신이 그동안 철
저하게 은폐했던 귀녀로서의 신분을 밝히고, 이어서 이별을 고하기에 이
른다. 이러한 귀녀의 말 속에는 그들의 분리가 현계(現界)와 유계(幽界) 그
리고 생자(生者)와 사자(死者)라는 공간적·신분적 이질성에서 기인하고 있
다는 사실이 함축되어 있으며, 이런 점에서 2차 분리는 생사적(生死的) 분
리라고 할 수 있다.

(2) 시애적 결합

여기에서 귀녀의 신분적인 실체는 이별에 즈음하여 그녀가 양생에게
준 은완(銀椀)을 통하여 구체적으로 확인된다. 이 은완은 귀녀의 가묘(假墓)

---

21) 留三日 歡若平生 ……(中略)…… 女謂生曰 此地三日 不下三年 君當還家 以顧生業也
    遂設離宴以別(302~303면)

에 부장된 유물로써, 양생은 이것을 통해 그녀가 왜구의 난리 때 죽임을
당한 원귀(冤鬼)라는 사실을 귀녀의 부모로부터 확인하게 된다.

> 여인의 부모는 놀라며 의아스럽게 여기더니 이윽고 말하였다.
> "내 슬하에 오직 딸 자식 하나가 있었는데, 그 딸자식마저 왜구의 난리 때 싸움
> 판에서 죽었네. 미처 정식 장례도 치르지 못하고 개녕사 곁에 임시 매장을 하고
> 는 오늘 내일 장사를 미루어 오다가 오늘에 이르게 되었지. 그러다 보니 오늘이
> 벌써 대상날이라, 부모된 심경에 보련사에 나가서 재를 올려 명복을 빌어 줄까
> 해서 가는 길이네. 서생이 정말 그 약속대로 하려거든 내 딸자식을 기다리고 있
> 다가 같이 오게나. 그리고 조금도 의아스럽게 여기지 말게."22)

　일반적으로 생자(生者)와 사자(死者)의 사랑을 그린 시애설화(屍愛說話)·
시애소설(屍愛小說)에 있어서 사자의 신분을 확인시켜 주는 증거물로 개입
되고 있는 신물(信物)은 사자의 묘에 부장된 유물이다.23) 「만복사저포기」
에 있어서는 은완(銀椀)이 바로 이러한 신물에 해당된다.24) 결국 양생은
이 은완으로 귀녀의 실체를 확인한 후, 보련사에서 거행된 재연(齋筵)을
계기로 하여 그녀와 재회하고, 통정하게 된다. 따라서 2차 이합의 과정에
있어서의 양생과 귀녀의 결합은 생자와 사자의 만남으로서, 시애적(屍愛
的) 결합이라고 하겠다.

3) 윤회적 분리와 해탈적 결합

　「만복사저포기」에 그려지고 있는 세 개의 이합의 실상 중 마지막인 세

---

22) 父母感訝良久曰 吾止有一女子 當寇賊傷亂之時 死於干戈 不能窆宑 殯于開寧寺之
　　間 因循不葬 以至于今 今日大祥已至 暫設齋筵 以追冥路 君如其約 請竣女子以來
　　願勿愕也(311면)
23) 장덕순, 『한국설화문학연구』, 서울대 출판부, 1978, 224면.
24) 조동일, 앞의 논문, 225면 참조

번째 이합의 양상은 윤회(輪回)에 의한 분리와 해탈적(解脫的) 결합이다. 여기에서는 양생과 귀녀의 시애적 결합이 윤회전생(輪回轉生)에 의해 재분리되지만, 양생과 귀녀가 이를 해탈적 결합을 통해 해소·극복하면서 완전한 만남을 이루어 가는 과정을 보여준다.

(1) 윤회에 의한 분리

양생과 귀녀의 시애적 결합은 생자(生者)와 사자(死者)의 만남으로써 인계(人界)와 귀계(鬼界)로의 분리가 전제되어 있는 만남이다. 그러므로 이 결합 역시 성애적(性愛的) 결합과 마찬가지로 불완전한 결합이기 때문에 재분리가 일어나게 된다. 이러한 3차 분리는 귀녀가 양생과의 시애적 결합 후 업보(業報)에 의해 명도(冥途)에 이르게 됨으로써 이루어진다. 그들은 생사(生死)에서 야기된 존재적 이질성을 시애적(屍愛的) 결합을 통해 극복할 수 있었으나, 그 불완전한 만남은 윤회전생 앞에서 다시 분리될 수밖에 없는 한계를 드러내게 되는 것이다.

그들의 이야기 소리가 밤중에 낭랑하게 들려왔으나 사람들이 가만히 엿들으려 하면 갑자기 말이 중지되곤 하였다. 여인은 말하였다.
"저의 행동이 법도에 벗어난 것은 저 스스로 잘 알고 있습니다.
……(중략)…… 그러하오나 하도 오래 다북쑥 우거진 속에 묻혀 있어 들판에 버림받은 몸이 되고 보니, 사랑의 정서가 한 번 일어나자 끝내 걷잡을 수 없었습니다. 지난번에 절에 가서 복을 빌고 부처님 앞에서 향불을 피우면서 한 평생의 박명(薄命)을 스스로 탄식하였더니, 뜻밖에도 삼세(三世)의 인연을 만나게 되었으므로 검소하고 부지런한 아낙으로서 그대를 받들어 백년의 높은 절개를 바쳐 술을 빚고 옷을 기워 평생 지어미의 길을 닦으려 했습니다. 애닲게도 업보(業報)는 비낄 수 없어 저승길을 떠나야 하겠습니다. 즐거움을 채 다하지도 못했는데 슬픈 작별 시간이 닥쳐 왔습니다. 저는 이제 떠나야 합니다. 날이 새면 운우(雲雨)는 양대(陽臺)에 개이고 오작(烏鵲)은 은하에 흩어지며, 이제 한 번 이별

하면 훗날을 기약하기가 어렵습니다. 작별함에 임하여 정말 애통하고 황급하여
뭐라 말씀드릴 수 없습니다."
이윽고 영혼이 떠나는 시간이 되어 사람들이 그의 영혼을 전송하니 여인의 울음
소리가 끊이지 않더니,[25]

위의 인용문에서는 귀녀가 보련사에서 양생과의 재회를 이룬 후, 업보
(業報)를 피할 수 없어 저승길로 떠나는 장면을 보여준다. 이와 같이 보련
사에서 시애적 결합을 이룬 뒤 생사유전(生死流轉)에 의해 발생한 두 존재
의 분리는 윤회(輪回)에 의한 분리라 하겠다.

(2) 해탈적 결합

성애적 결합이 운명에 의한 분리의 극복으로, 그리고 시애적 결합이 생
사에 의한 분리의 극복으로 이루어졌던 것처럼, 삼계육도(三界六道)를 전
생(轉生)하는 윤회적 분리 상황의 극복은 생사해탈(生死解脫)에 의해서만 비
로소 가능해지는 것이다. 그런데 윤회에 의해 양생과 분리된 후에 귀녀는
양생의 추천불공(追薦佛供)으로 인하여 타국에서 남자의 몸으로 환생하게
된다. 이는 아미타불(阿彌陀佛)이 법장비구(法藏比丘)로 있을 때, 세자재왕불
(世自在王佛) 전(前)에서 발원한 48 대원(大願) 중, 보리심(菩提心)을 일으켜 여
신(女身)을 염오(厭惡)한 여인이 수명이 다한 후에 다시 여상(女像)이 되면
정각(正覺)에 이르지 않겠다는[26] 제 35원(願)인 '전녀성남원(轉女成男願)'[27]

---

25) 中夜言語琅琅 人欲細聽 驟止其言曰 妾之犯律 自知甚明 ……(中略)…… 然而久處蓬
   蒿 拋棄原野 風情一發 終不能戒 曩者 梵宮祈福 佛殿燒香 自歎一生之薄命 忽遇三
   世之因緣 擬欲荊釵椎髻 奉高節於百年 羃酒縫裳 修婦道於一生 自恨業不可避 冥
   道當然 歡娛未極 哀別遽至 今則步蓮入屛 阿香輾車 雲雨霽於陽臺 烏鵲散於天津
   從此一別 後會難期 臨別凄惶 不知所云 送魂之時 哭聲不絶(312~313면)
26) 設我得佛 十方無量 不可思議 諸佛世界 其有女人 聞我名字 歡喜信樂 發菩提心 厭
   惡女身 壽終之後 復爲女像者 不取正覺(『無量壽經』卷上)

의 서원에 근거하여, 귀녀가 정토왕생(淨土往生)에 이른 실상을 구체적으로 보여주는 바라 하겠다.

이처럼 귀녀는 윤회로 인한 분리 상황을 해소·극복하기 위해 해탈(解脫)의 경지에 이르게 되며, 그리고 양생과의 종교적인 만남을 이루기 위해 그도 윤회의 굴레에서 벗어나기를 축원해 주고 있는 것이다. 이에 양생은 이미 살펴본 것처럼, 정토왕생에 이르기 위해 수도정진(修道精進)의 종교적 노력을 기울이게 된다. 이러한 해탈 지향적인 종교적 행위를 통해 양생은 왕생(往生)에 이른 귀녀와의 종교적인 합일을 시도하고 있으며, 이러한 수도정진의 결과로 양생과 귀녀는 현실공간이 아닌, 작품 내에서 '타국(他國)'으로 제시되고 있는 종교적인 이상 공간에서 결국 해탈적 결합을 이루어 내고 있는 것이다.

이러한 점에서 「만복사저포기」의 결말부에서 양생이 보여주는 행위와 「조신전(調信傳)」의 결말부에서 조신이 보여주는 행위 사이에서 유사점을 발견하게 된다.[28] 양생이 전답을 팔아 추천불공을 드리고 그 후 장가를 가지 않고 지리산에 들어가 정업(淨業)을 닦는 것은, 조신이 사재를 털어 정토사(淨土寺)를 짓고 백업(白業)을 닦은 것과 비교될 수 있기 때문이다.

『금오신화』에서 「만복사저포기」와 구조·내용상으로 유사성이 많은 작품은 「이생규장전(李生窺墻傳)」과 「취유부벽정기(醉遊浮碧亭記)」다. 이들 작품은 남녀간의 애정을 소재로 취급하고 있을 뿐만 아니라, 그들이 생자(生者)와 사자(死者)로 설정되고 있다는 점에서도 「만복사저포기」와 그 작품 성격이 부합된다. 다만, 이들 작품이 그 종결 부분에서 「이생규장전」의 이생(李生)은 병사(病死)하고, 「취유부벽정기」의 홍생(洪生)은 시해(屍解)되는 것으로 처리되고 있어 양생의 '부지소종(不知所終)'과는 외견상 차별

---

27) 제35 '전녀성남원(轉女成男願)'은 女人往生願, 變成男子願, 聞名轉女願, 女人成佛願이라고도 한다.(김기동, 「신라가요에 나타난 불교의 서원사상」, 『불교학보』 1, 동국대 불교문화연구소, 1963 참조)

28) 정주동, 앞의 책, 497면 참조

상을 드러내고 있기는 하다. 그러나 이생의 '병사'나, 홍생의 '시해'가 사녀(死女)로서의 최씨녀(崔氏女)나 선녀(仙女)로서의 기씨녀(箕氏女)와의 재결합을 이루기 위한 시도라는 점에서 그 '병사'나 '시해' 역시 귀녀와의 해탈적 결합을 이루기 위한 양생의 '부지소종(不知所終)'과 근본적으로는 그 성격이 다르지 않다고 하겠다.

이상에서 살펴본 바와 같이, 「만복사저포기」에서 양생과 귀녀는 운명(運命)과 생사(生死) 그리고 윤회(輪回)라는 비극적인 장애 요인으로 인해 분리를 되풀이해야만 하는 존재들이다. 그러나 그들은 이 같은 비극적인 장애를 성애적(性愛的) 결합과 시애적(屍愛的) 결합을 거쳐 종국적으로는 해탈적(解脫的) 결합을 통해 극복·초탈하고 있는 것이다. 그들은 본능적인 애욕 충족을 위해 성애적 결합과 시애적인 결합을 이루어 내지만, 그것이 윤회라는 또 다른 분리의 출발점에 불과한 것이라는 사실을 깨닫게 된다. 이에 그들은 그것의 허망함을 자각하고, 마침내는 해탈적인 결합을 통해 세속적인 애욕에서 벗어나 종교적인 합일에 이르게 되는 것이다. 이렇게 됨으로써 양생과 귀녀는 더 이상의 분리가 일어나지 않는 완전한 만남의 경지에 도달하고 있는 것이다.

4. 이합 구조의 불교적 성격

앞에서 검토한 바와 같이, 「만복사저포기」는 양생과 귀녀가 세속적인 결합에서부터 출발하여 종교적인 결합에 이르는 일련의 사건을 세 개의 하위 이합구조(離合構造)를 통해 단계적으로 엮어내고 있다. 그러한 이합의 발전적 과정에서 결합지향적인 매개의식(媒介儀式)이나 두 존재의 만남이 점차 세속적인 차원에서 벗어나 불교적인 차원으로 그 성격이 변모되어 나가게 된다. 이러한 사실은 이 작품이 사건·구조나 주제·내용에 있어서 기본적으로 불교적 기반 위에서 전개되고 있음을 보여주는 바라고 하겠다.

따라서 「만복사저포기」의 구조적 본질·특질을 제대로 파악하기 위해서는 이러한 삼중적(三重的) 하위 구조에 내재되어 있는 불교적 의미에 대한 고찰이 필요하다고 보아진다. 이에 다음에서는 이들 각각의 하위 구조에 담겨진 불교적 성격에 대해 살펴보기로 한다.

1) 1차 이합의 불상영험담적 성격

「만복사저포기」의 서사 구조 내에서 1차 이합 과정의 서사 내용은 양생과 귀녀의 간절한 염원을 만복사(萬福寺)의 불상(佛像)이 성취시켜주는 사건을 중심으로 전개되고 있으며, 그 사건의 주재자는 만복사 불상이다. 앞서 살펴보았듯이, 비극적인 운명에 의해 현실에서 철저히 격리·소외되어 절대 고독과 절대 고립의 공간 속에 갇혀 있는 양생과 귀녀의 염원은 배필을 얻고자 함이며, 이들은 각기 그러한 소망을 가지고 만복사 불상 앞으로 나온다. 그리하여 양생은 그 불상과의 저포희를 통해 배필을 얻고자 하는 자신의 소망을 갈구하며, 귀녀 역시 그 불상 앞에서 축원문을 읽으며 자신의 소원을 빈다.

1차 이합 과정에서 양생과 귀녀의 성애적(性愛的) 결합은 만복사 불상의 도움으로 이루어지고 있다. 이 불상은 양생과 귀녀의 절실한 기원뿐만 아니라 남원(南原) 지방의 청춘남녀들이 바라는 소원까지도 들어주는 위신력을 지닌 신앙의 대상이기도 하다.

> 내일이 바로 3월 24일이었다. 이 고을 풍속에는 이 날이 되면 만복사에 가서 연등(燃燈)을 하고 복을 비는데, 청춘남녀들이 많이 몰려가서 각기 그 소원을 비는 것이었다.[29]

위의 인용문에서 보이듯, 이 만복사 불상이 많은 청춘남녀들의 기도의 대상으로 서술되고 있는 것으로 미루어, 작가는 작품 내에서 이 불상을 남녀간의 배필을 맺어주는 신통력을 지닌 불상으로 그려내고 있음을 알 수 있다. 그리고 작품 속에서 강렬한 애정 욕구를 지니고 있었던 양생과 귀녀도 이 만복사 불상에게 기원한 결과, 그 불상의 영험력에 의해 그들의 꿈을 이루고 마침내 성애적 결합에 이르게 된다.

이처럼 이 작품의 1차 이합 구조는 만복사 불상의 신묘한 영험력을 드러내 보이고 있는 것이다. 이런 점에서, 이 부분은 불상을 영험적인 대상으로 형상화 시키고 있는『삼국유사』소재 불상영험담류(佛像靈驗談類)의 서사 작품과 기본적으로 그 성격을 같이 한다고 할 수 있다. 기실 이런 류의 서사 작품들은 대중 교화의 효과적인 방편이었기 때문에 사찰을 중심으로 하여 일찍부터 형성·유전되었을 것으로 짐작되는데,『삼국유사』에 수록된 불상영험담류의 서사 작품들을 통해 그러한 일면을 구체적으로 살펴볼 수 있다 하겠다.[30]

「만복사저포기」의 1차 이합 과정 역시 이러한 불상영험담적인 서사 원리에 의해 구성되고 있는 것으로 파악된다. 실제로 이러한 불상영험담이 근자에 이르기까지 만복사(萬福寺) 주변에서 사찰연기담(寺刹緣起談)의 모습으로 유전되고 있는 '만복사 불상의 영험설화(靈驗說話)'와 배경·인물·사건·주제 등에서 흡사하다는 사실은[31] 이러한 점을 여실히 보여주는 바라 하겠다. 따라서 1차 이합 과정의 서사 내용은 만복사 불상의 영험 모티브를 근간으로 하여 작중 사건이 전개되는 불상영험담적 서술 속성을 지니고 있는 것으로 볼 수 있다.

---

29) 明日卽三月二十四日也 州俗燃燈於萬福寺祈福 士女騈集 各呈其志(296면)
30) 황패강,『신라불교설화연구』, 일지사, 1975, 74~79면 참조
31) 주길순, 앞의 논문, 74~76면 참조

2) 2차 이합의 시애담적 성격

이러한 1차 이합의 불상영험담적 서사 내용은 2차 이합 과정과 결부되면서 서사 내용의 기본 성격이 변모된다. 1차 이합 구조가 보여주는 만복사 불상의 영험담이라는 원화적(原話的) 소재에 명혼(冥婚) 모티브가 개입됨으로써 그 불상영험담의 원화적(原話的) 성격은 퇴색되고, 그 영험담은 시애담(屍愛談)의 일부로 수용되고 만다.

1차 이합의 불상영험담에서는 양생과 귀녀의 성적(性的) 결합이 만복사 불상의 위신력의 결과임을 강조한다. 그러나 귀녀의 실체가 인간이 아닌 귀신이란 사실이 작품의 표면에 부각되면서, 두 존재의 결합의 본질은 불상의 영험이라는 의미보다는 인간과 귀신의 사랑이라는 의미에 보다 가까이 접근하게 된다. 이처럼 2차 이합 구조에 이르면, 양생과 귀녀의 결합은 더 이상 청춘남녀의 성애담(性愛談)에서 머물지 못하고, 생자(生者)와 사자(死者)의 시애담(屍愛談)으로 탈바꿈하게 되는 것이다.

불상영험담적 성격을 지닌 1차 이합에서는 귀녀가 사자(死者)임을 밝혀야만 할 당위성이 존재하지 않는다. 그러기에 이 이합의 과정에서는 귀녀가 자신의 귀신적 실체를 철저히 은폐하고 있다. 그러나 2차 이합에서 귀녀는 1차 이합에서처럼 자신을 생자(生者)로 위장하지 않는다. 오히려 그동안 은폐했던 자신의 귀신적 실체를 양생에게 당당히 드러내고 있는 것이다.

2차 이합 과정에서 귀녀가 자신의 귀신적 실체를 드러내는 순간 두 남녀의 결합은 시애적인 결합의 속성을 지닐 수밖에 없게 된다. 그리고 그 두 남녀의 사랑 이야기는 시애담의 범주를 벗어날 수 없게 된다. 이처럼 1차 이합이 2차 이합으로 전개되면서 불상영험담이 시애담으로 내용적 변질을 일으키게 되고, 또한 1차 이합이 지니고 있던 종교적인 의미도 자연히 세속적인 의미로 변모하게 된다.

3) 3차 이합의 왕생담적 성격

「만복사저포기」에서 2차 이합 과정을 거치면서 변질된 이합 구조의 종교적 본질은 3차 이합 과정에 이르게 되면 보다 차원 높은 종교적인 내용으로 복원된다. 그것은 바로 왕생담(往生談)으로의 승화다.

「만복사저포기」에서 3차 이합 구조는 양생과 귀녀가 윤회전생에서 벗어나 해탈 왕생에 이르는 사건을 그리고 있는 작품의 결말 부분으로, 여기서 그리고 있는 서사 사건의 핵심은 왕생 모티브다. 1, 2차의 이합 과정을 거치면서 불상영험담에서 시애담으로 세속화된 서사 사건은 여기에 왕생 모티브라는 불교적 영이(靈異)가 개입되면서 종교적 속성은 회복되고, 작품의 전체적 성격은 왕생담으로 승화되는 것이다.

왕생담적 성격을 지닌 3차 이합 구조를 이끌어 가는 사건의 주체는 물론 귀녀다. 이미 지적한 바대로 그녀는 자신이 아미타불(阿彌陀佛)의 '전녀성남원(轉女成男願)'에 따른 해탈 왕생의 구체적인 실상을 양생에게 보여주고 있을 뿐만 아니라, 양생이 왕생의 경지에 이르는데 있어서 주도적인 역할도 담당하고 있는 것이다. 이러한 점에 주목할 때, 귀녀에게서 관음적(觀音的) 면모를 찾아보는 것도 어렵지 않다.

불교 경전 중 『법화경(法華經)』의 『관세음보살보문품(觀世音菩薩普門品)』이나 『능엄경(楞嚴經)』의 『관세음보살이근원통장(觀世音菩薩耳根圓通章)』 등의 관음 관련 경전에 의하면, 관음은 중생(衆生)의 근기(根機)에 따라 32 응신(應身)으로 화현(化現)하여 중생의 해탈을 도와주는 대비행(大悲行)을 보여주고 있다. 그런데 이러한 관음의 대비행의 모습을 귀녀의 행위에서도 찾아 볼 수 있다. 그녀 역시 양생의 해탈을 이끌어 내고 있기 때문이다.

『삼국유사』에는 관음화현(觀音化現)의 다양한 양상을 문학적으로 형상화시킨 작품이 다수 수록되어 있다.[32] 그런데 「만복사저포기」의 귀녀는 그러한 작품 중 현몽(現夢)을 통해 음욕에 빠져 있는 조신(調信)의 해탈을

---

32) 황패강, 앞의 책, 64~74면 참조

도와 준 「조신전(調信傳)」(「낙산이대성 관음정취조신(洛山二大聖 觀音正趣調信)」
조)에 있어서의 태수의 딸인 김씨녀나, 노힐부득과 달달박박이 성불(成佛)
하도록 도와 준 「남백월이성 노힐부득 달달박박(南白月二聖 努肹夫得 怛怛朴
朴)」조의 '자의수묘(姿儀殊妙)'한 낭자, 그리고 광덕과 엄장이 각기 왕생에
이르도록 도와 준 「광덕엄장(廣德嚴莊)」조에 등장하는 분황사비(芬皇寺婢)
광덕처(廣德妻)와 그 성격상 유사하다고 하겠다.

　잘 아는 바와 같이, 이들 김씨녀(金氏女)나 낭자, 그리고 광덕처는 여러
모습으로 화현하여 중생의 해탈을 도와 주는 관음의 응신(應身)으로 볼 수
있다. 또한 「만복사저포기」에서 여색(女色)의 미망(迷妄)에 빠져 있는 양생
을 회심(回心)시켜 입산수도(入山修道)케 한 귀녀 역시 그들과 마찬가지로
관음 응신으로서의 면모를 지니고 있는 것이다. 이런 점에서 시애담의 왕
생담으로의 변모는 관음행화 모티브의 영향도 받고 있음을 알 수 있다.

　「만복사저포기」의 서사 구조가 지닌 핵심적인 의미는 이 3차 이합의
과정에서 찾아 볼 수 있다. 1, 2차 이합의 과정에서 양생과 귀녀는 성별적
(性別的)·생사적(生死的) 그리고 현계(現界)와 유계(幽界)라는 존재적(存在
的)·공간적(空間的) 대립을 극복하지 못하고 애정 갈등으로 인한 심한 좌
절감을 느끼게 된다. 이것은 여색(女色)이 번뇌의 근본임을 드러내 주는
것으로써, 이러한 애정적인 번뇌는 정토(淨土)에서의 종교적인 합일을 통
하여 극복·초탈되고 있는 것이다.

　양생은 귀녀와의 윤회에 의한 분리 뒤에 애별리고(愛別離苦)의 절대적
허무를 느끼게 된다. 그러나 이러한 절대적 허무에 대한 자각은 양생이
해탈하여 귀녀와 종교적 화합을 이루어내기 위한 출발점이 되기도 하는
것이다. 그러한 출발점이 바로 양생의 입산(入山)인 것이며, 종교적 화합의
문학적 표현으로 제시된 것이 '부지소종(不知所終)'이라고 하겠다.

　따라서 이 3차 이합 과정에서 양생이 깨달은 절대적 허무에 대한 자각
은 1차 이합 과정에서 양생이 느꼈던 비극적인 절대 고독·절대 고립이
종교적 가치관에 의해 변모된 심리 현상으로 파악될 수 있다. 그리고 이

러한 가치관의 변화는 3차 이합 과정에서 양생의 현실적인 삶의 태도를 변화시키고 있는 것이다. 그런데 3차 이합 과정이 의미하는 이러한 해탈 왕생에 의한 합일의 지향은 「만복사저포기」의 주제의식으로까지 승화되고 있기 때문에 이 점은 중시할 필요가 있는 것이다.

5. 맺음말

이상에서 살펴본 바와 같이 「만복사저포기」는 양생과 귀녀의 이합(離合)이 중심이 되어 작중 사건이 전개되고 있으며, 그 이합과정(離合過程)이 종교적인 합일(合一)을 지향하고 있는 불교적 색채가 강한 작품이다. 본고에서 지금까지 논의된 바를 요약·정리하면 다음과 같다.

「만복사저포기」는 양생과 귀녀의 이합 과정을 하나의 하위구조(下位構造)로 하여 이것이 삼중적(三重的)으로 반복되는 구조적 특징을 보여주고 있으며, 그 개별적 하위 구조는 「분리 → 결합지향적 의식 → 예지된 결합의 구체화」라는 공통의 구조 법칙에 따라 구성되고 있다. 그런데 이러한 3단계의 이합 구조는 분리된 두 존재가 불완전한 결합에서 점진적으로 완전한 결합에 이르게 되는 발전적(發展的) 층위성(層位性)을 보여주고 있다는 점이 주목된다.

「만복사저포기」에서 양생과 귀녀는 그들을 분리시킨 결합의 장애 요인을 해소·극복하고, 마침내 종교적 합일의 경지에 도달하게 된다. 양생과 귀녀를 비극적인 분리 상태에 처하게 하는 것은 운명(運命)이나 생사(生死) 그리고 윤회(輪回)다. 그들은 이러한 결합의 장애를 성애적(性愛的) 결합과 시애적(屍愛的) 결합을 통해 일시적으로 극복해 내지만, 결국에는 이러한 세속적인 애욕이 허망하다는 사실을 깨닫고 해탈적(解脫的) 결합을 통해 종교적 합일을 보게 되는 것이다.

　「만복사저포기」의 3단계 이합 구조에서 1차 하위 구조의 서사 내용은 만복사 불상의 영험 모티브를 근간으로 하는 불상영험담적(佛像靈驗談的) 성격을 지닌다. 여기에 명혼(冥婚) 모티브가 개입됨으로써 2차 이합 구조의 서사 내용은 시애담(屍愛談)으로의 내용적인 변모가 이루어지면서 세속담적 성격을 지니게 된다. 그러나 이것은 3차 이합 구조의 서사 내용에 이르게 되면 왕생(往生) 모티브와 관음행화(觀音行化) 모티브의 수용·활용으로 인해 종교적 신성성을 획득하면서 왕생담적(往生談的) 성격을 지니게 된다. 이처럼 「만복사저포기」의 서사 구조는 세속적인 시애담을 중심으로 그 전후에 불상영험담과 왕생담을 위치시킴으로써 작품 전체의 서사 의미를 불교적 차원으로 승화시키고 있는 것이다.

참고 문헌

강진옥, 「금오신화와 '만남'의 문제」, 『고전소설연구의 방향』, 새문사, 1985.

김명순, 「금오신화의 비극성」, 『우전신호열선생 고희기념논문집』, 창비사, 1983.

김성기, 「만복사저포기연구」, 『연구논문집』 11, 울산공대, 1980.

김용덕, 「만복사저포기연구」, 『한국학논집』 2, 한양대 한국학연구소, 1982.

김일렬, 「금오신화고찰」, 『한국고전소설연구』, 새문사, 1983.

설중환, 『금오신화연구』, 고려대 민족문화연구소, 1983.

임형택, 「현실주의적 세계관과 금오신화」, 『국문학연구』 13, 서울대, 1971.

정주동, 『매월당 김시습연구』, 신아사, 1965.

조동일, 「소설의 성립과 초기소설의 유형적 특징」, 『한국소설의 이론』, 지식산업사, 1977.

주길순, 「만복사저포기의 설화적 고찰」, 『논문집』 2, 조선대 사범대, 1971.

최삼룡, 「『금오신화』의 비극성과 초월의 문제」, 『한국고소설연구』, 이우출판사, 1983.

황패강, 『신라불교설화연구』, 일지사, 1975.

「용궁부연록」의 연회 양상과 의미

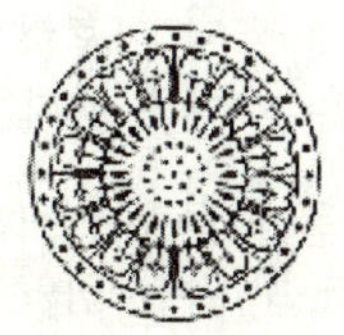

1. 머리말

「용궁부연록(龍宮赴宴錄)」은 그 제명(題名)이 시사하듯, 문장이 뛰어난 주인공 한생(韓生)이 몽중(夢中)에 용왕의 초대를 받아 용궁연회(龍宮宴會)에 참석하고 돌아온 일련의 사건을 그린 단편소설로, 『금오신화(金鰲新話)』에 수록되어 있는 5편의 작품 중 개별적인 논의가 가장 미흡한 작품이다. 그런데 종전 학계에서는 대체로 이 작품에 대하여 작가 김시습(金時習, 1435년~1493년)이 주인공 한생에게 자신을 가탁(假託)하여 그의 유년기 환상을 우의적(寓意的)으로 형상화한 것으로 파악한 바 있다.[1]

일반적으로 문학 연구가 문예학적 인식을 바탕으로 이루어진다고 전제할 때, 우의성에 대한 검토는 작품의 문예학적 가치를 해명하는 작업과는 거리가 있어 보이는 것이 사실이다.[2] 그러나 일찍이 김안노(金安老, 1481년

---

1) 이가원, 『역주 금오신화』, 통문관, 1959, 27면.
   정주동, 『매월당 김시습연구』, 신아사, 1965, 730~733면.
   이재수, 「금오신화고」, 『한국소설연구』, 선명문화사, 1969, 81~82면.
   박성의, 『한국고대소설론과 사』, 집문당, 1986, 166면.

~1537년)가 『용천담적기(龍泉談寂記)』에서 간략하게 언급하고 있는 것처럼,3) 『금오신화』에서 풍자적인 의미를 찾아내기란 그리 어렵지 않다. 그리하여 그간 학계에서도 『금오신화』에 수록된 작품들이 지닌 우의적 성격에 주목한 바 있었으며, 그러한 연구 결과는 작가의 사상과 작품의 창작 의도를 살피는데 적지 않은 기여를 했다고 보아진다.

「용궁부연록」 역시 밖으로 표출된 주인공 한생의 용궁왕래담(龍宮往來談) 속에 작가가 말하고자 하는 또 다른 이야기가 감추어져 있다. 이 감추어진 이야기의 실체를 찾아 그 실상을 드러내고 그 의미를 밝히는 것은, 이 작품의 창작 의도뿐만 아니라 작품 내용의 본질과 주제의식 등을 보다 합리적으로 파악하기 위해 긴요한 작업이라 하겠다.

그런데 「용궁부연록」 속에 감추어져 있는 이 이야기의 의미는 그간의 학계의 지적과는 다른 각도에서 재해석해 볼 수 있는 소지도 없지 않아 보인다. 물론 그간의 논의에서 지적되었던 것처럼, 작가가 어린 시절에 겪은 입궁체험(入宮體驗)은 그의 삶에 있어서 매우 중요한 사건임에는 분명하며, 이것이 후일 그가 성장하여 『금오신화』를 저술할 때 이 작품의 창작 동기로 작용했을 수도 있었을 것이라는 개연성까지를 부인할 수는 없겠다. 그러나 「용궁부연록」을 지나치게 작가 김시습의 자서전적(自敍傳的)인 기록으로만 간주해 버릴 경우, 이 작품의 문학적 가치는 그만큼 손상될 수 있다는 점도 중시될 필요가 있다.4)

「용궁부연록」에 숨겨져 있는 우의(寓意)를 찾아내는데 있어서 많은 정보를 얻을 수 있는 제공처는 바로 『전등신화(剪燈新話)』 속에 수록되어 있는 「수궁경회록(水宮慶會錄)」이다. 널리 알려져 있는 바와 같이, 「용궁부연록」은 『전등신화』에 수록된 「수궁경회록」의 영향을 받아 이루어진 작품

---

2) M. 마렌 그리제 바하, 『문학연구의 방법론』, 장영태 역, 홍성사, 1982, 참조
3) 入金鰲山 著書藏石室曰 後世必有知岑者 其書 大低述異寓意 效剪燈新話等作也
4) 소재영, 「금오신화의 문학적 가치」, 『매월당 ― 그 문학과 사상』, 강원대 출판부, 1989, 205면 참조

으로, 『금오신화』와 『전등신화』를 대비할 때 이 두 작품은 가장 혹사(酷似)한 작품이라는 평가를 받기도 하였다.5) 그러나 실은 「용궁부연록」이 「수궁경회록」의 구성을 기본 틀로 삼고는 있지만, 「용궁부연록」은 거기에 작가의 문학적 상상력을 가미하여 그것을 환골탈태(換骨奪胎) 시킨 독창적인 작품이다.6) 「용궁부연록」의 이러한 독창적인 요소는 작가의 작위적인 의도에서 비롯된 것이며, 「수궁경회록」과 변별되는 「용궁부연록」의 이러한 독창적인 요소는 바로 이 작품에 숨겨져 있는 의미를 탐색해 가는 데 있어서 중요한 열쇠 구실을 하는 것이다.

「용궁부연록」과 「수궁경회록」은 공히 글 잘하는 문사(文士)가 용왕의 초대로 용궁에 들어가 상량문(上樑文)을 지어 주고, 용왕이 베푼 잔치를 즐기며, 용왕의 전별 노자를 받아 귀가(歸家)한 다음에 입산(入山)한다는 기본적인 줄거리로 구성되어 있다. 그런데 사건 골격의 이 같은 유사성에도 불구하고 「용궁부연록」은 용궁 설정의 자국화(自國化)와 그 실상의 제시, 용궁 체험의 몽유적(夢遊的) 처리 그리고 용궁에서 베풀어진 연회 양상의 복잡화 등 작중 무대 공간과 사건 구성 등에서 「수궁경회록」과는 현격한 차별상을 드러내기도 한다.

본고에서는 「용궁부연록」이 보여주는 이러한 차별상에 이 작품의 본질적 의미를 밝힐 수 있는 주요한 단서가 있다고 전제하면서, 여기에 투영된 작가 김시습의 의도를 살펴보고, 아울러 작가가 이 작품을 통해 구현해 내고자 했던 의미가 무엇이었는지를 구체적으로 검토해 보고자 한다.

이러한 논의를 통하여, 「용궁부연록」의 작품적 본질과 문학적 가치가 보다 합리적이고 보다 새롭게 부각될 수 있기를 기대한다.

---

5) 이재수, 앞의 책, 80면.
6) 이석래, 「금오신화의 전개적 고찰」, 『이숭녕박사 송수기념논총』, 을유문화사, 1986 참조
   한영환, 『한ㆍ중ㆍ일 소설의 비교연구』, 정음사, 1985, 161~187면, 참조

2. 용궁 공간의 상징성

잘 아는 것처럼, 「용궁부연록」은 주인공 한생(韓生)의 용궁 왕래 모티브를 근간으로 하여 구성된 작품이다. 한생은 고려대에 송도(松都)에 살던 한 문사(文士)로, 어느 날 저녁 표연(瓢淵) 용왕의 초대를 받아 용궁에 들어간다. 그는 거기에서 용왕의 극진한 환대를 받으며, 혼기(婚期)에 이른 용녀(龍女)가 거처할 가회각(佳會閣)의 상량문을 지어 주고, 곧이어 윤필연(潤筆宴)이라는 용궁 연회에 참가한다. 이 연회가 끝난 후, 한생은 용왕의 허락을 얻어 용궁을 두루 구경하고, 노자를 받아 귀가하면서 꿈에서 깨어난다. 그 뒤 그는 명리(名利)를 구하지 않고 입산(入山)했으며, 어디에서 삶을 마쳤는지는 알 수 없었다.

이상의 작품 경개를 통해서도 살펴볼 수 있듯이, 「용궁부연록」의 내용 대부분은 용궁을 중심적인 무대 공간으로 하여 그 곳에서 벌어진 몽중(夢中)의 가체험(假體驗)으로 이루어져 있다. 용궁 공간을 작품의 주된 공간 배경으로 삼아 사건이 전개되기는 「수궁경회록」의 경우도 마찬가지다. 「수궁경회록」 역시 원말(元末) 조주(潮州)에 사는 선비인 여선문(余善文)이 남해용왕(南海龍王)인 광리왕(廣利王)의 초대로 용궁에 들어가 그곳에서 베풀어진 연회에 참석한 이야기로, 이 작품에서도 용궁이 작중(作中)의 핵심적인 무대 공간을 이루고 있다.

이처럼 용궁이라는 무대 공간을 중심으로 하여 작중 사건이 전개되고 있다는 점에서 두 작품은 공통점을 지니고 있기는 하다. 그러나 이들 양 작품에 설정되어 있는 용궁 공간이 겉으로는 동일한 무대 공간으로 보일 수도 있겠으나, 기실 양 작품 속에 형상화되고 있는 용궁은 본질적인 공간 성격에 있어서는 여러 가지 면에서 이질성을 지닌다.

「용궁부연록」의 용궁이 「수궁경회록」의 그것과 대별(大別)되는 두드러진 차이점 중의 하나는 공간 설정의 자국적(自國的)인 변용(變容)이다.[7) 앞에서 언급하였듯이, 「용궁부연록」의 용궁은 남해(南海)속의 공간으로 그려지고 있는 「수궁경회록」의 용궁과는 달리 송도 천마산(天磨山)에 있는 용추(龍湫) 박연(朴淵) 속에 위치한 별세계로 그려져 있다.

또한 「수궁경회록」에서는 현실과 용궁을 양계(陽界)와 수부(水府)의 관계로 인식하고 있음에 비해,[8] 「용궁부연록」에서는 그것을 양계(陽界)와 음계(陰界)의 대립적인 관계로 설정하고 있다. 이처럼 「용궁부연록」은 용궁에 대한 공간 인식 태도에 있어서도 「수궁경회록」과 현격한 차별상을 드러낸다.

> 한생이 윗자리에 앉기를 사양하면서 말하였다. ……(중략)…… 그들은 말하였다. "우리와 그대는 음양(陰陽)의 길이 달라서 서로 통섭(統攝)할 권리도 없습니다만, 용왕님은 위엄이 있을 뿐 아니라, 사람을 보는 안식도 밝으시니 그대는 틀림없이 인간 세상의 문장의 거공(鉅公)이실 것입니다. 용왕님의 말씀이니 거절하지 마십시오."[9]

뿐만 아니라 「용궁부연록」에서는 용궁에서 벌어지고 있는 사건을 몽유체험(夢遊體驗)으로 그려냄으로써, 그곳 자체를 몽중공간(夢中空間)으로 만들어 놓고 있기도 하다.

이처럼 「용궁부연록」의 용궁 공간은 용추 박연(朴淵) 속의 공간, 음계(陰界)의 공간, 그리고 몽중(夢中)의 공간 등으로 형상화되어 있다. 「용궁부연록」에 설정된 이러한 용궁 공간의 성격은 「수궁경회록」의 그것과는 다른 것으로써, 「용궁부연록」의 이 같은 용궁 공간의 변용은 앞에서 이미 지적하였듯이, 작가의 작위적인 의도에서 기인하는 것으로 볼 수 있다. 다음에서는 「용궁부연록」에 형상화되어 있는 이러한 용궁 공간이 지닌 상징

---

7) 정주동, 앞의 책, 785면 참조

8) 廣利曰 君居陽界 寡人處水府 不相統攝可毋辭也

9) 生讓座曰 ……(中略)…… 諸人曰 陰陽路殊 不相統攝 而神王威重 鑑人惟明 子必人間 文章鉅公 神王是命 請勿拒也(「龍宮赴宴錄」, 번역문은 『국역 매월당집』 3, 세종대왕기념사업회, 1978, 374면에서 인용, 이하의 번역문은 인용 면수만을 밝히기로 함.)

적 성격에 대해 살펴보기로 한다.

1) 용궁 공간의 독창적 양상

「용궁부연록」의 작가는 앞에서 언급했듯이, 용궁을 자국적(自國的) 공간으로 변용시켜 「수궁경회록」에 설정된 용궁과 변별되는 독창적 공간으로 재창조해 내고 있다. 이처럼 「용궁부연록」의 용궁 공간이 자국화(自國化)되는데 있어서 결정적인 계기가 된 사건은 잘 알려진 바와 같이, 작가 김시습의 송도기행(松都紀行)이라고 하겠다.

작가 김시습이 이 작품의 첫머리에서 '옛부터 여기에 용신(龍神)이 살고 있다는 이상한 전설이 전기(傳記)에 실려 전해 온다.'[10] 고 밝히고 있는 것처럼, 송도 천마산의 박연폭포와 관련된 용신전설(龍神傳說)은 일찍부터 전승되고 있었다. 작가는 송도의 여행길에서 이러한 용신전설을 접했을 것이며, 그는 이 전설에서 착안하여 이곳을 「용궁부연록」의 지리적 배경으로 결정했을 것으로 쉽게 짐작된다.[11]

문헌에 전하는 박연폭포의 전설은 다음과 같다.

> 전설(傳說)에 옛날 박진사(朴進士)라는 이가 있어 피리를 못 위에서 부니 용녀(龍女)가 감동하여 데려다 남편으로 삼았으므로 박연(朴淵)이라 이름하였다 한다. 이규보의 시에,
> '용랑(龍娘)이 피리에 감동하여 선생에게 시집가니, 백년을 함께 즐겨 정도 흐뭇하리.'
> 라고 한 것이 이것이다. 그 어머니가 와서 울다가 못으로 떨어져 죽어서 그만 '고모담(姑姆潭)'이라고 이름하였다.[12]

---

10) 夙著異靈 載諸傳記
11) 김시습의 『유관서록(遊關西錄)』에는 그가 송도의 천마산과 박연폭포를 완상하고 지은 「유천마산(遊天磨山)」, 「표연(瓢淵)」 등의 시가 수록되어 있다.

지명전설적(地名傳說的) 성격을 지닌 이러한 설화는 부연되어 근자까지도 구비 전승되고 있었음이 학계에 소개된 바 있기도 하다.13) 그런데 위에서 인용한 전설의 내용에서 주목되는 것은 박연폭포가 용의 거처로 이야기되고 있었다는 사실과 아울러 거기에 용녀(龍女)가 등장하고 있다는 점이다.

「용궁부연록」과 「수궁경회록」 중에서 등장 인물로 용녀를 설정하고 있는 작품은 다름 아닌 「용궁부연록」이다. 「수궁경회록」에서는 용왕이 자신의 신위(神威)를 위해 건축하고자 하는 영덕전(靈德殿)의 상량문(上樑文)을 구하고자 여선문을 용궁에 초대한다. 그러나 「용궁부연록」의 경우에는 이와 달리 혼기(婚期)에 접어든 용녀의 거처인 가회각(佳會閣)의 상량문을 얻기 위해 한생을 용궁으로 초청하고 있다.

이처럼 용녀라는 존재는 「용궁부연록」에서만 나타나는데, 이는 박연폭포의 지명전설과 무관하지 않은 것으로 추정할 수 있다. 위에서 인용·소개한 바와 있듯이 이 지명전설에는 용녀가 등장하고 있으며, 뿐만 아니라 박진사와의 혼인 모티브를 지니고 있기도 하기 때문이다.

이와 같이 작가는 송도의 기행 체험을 통해 접하게 된 박연폭포와 관련된 용신전설에 기초하여 작품의 공간적 토대를 마련하고 있는 것이다. 뿐만 아니라 그는 그 공간을 문학적으로 형상화시키는데 있어서 용과 관련된 전승설화도 적극 수용한 것으로 보아진다.

원래 용신전설(龍神傳說)은 우리의 전승설화에서 다양하게 나타나고 있는데,14) 용신이 거처하는 용궁은 대체로 화려함의 극치를 이루는 이상적

---

12) 傳昔有朴進士者 吹笛淵上 龍女感之 引以爲夫 故名朴淵 李奎報詩曰 龍娘感笛嫁 先生 百載同歡適性情者是也 其母來哭 墜死下潭 遂名姑姆潭(『新增 東國與地勝 覽』 卷42 牛峰縣條, 번역문은 『국역 신증동국여지승람』 5, 민족문화추진회, 1970, 370~ 371면.)
13) 최상수, 『한국민족전설의 연구』, 성문각, 1985, 132~133면 참조
14) 장덕순, 「용전설과 '용가'의 용」, 『한국설화문학연구』, 서울대 출판부, 1978, 107~120면 참조

인 공간으로 묘사되고 있다. 「용궁부연록」에서 제시하고 있는 용궁 공간의 모습 역시 마찬가지다.

> 용왕이 구름을 불어 없애는 사람에게 명하여 구름을 걷게 하매, 한 사람이 대궐의 뜰에서 입을 오무리면서 한 번 불어 버리니, 하늘이 환하게 밝아져서 산과 바위 벼랑도 없어지고 다만 넓은 세계가 바둑판처럼 된 것이 수십 리였다. 아름다운 꽃과 아름다운 나무가 그 안에 벌려 심어져 있고, 바닥엔 금모래로 펴져 있고, 둘레는 금성(金城)으로 쌓아졌으며, 그 행랑과 뜰에는 모두 푸른 유리 벽돌을 펴고 깔아서 광채와 그림자가 서로 비치었다.[15]

또한 이곳에서 한생이 구경하였던 소운기(掃雲器)·전모경(電母鏡)·뇌공고(雷公鼓) 등 역시 구름이나 물과 연계된 용신신앙(龍神信仰)을 수용하여 설정해 놓은 것으로 보아진다.[16]

이처럼 작가는 자신이 송도를 기행하면서 체득하게 된 박연폭포의 지명전설과, 고래로부터 우리 나라에서 전승되던 용신설화에 근거하여 용궁 공간을 설정·묘사함으로써, 용궁 공간의 자국적인 변용을 이루어내고 있는 것이다. 그리하여 「용궁부연록」의 핵심적인 공간인 용궁 공간은 「수궁경회록」의 용궁과는 상이한 모습으로 변모되고, 재창조된 독창적인 공간으로 그려지고 있는 것이다.

김영태, 「용신설화의 사상성」, 『삼국유사와 문예적 가치해명』, 새문사, 1982, 75~89면 참조
15) 神王命吹雲者掃之 有一人 於殿庭 蹙口一吹 天宇晃朗 無山石巖厓 但見世界平闊 如碁局 可數十里 瓊花琪樹 列植其中 布以金沙 繚以金埔 其廊廡庭除 皆鋪碧琉璃 塼 光影相涵(393면)
16) 정주동, 앞의 책, 771면 참조

2) 용궁의 이상향적 공간 의미

일반적으로 용궁이라는 공간에 부여하고 있는 기본 성격이 그러하듯, 「용궁부연록」의 용궁도 이상적인 가상 공간임에 분명하다. 「용궁부연록」의 용궁 역시 관습적인 용궁의 틀을 빌어 그 안에 작가가 염원하는 또다른 의미를 함축시켜 놓은 이상향적(理想鄉的) 공간인 것이다.

김시습의 송도 방랑이 세조찬위(世祖簒位)로부터 비롯되었음은 주지의 사실로, 「용궁부연록」의 지리적 배경인 송도는 그에게 있어서 세조의 왕위 찬탈에 대한 반항의 의지가 담긴 곳이기도 하다. 작가가 작품의 배경을 송도로 설정함에 있어서 이러한 그의 의지가 적잖이 반영되었을 것으로 볼 수 있는 여지도 없지 않다. 이와 관련하여 『금오신화』의 수록 작품 중 「용궁부연록」을 포함한 3편의 작품이 송도를 작품 속에 등장시키고 있다는 점도 중시할 만하다 보아진다.

잘 알려진 바와 같이, 김시습이 송도로 방랑을 떠나게 된 직접적인 동기는 세조정변으로 인한 왕도정치(王道政治)의 붕괴였다. 그는 「탕유관서록후지(宕遊關西錄後志)」에서 다음과 같이 당시의 심정을 피력하고 있다.

> 어느 날 갑자기 감개한 일을 만나게 됨에 내 이르기를,
> "남아가 이 세상에 나서 도를 행할 만 한데도 몸만을 깨끗이 하여 인륜을 어지럽게 함이 부끄러운 것이요, 만약 행할 수 없다면 홀로 그 몸만을 착하게 함이 옳다."
> 하고, 둥둥 사물 밖에 떠서 도남(圖南)·사막(思邈)의 풍도를 우러러 사모하고자 하였으나, 우리 나라의 습속에 또한 이런 일이 없어 어물 어물 결정을 짓지 못하고 있었다. 어느 날에 저녁에 모두 깨닫기를,
> "만약 옷에 검은 물을 들여 입고 산 사람이 된다면 소원을 채울 수 있을 것이다."
> 하고, 드디어 송도(松都)로 향하여(이하 생략)[17]

---

17) 一日忽遇感慨之事 以謂男兒生斯世 道可行則 潔身亂倫恥也 如不可行 獨善其身

유년 시절부터 '김오세(金五歲)'로 불리워지면서 주변으로부터 천재성을 인정받았던 그는 성장하면서 유학자로서의 꿈을 키워 나갔다. 그러나 세조정란(世祖政亂) 이후의 정치적인 혼란 속에서 자신의 꿈이 깨어지자, 그는 왕도(王道)가 붕괴된 현실을 체념하고는 송도를 기점으로 하여 전국을 편력하는 기구한 방랑의 세월을 보냈던 것이다.[18]

이처럼 그는 패도(覇道)에 의해 왕도(王道)가 무너져 버린 현실 속에서 방황하면서 왕도정치(王道政治)의 회복을 염원했던 절의지사(節義之士)였다. 이러한 그의 사상의 일단은 「고금제왕국가흥망론(古今帝王國家興亡論)」·「고금충신의사총론(古今忠臣義士憁論)」·「인재론(人才論)」·「명물론(名物論)」·「애민의(愛民義)」·「형정의(刑政義)」·「위치필법삼대론(爲治必法三代論)」 등의 저술에 잘 나타나 있다.

또한 그는 이러한 이상적 치국관(治國觀)을 염왕(閻王)과 박생(朴生)의 대화 양식을 빌어 소설화한 「남염부주지(南炎浮洲志)」를 창작하기도 하였던 것이다.[19] 왕도(王道) 상실의 허탈감에 젖어 송도를 방랑하던 당시 그의 내면에는 그것의 회복을 갈망하는 욕구가 절실했을 것으로 쉽게 추정된다.

송도의 박연(朴淵) 속에 별세계로 존재하고 있다고 전승되어 오던 용궁 공간은 이렇듯 현실 상황에 대한 강한 불만을 가지고 있었던 그에게 인상적인 공간으로 인식되어졌을 것은 자명한 일이라 하겠다. 그리고 이러한 당시의 기억은 그가 후일 「수궁경회록」의 옷을 빌어 「용궁부연록」을 창작함에 있어서, 용궁이라는 작중 핵심 공간의 설정에 결정적인 영향을 미

可也 欲泛泛於物外 仰慕圖南思邈之風 而國俗且無此事 猶豫未決 一夕忽悟 若染緇爲山人 則可以寒願 逐向松都(『국역 매월당집』 2, 세종대왕기념사업회, 1977, 126~127면.

18) 김일렬, 「김시습과 금오신화」, 『고전소설론』, 새문사, 1991, 99면 참조

19) 김용덕, 「'남염부주지'의 구성 분석」, 『고전소설 연구의 방향』, 새문사, 1985, 352~373면 참조

설성경, 「15세기형 창작단편 남염부주지에 나타난 정치이념의 형상화」, 『한국고전소설의 본질』, 국학자료원, 1991, 19~90면 참조

쳤을 것으로 보아진다. 이런 점으로 미루어, 「용궁부연록」의 용궁 공간은 「취유부벽정기(醉遊浮碧亭記)」의 '부벽(浮碧)'이나, 「남염부주지(南炎浮洲志)」의 '염부주(炎浮洲)'와 같이 현실 공간에 대립되는 이상향으로 작가가 설정해 놓고 있는 곳과 그 성격을 같이 하는 공간으로 파악된다.

기실 이 용궁 공간은 표연(瓢淵) 용왕과 조강신(祖江神)·낙하신(洛河神)·벽란신(碧瀾神) 등 세 용왕이 격의 없이 어울리는 곳이며, 군장(君長)과 신하간의 신의가 엄연한 곳이다. 주인공인 한생은 이 용궁을 장편시(長篇詩) 20운(韻)에서 위의(威儀)가 정중하고, 예도(禮度)가 성대하며, 의관문물(衣冠文物) 역시 찬란한 이상적인 장소라고 읊고 있다.[20] 그런데 이러한 주인공의 용궁 인식 양상은 작가가 이 용궁 공간에 부여하고 있는 의도를 그대로 반영한 것으로 볼 수 있으며, 결국 이 작품의 용궁 공간은 작가가 평소 갈구하던 왕도(王道)가 구현되는 이상 세계를 문학적으로 형상화한 공간이라 하겠다.

3) 용궁의 공간적 상징성

이와 같이 「용궁부연록」에 형상화된 용궁 공간은 기존의 용궁이 지닌 공간 개념을 수용하면서, 동시에 작가가 동경하던 이상향을 묘사한 세계인 것이다. 그런데 이 이상향적 공간은 패도에 의해 왕도가 무너지기 이전의 시공(時空)을 상징적으로 형상화한 별세계로 파악된다. 「용궁부연록」의 용궁이 지닌 이러한 공간적 상징성은 그 공간에서 베풀어진 윤필연(潤筆宴)이라는 용궁연회(龍宮宴會)를 통해 보다 확연히 드러난다.(이 점에 대해서는 다음의 '3. 용궁 연회의 양상과 의미'에서 구체적으로 검토하기로 한다.)

「용궁부연록」의 용궁이 보여주는 이러한 공간적 상징성은 그곳이 「수궁경회록」의 용궁과는 달리 음계(陰界)의 공간이자 몽중(夢中)의 공간으로

---

20) 捐讓威儀重 周施禮度豊 衣冠文燦爛 環佩響玲瓏

처리되고 있다는 점을 통해서도 드러난다. 잘 알려진 것처럼, 작가 김시습이 이 작품을 저술하던 시기는 그가 관서·관동·호남 등지의 편력을 거쳐 금오산(金鰲山)의 용장사(茸長寺)에서 정착 생활을 하던 무렵(1465년~1470년)이다. 그런데 이 시기는 이미 세종(世宗)·문종(文宗)·단종(端宗)으로 이어져 오던 왕도가 무너지고, 단종의 복위사건도 실패로 끝났을 때다. 뿐만 아니라, 이 시기는 선왕(先王)으로부터 왕위를 계승한 단종이 승하한 때(1457년)로부터도 상당한 시일이 지난 후였다.「용궁부연록」의 용궁 공간이 음계(陰界)와 몽중계(夢中界)의 공간으로 그려지고 있는 것은 당시의 이러한 현실 상황에 대한 작가 김시습의 내면 의식이 반영된 결과라고 짐작된다. 그의 사고 체계 속에서 그가 바라는 왕도정치가 구현되는 이상 세계는 이미 현실적으로 존재하지 않는 비현실적인 과거(過去)의 공간이요, 사자(死者)들의 공간이 되어 버렸기 때문인 것이다.

　생육신(生六臣) 중의 한 사람으로서, 선왕(先王)들에 대한 의리심이 대단했던 김시습이 이미 고인(故人)이 된 선왕들이 존재하는 공간을 문학적으로 형상화 하고자 할 때, 그 공간을 양계(陽界)가 아닌 음계(陰界)로 설정하고 있음은 당연한 일이라 하겠다. 아울러 그는 현실과 등질 수밖에 없었던 당시의 시대 상황 속에서, 비록 꿈 속이지만 몽중(夢中)의 가체험(假體驗)을 통해 자신이 갈구하던 이상 세계를 맛보기도 했을 것으로 짐작되기도 한다.「용궁부연록」의 용궁이 바로 이러한 그의 꿈을 문학적으로 형상화시킨 가상 공간이라 볼 수 있는 것이다.

　　　꿈 속에서 경운(卿雲)과 경성(景星)을 보고 나서
　　　이 몸이 문득 하늘에 올라왔나 의심했네
　　　위의(威義)와 예악(禮樂)은 참으로 삼대(三代) 때요
　　　문물(文物)과 의관(衣冠)은 네 신령이 모은 걸세
　　　만국이 함께 모여 성인의 덕화 노래하고
　　　모든 관원 엄숙하게 임금 앞에 절하네

> 깨어나면 여전히 삼간 집 속이라
> 비스듬히 누워 중얼중얼 육경(六經)을 외네[21]

　위의 인용문은 그의 「감회(感懷)」 6수(首) 중의 일부로, 위의(威儀)와 예악(禮樂)이 갖추어지고, 의관(衣冠)과 문물(文物)이 화려한 이상 세계에서의 몽중 체험을 읊고 있다. 그런데 이 작품에 형상화되고 있는 몽중 이상 세계의 실상은 「용궁부연록」에 설정되어 있는 용궁 공간의 형상과 그대로 일치하기도 한다.

> 높이 솟은 천마산
> 공중에 나는 폭포
> 곧바로 내려 숲을 뚫고
> 빨리 흘러 큰 시내 되었어라.
> 물 속엔 월궁(月宮)이 잠겨 있고
> 못 밑엔 용궁(龍宮)이 깊었어라.
> 　　……(중략)……
> 금궐(金闕) 위에 잔치 열고
> 옥계(玉階) 앞에 풍류 지어
> 찻주발(茗椀)엔 운기(雲氣) 뜨고
> 연잎엔 이슬 젖네.
> 위의(威儀)가 정중하고
> 예법은 더욱 높네.
> 의관 문채 찬란하고
> 환패(環佩) 소리 영롱하네.[22]

---

21) 夢見卿雲與景星 此身疑奄上空冥 威義禮樂眞三代 文物衣冠集四靈 萬國會同歌聖化 千官肅穆拜明庭 覺來依舊三門屋 偃臥吾伊誦六經(『梅月堂詩集』 卷14, 번역문은 『국역 매월당집』 2, 세종대왕기념사업회, 1977, 414면에서 인용하였음.)

22) 天磨高出漢 巖溜遠飛空 直下穿林壑 奔流作巨淙 波心涵月窟 潭底閟龍宮 ……(中略)…… 金闕開佳燕 瑤階奏別鴻 流霞浮茗椀 湛露滴荷紅 揖讓威儀重 周旋禮度豊

위의 인용문은 이미 앞에서도 언급한 바 있는 한생이 지은 장편시(長篇詩) 20운(韻)의 일부다. 「용궁부연록」에서 한생은 용궁에 초대되어 그곳에서 이 20운 장편시를 짓는데, 이 장편시의 내용 중에는 한생의 눈에 비친 용궁 공간의 실상이 묘사되고 있다. 그런데 이 용궁의 실체는 김시습이 꿈 속에서 보았다고 「감회(感懷)」란 시에서 노래하고 있는 이상 세계의 형상과 마찬가지로, 위의와 예악이 제대로 갖추어지고, 의관과 문물이 찬란한 곳이다. 김시습은 꿈 속에서 자신이 바라는 이상 세계를 거닐었으며, 그 몽중의 이상 세계를 「용궁부연록」의 용궁 공간으로 그려내고 있는 것이다.

물론 「용궁부연록」이 용궁을 몽중의 공간으로 설정함에 있어서, 기존의 몽유전설(夢遊傳說)의 영향도 적잖이 받았을 것으로 보아진다.[23] 작가 김시습은 이러한 몽유전설적인 서사 전통의 기반 위에서 자신이 실제로 꿈꾸던 이상 세계를 「용궁부연록」 속의 용궁이라는 몽중의 공간으로 구체화시켰을 여지가 크다고 보아진다.

이와 같이 「용궁부연록」의 작가 김시습은 이 작품의 핵심 공간인 용궁 공간을 음계와 몽중 세계로 그려내면서, 이곳을 왕도(王道)가 실현되는 이상향적 공간으로 형상화하고 있는 것이다. 용궁 공간에 대한 이러한 새롭고 독창적인 해석은 작가 김시습의 내면 의식이 반영된 결과라 보아지기 때문에, 이 같은 용궁 공간의 상징성은 이 작품의 우의적(寓意的) 성격을 구명함에 있어서도 주목할 필요가 있다 하겠다.

衣冠文燦爛 環佩響玲瓏(391～392면)
23) 조동일, 『한국소설의 이론』, 지식산업사, 1977, 232～238면 참조

3. 용궁 연회의 양상과 의미

1) 용궁 연회의 독창적 양상

앞에서 살펴본 바와 같이, 「용궁부연록」은 주인공 한생의 용궁 체험을 중심으로 사건이 전개되는 작품으로, 그 중에서도 가장 핵심적인 부분은 한생을 위해 용궁에서 베풀어진 연회(宴會)인 '윤필연(潤筆宴)'이다. 이 용궁 연회는 한생이 가회각(佳會閣)의 상량문을 지은데 대한 답례로 용왕이 베푼 잔치로서, 이것은 영덕전(靈德殿)의 낙성연으로 개설된 「수궁경회록」의 '경전지회(慶殿之會)'에 견줄 만하다.

그런데 이 두 용궁의 연회는 각기 해당 작품에서 중추적인 사건·내용이라는 공통점을 지니고 있을 뿐만 아니라, 그 연회가 진행되고 있는 양상에 있어서도 부분적인 일치를 보여주고 있음은 사실이다. 그러나 이러한 공통점과 부분적 일치에도 불구하고, 「용궁부연록」의 윤필연은 「수궁경회록」의 낙성연과 변별되는 뚜렷한 차이점을 보여주고 있다. 그것은 「용궁부연록」의 용궁 연회인 윤필연이 「수궁경회록」의 낙성연에 비해 상당히 성대하게 거행된 잔치라는 사실이다.

「수궁경회록」의 낙성연은 대략 3단계로 연회가 구성되어 있다. 그 첫 단계는 미녀 20명이 '능파지사(凌波之詞)'를 부르며 춤을 추는 '능파지대(凌波之隊)'다. 다음으로는 동자 40명이 '채련곡(採蓮曲)'을 노래하며 '채련지대(採蓮之隊)'를 춤추는 두 번째의 단계가 이어진다. 그리고 마지막 단계에서 주인공 여선문이 '수궁경회시(水宮慶會詩)' 20운(韻)을 짓는다.

「수궁경회록」의 낙성연에 설정되어 있는 이러한 연희종목(演戲種目)은 「용궁부연록」의 윤필연에서도 유사하게 나타나고 있다. 그러나 윤필연의 경우에는 낙성연에서 실연되고 있는 연희 종목 이외에도 다양한 연희 종목이 첨가되어 있다. 따라서 「용궁부연록」의 윤필연이 「수궁경회록」의 낙성연보다 훨씬 복잡해진 연회(宴會)의 모습을 보여준다.

「용궁부연록」의 윤필연은 크게 8단계로 구성되어, 3단계로 구성된 「수궁경회록」의 낙성연에 비해 연회의 규모가 크게 확대되어 있다. 한생이 지은 상량문을 보고 용왕이 크게 기뻐하며 윤필연을 여니, 술자리가 끝나고 풍악이 시작되며 미녀 10여명이 '벽담가무(碧潭歌舞)'를 보여준다.

> 술을 권하고 풍류를 지으니 미인 십여 명이 푸른 소매를 흔들거리며 머리 위에 구슬꽃을 꽂고 앞으로 나아왔다가 뒤로 물러갔다 춤을 추면서 벽담곡(碧潭曲) 한 가락을 불렀다.[24]

윤필연의 첫 번째 연회 종목인 벽담가무가 끝나면, 두 번째의 연회 종목인 '회풍가무(回風歌舞)'가 이어진다. 이 회풍가무는 10여 명의 총각들이 왼손에는 피리를 오른손에는 도(翿)를 들고 연출한 가무다. 윤필연의 세 번째 단계는 용왕에 이해 이루어진 연주(演奏)다. 용왕은 한생에게 술을 권하며 옥룡적(玉龍笛)을 불고, 수룡음(水龍吟)을 노래한다.

윤필연에서는 여기에 이어 용궁의 여러 존재들에 의한 가무가 베풀어진다. 우선적으로 공연된 종목은 곽개사(郭介士)와 그 동류(同類)들이 연출한, 해학적인 춤사위로 추어지는 '팔풍가무(八風歌舞)'다.

> 이에 한 사람이 자칭 곽개사라 하고는 ……(중략)…… 곧 그 앞에서 갑옷을 입고 창을 쥐고 침을 내뿜으며 눈을 부릅뜨고 동자를 돌리더니 사지를 흔들고 비틀거리면서 재빨리 앞으로 나갔다가 뒤로 물러섰다가 하는 팔풍무(八風舞)를 추는데, 그의 동류 몇 십명이 고개를 숙여 엎드려 돌면서 절차에 맞추어 춤을 추었다. 곽개사는 이내 노래를 지어 불렀다. ……(중략)…… 이에 그 춤추는 꼴이 왼쪽으로 돌다가 오른쪽으로 굽으며 뒤로 물러갔다가 앞으로 달아가기도 하니, 만좌(滿座)의 사람들은 모두 몸을 뒤척이면서 웃음을 참지 못하였다.[25]

---

24) 酒盡樂作 有蛾眉十餘輩 搖翠袖 戴瓊花 相進相退 舞而歌碧潭之曲(378면)
25) 有一人 自稱郭介士 ……(中略)…… 卽於席前 負甲執戈 噴沫瞪視 回瞳搖肢 蹣跚趨蹌 進前退後 作八風之舞 其類數十 折施俯伏 一時中節 乃作歌曰 ……(中略)…… 於是

윤필연의 전체 연희 종목 중 네 번째 단계인 곽개사의 팔풍가무에 후속하여 다섯 번째인 현선생(玄先生)의 '구공가무(九功歌舞)'가 공연된다. 이 구공가무도 팔풍가무와 마찬가지로 연회 참석자들의 웃음을 유발시키는 해학적인 춤이다.

> 또 한 사람이 자칭 현선생이라 하고는 꼬리를 끌며 목을 빼고 기운을 뽐내고 눈을 부릅뜨면서 ……(중략)…… 곧 그 앞에서 기운을 토하매 실오리처럼 나부끼어 그 길이가 백여 척이나 되더니, 이를 들이마시매 흔적도 없이 되었다. 그리고 그 목을 움추려 사지(四肢) 속에 감추기도 하고, 혹은 목을 길게 빼어 머리를 흔들기도 하더니 얼마 아니 되어 앞으로 조용히 걸어와 구공무(九功舞)를 추면서 홀로 나아갔다 홀로 물러갔다 하더니 이내 노래를 지어 불렀다. ……(중략)…… 곡은 끝났으나 그래도 주저하고 황홀하여 발을 높고 낮게 춤을 추니, 그 태도가 이루 형용할 수 없어 만좌(滿座)의 사람들은 웃음을 그치지 않았다.26)

용궁 속 존재들이 행한 그 다음의 공연물은 윤필연의 여섯 번째 단계의 연희 종목으로, 이것은 목석망량(木石魍魎)과 산림정괴(山林精怪)에 의해 이루어진 가무(歌舞)다.

> 이 놀음이 끝나자 이에 숲 속의 도깨비(木石魍魎)와 산 속의 괴물들(山林精怪)이 일어나서 각기 그 기능을 자랑하는데, 혹은 휘파람을 불고 혹은 노래를 부르며, 혹은 춤을 추고 혹은 피리를 불며, 혹은 손뼉을 치고 혹은 송영(誦詠)을 하였다. 그들의 노는 꼴은 각기 달랐으나 소리는 똑 같았다.27)

左施右折 殿後奔前 滿座皆輾轉失笑(382～385면)

26) 又有一人 自稱玄先生 曳尾延頸 吐氣凝眸……(中略)…… 卽於席前 吐氣裊裊如縷 長百餘尺 吸之則無迹 或縮頸藏肢 或引頸搖頭 俄而 進蹈安徐 作九功之舞 獨進獨退 乃作歌曰 ……(中略)…… 曲終 夷猶怳忽 跳梁低昂 莫辨其狀 滿座嗢噱(385～388면)

27) 戲畢 於是 木石魍魎 山林精怪 起而各呈所能 或嘯或歌 或舞或吹 或忭或踊 異狀同音(388～389면)

윤필연의 마지막 부분은 시작(詩作)으로 끝맺음하고 있다. 용궁 속 여러 존재들의 가무 행위가 일단락 되자, 곧이어 강하군장(江河君長)들이 꿇어 앉아 시를 짓는다. 이것이 윤필연의 일곱 번째 단계며, 조강신(祖江神)·낙하신(洛河神)·벽란신(碧瀾神)이 차례로 시를 지어 용왕에게 바친다. 한생도 이 시를 감상하고 난 후, 그 자리에서 장편시 20운을 짓는다. 이것이 윤필연의 마지막인 여덟 번째의 단계며, 이를 끝으로 윤필연이라는 용궁 연회는 막을 내리고 한생의 용궁 구경이 이어지게 된다.

이와 같이 「용궁부연록」에 그려지고 있는 용궁 연회인 윤필연은 「수궁경회록」의 낙성연과는 비교가 안될 정도로 다양화(多樣化)·복잡화(複雜化)·연희화(演戲化) 되고 있다. 그런데 이러한 다양화·복잡화·연희화 양상은 윤필연의 연회 진행 과정 중, 가운데 부분에 집중되어 나타난다.

기실 윤필연의 연회 진행 단계에 있어서 시작 부분과 마무리 부분은 낙성연의 연회 과정과 유사한 모습을 보여준다. 즉 윤필연의 첫 번째와 두 번째 단계에서 미녀와 총각들에 의해 연출되고 있는 벽담가무와 회풍가무는 미녀와 동자들에 의해 공연되고 있는 낙성연에서의 능파가무와 채련가무에 대응시킬 수 있다. 그리고 윤필연에서 그 연회를 종결짓고 있는 한생의 장편시 20운의 작시행위(作詩行爲)는 낙성연에서 여선문이 수궁경회시 20운을 짓는 것에 견줄 만하다.

이처럼 「용궁부연록」의 윤필연은 그 연회 과정의 서두 단계와 결말 단계에서는 「수궁경회록」의 낙성연과 흡사한 모습을 보여 주고 있다. 그러나 「용궁부연록」의 윤필연은 그 연회의 중간 단계에서는 「수궁경회록」의 낙성연에 없는 여러 종목을 새롭게 추가시킴으로써 그 용궁 연회의 양상을 보다 다양화·복잡화·연희회시키고 있는 것이다.

이와 같이 「용궁부연록」의 윤필연은 낙성연과 구별되는 변별성을 지닌 용궁 연회며, 그 연회에 수용되어 있는 독창적인 연희 종목은 용왕의 연주, 곽개사의 팔풍가무, 현선생의 구공가무, 목석망량과 산림정괴의 가무 그리고 강하군장의 작시(作詩) 등이다. 「수궁경회록」에서는 찾아 볼 수 없는 이러한 것들은 작가의 개인적 창의성을 엿볼 수 있는 부분이기 때문에, 여기에 담겨진 작가의 의도를 제대로 밝히는 것은 용궁 연회에 함축된 의미를 구명하기 위해 필요한 작업이라 하겠다.

2) 용궁 연회의 상징적 의미

앞에서 살펴본 바와 같이, 「용궁부연록」의 윤필연에는 「수궁경회록」의 낙성연에 등장하지 않는 여러 개성적인 공연물과 행사가 보인다. 이들을 윤필연이라는 용궁 연회(宴會)의 연희종목(演戱種目)으로 삼은 작가 김시습의 의도는 과연 무엇일까? 윤필연에서 발견되는 이들 독창적인 연희 종목은 이 용궁 연회에 담긴 상징적 의미를 밝힐 수 있는 중요한 열쇠로 보아지기 때문에, 그들 종목을 통해 말하고자 했던 작가의 속내를 추적해 보는 것은 의미 있는 작업이 될 것이다.

「용궁부연록」의 용궁 연회에는 「수궁경회록」의 낙성연에서는 볼 수 없는 새로운 존재들이 연희자(演戱者)로 다수 출현하고 있다. 이들은 게를 뜻하는 곽개사(郭介士), 거북을 뜻하는 현선생(玄先生), 그리고 숲 속의 도깨비인 목석망량(木石魍魎)과 산 속의 괴물인 산림정괴(山林精怪) 등이다. 이들 용궁 연회의 연희자들은 앞에서 이미 인용·소개하였듯이 잔치의 성격에 맞게 해학적인 춤을 추면서 잔치의 참석자들을 웃음의 도가니로 몰고 간다. 그러면서 그들은 춤에 맞추어 노래를 부른다. 그런데 이들이 부르는 노래는 작품 표면상으로는 연희자들의 말이지만, 실은 그들의 입을 빌어 독자들에게 전하고자 했던 작가의 목소리이기도 한 것이다. 이런 점에서 이들 연희자들이 부른 노래의 내용은 특히 주목할 필요가 있다.

「용궁부연록」에는 위에서 열거한 곽개사, 현선생, 목석망량과 산림정괴 등의 연희자들이 부르는 노래뿐만 아니라, 용왕이 지어 부른 「수룡음(水龍吟)」과 강하군장(江河君長)이 지은 시를 포함하여 다수의 시가(詩歌)가 삽입되어 있다. 그런데 이들 시가의 내용을 검토해 보면, 그 시가들의 내용 대부분은 흥겨워야 할 연회의 분위기에는 어울리지 않게 종결 부분을 비극적인 구절로 처리하고 있다.

이처럼 윤필연에서 가창되는 대다수의 노래는 애조(哀調)로 끝맺음하고 있다는 특징을 지니고 있는데,[28] 이러한 사실은 윤필연의 기본 성격을 파악하는데 있어서 시사하는 바가 크다고 보아진다. 작가는 어떤 의도에서 연회의 축제적(祝祭的)·해학적(諧謔的) 성격과 거리가 있는 애상적(哀想的)인 가사를 작중 존재들을 통해 윤필연에서 노래하게 하였을까?

이미 살펴보았듯이, 윤필연이 베풀어진 용궁 공간은 왕도(王道)가 실현되는 이상적인 공간으로 설정되고 있음에도 불구하고 작가의 과거 인식 속에 존재하는 가상의 공간이며, 꿈 속의 세계인 동시에, 사자(死者)들이 머물고 있는 음계(陰界)의 공간이다. 즉 그곳은 패도(覇道)에 의해 붕괴된 왕도(王道)의 회복이 이루어진 '당연히 있어야 할 공간'이지만, 그러나 현실 속에 존재하지 않는 명부(冥府)에 해당하는 공간인 것이다.

> 산귀(山鬼) 와서 덩실덩실 춤을 추고
> 물고기들은 펄떡펄떡 뛰노누나
> 모든 신하들이 제 자리를 얻었으니
> 그리운 우리 임 차마 잊을 건가[29]

위의 인용문은 곽개사가 팔풍무(八風舞)를 추며 부른 노래의 말미 부분이다. 이 노래의 내용에 보이듯, 산귀(山鬼)와 수족(水族)들이 기뻐하며, 신하 모두가 자기 자리를 얻었다 함은 패도에 의해 상실된 왕도정치의 원상 복귀를 우회적으로 표현하고 있는 것으로 보아진다.

---

28) 이혜순, 「금오신화」, 『한국고전소설작품론』, 집문당, 1990, 25～26면 참조
29) 山鬼趠兮翺翔 水族跳兮騰驤 山有榛兮隰有苓 懷美人兮不能忘(385면)

> 앞 뜰에서 서로 만나 춤추며 뛰고 놀 제
> 어떤 이는 껄껄 웃고 어떤 이는 손뼉치네
> 해 저물자 바람 이니
> 고기 뛰고 물결 센데
> 좋은 때를 자주 얻으랴
> 내 마음이 슬프구나[30]

　위의 노래는 현선생이 구공무(九功舞)에 곁들여 부른 것으로, 그 노래의 맨 마지막에 해당하는 부분이다. 서로 만나 잔치를 즐기는 이런 좋은 때가 다시 올까 슬퍼하는 감상적인 토로는, 당연히 있어야 할 그 같은 이상 세계가 현실 속에 존재하지 않는 비극적인 상황을 반영한 것이라 하겠다.

　이와 관련하여 주목되는 역사적인 사건은 바로 계유정란(癸酉靖亂)이다. 잘 아는 바와 같이, 문종(文宗)이 재위 2년 3개월만에 승하하자 1452년에 12세의 어린 단종(端宗)이 왕위에 올랐다. 이때 선왕의 유명을 받은 영의정 황보인(皇甫仁)과 좌의정 김종서(金宗瑞) 등의 원로 대신과 성삼문(成三問)·박팽년(朴彭年) 등의 집현전 학자들이 나이 어린 단종을 보필했다. 그러나 단종 1년(1453년) 10월에 수양대군(首陽大君)은 황보인·김종서 등 수십 인을 살해하고 영의정에 올라 조정의 실권을 장악하게 된다. 이 사건이 이른바 계유정란이다. 그 후 1455년에 이르러 단종이 왕위에서 물러나게 되었고, 성삼문·박팽년 등 사육신이 단종의 복위를 위한 거사를 모의했으나 실패로 막을 내렸으며, 1457년 영월에 유배되었던 단종은 세상을 뜨고 말았다.

　그런데 이 계유정란은 실로 김시습에게 있어서 큰 영향을 미치는 계기가 되었다.[31] 그는 이 사건이 일어나자 세상살이에 뜻을 잃게 된다. 그는

---

30) 相舞蹈於前庭 或謔笑而撫掌 日欲落兮風生 魚龍翔兮波瀚決 時不可兮驟得 心矯厲而慨慷(388면)

31) 강동엽, 「방황과 자기 성찰의 세월 ― 김시습의 생애와 사상」, 『매월당 ― 그 문학과 사상』, 강원대 출판부, 1989, 259면.

이 사건이 일어났을 무렵의 심정을 「상유양양진정서(上柳襄陽陳情書)」에서
다음과 같이 피력한 바 있다.

> 어려서부터 영달(榮達)을 기뻐하지 아니 하였고, 그리고 또 친척과 이웃에서 모
> 두들 지나치게 칭찬하기 때문에 부끄러워 했습니다. 이윽고 생각과 일이 서로 어긋
> 나 전패(顚沛)할 때에 영묘(英廟)와 현묘(顯廟)께서 잇따라 빈천(賓天)하셨고, 광묘(光
> 廟) 초년에는 고구(故舊)와 교목(喬木)들이 모조리 귀신 명부에 오르게 되었으며, 그
> 리고 또 이교(異敎)가 크게 일어나 사문(斯文)이 쇠락하게 되니 제 뜻은 벌써 황량해
> 졌습니다. 드디어 머리 깎은 이와 벗하여 산수에 놀게 되니, 친구들이 저를 두고 불
> 교를 즐겨 한다고 여기게 되었습니다.32)

이와 같이 단종의 폐위에 이르게 되는 시발점이었던 계유정란은 김시
습에게 충격적인 사건이었음이 분명하다 하겠다. 그런데 위의 「상유양양
진정서」에서 계유정란의 희생자로서, 모두 귀신의 명부에 오르게 되었다
고 적고 있는 '고구(故舊)'와 '교목(喬木)'은 「용궁부연록」에서 윤필연의 연
희자(演戲者)로 등장하고 있는 곽개사, 현선생, 목석망량, 산림정괴 등과
같은 존재와 견줄 만하다고 보아진다.

앞에서 지적하였듯이, 계유정란 때의 희생자는 단종의 보좌 세력인 고
명대신(顧命大臣) 황보인과 김종서를 위시하여 안평대군(安平大君)·정분(鄭
苯)·조극관(趙克寬)·이양(李穰)·조수량(趙遂良)·안완경(安完慶) 등 상당수
에 달하였다. 「상유양양진정서」에서 '고구(故舊)'라 일컫고 있는 사람은 원
로 대신인 황보인과 김종서를 칭한 것 같고,33) 그 외의 희생자는 '교목(喬

---

32) 自少不喜榮達 而且以親戚隣里 濫譽爲恧矣 旣而心事相違 顚沛之際 英廟顯廟 相
　　繼賓天 光廟之初 故舊喬木 盡爲鬼簿 而復異敎大興 斯文陵夷 僕之志 已荒凉矣 遂
　　伴髡者 遊山水故人以我爲喜釋(『梅月堂文集』卷21,『국역 매월당집』3, 248～249면)
33) 임형택, 「현실주의적 세계관과 금오신화」,『국문학연구』제13집, 국문학연구회, 1971, 19면
　　참조
　　설중환,『금오신화연구』, 고려대 민족문화연구소, 1983, 42면 참조

木)'이라 일컫고 있는 듯하다. 그런데 「용궁부연록」의 곽개사와 현선생은 각각 김종서와 황보인을 우의적으로 형상화한 존재로 보아지며, 목석망량과 산림정괴는 그들 이외의 계유정란 희생자를 빗댄 존재로 추정된다.

이러한 추측을 가능하게 해주는 것은 바로 곽개사와 현선생이 팔풍무(八風舞)와 구공무(九功舞)를 추면서 불렀던 노래의 내용이다. 이들 노래를 다음의 논의를 위해 각각 「팔풍가(八風歌)」와 「구공가(九功歌)」라고 부르기로 하겠다. 그런데 곽개사와 현선생이 부른 이른바 「팔풍가」와 「구공가」는 구성적 측면에서 크게 전반부와 후반부의 두 부분으로 나누어진다. 이같은 노래의 구성에서 「팔풍가」와 「구공가」의 전반부는 가창자(歌唱者)의 개성적인 특장(特長)을 묘사하고 있는 부분이며, 후반부는 윤필연의 연회 상황을 노래하고 있는 부분이다. 따라서 곽개사와 현선생의 존재적 실체를 밝히기 위해서는 가창자의 특징을 묘사하고 있는 노래의 전반부를 주목할 필요가 있다.

「용궁부연록」에 등장하고 있는 곽개사(게)와 현선생(거북)이 계유정란의 두 희생자인 김종서(金宗瑞)와 황보인(皇甫仁)을 우의하고 있는 존재임을 살피기 위해 「팔풍가(八風歌)」와 「구공가(九功歌)」의 전반부를 검토해 보기로 한다.

> 강해에 의지하여 구멍 속에 살지언정
> 기분으로 뽐낸다면 범과 함께 다투리라.
> 신장이 구척이니 조공이 넉넉하고
> 종류가 십종(十種)이니 이름도 많을세라.
> 거룩하신 용왕님의 기쁜 잔치 참석하여
> 발을 구르면서 모로 걸어가네.
> 깊은 못 속에 홀로 있기 좋아하고 강가 개펄의 등불에 놀랐었네.
> 은혜를 갚으려고 울어 구슬 낸 것인가
> 원수를 무찌르려 창을 뽑아 든 것인가?
> 호량(濠梁)에 사는 거족들은 못난 나를 비웃으며

무장(無腸)이라 하지마는
군자(君子)에게 비할 이 몸
뱃 속에 덕이 차서 내장이 누렇네.34)

위의 인용문은 곽개사가 부른 「팔풍가」의 전반부다. 이 부분의 내용은 표면적으로 보면 게(곽개사)의 특징을 드러내고 있는 것으로 해석될 수 있다. 그러나 이러한 표면적인 의미 속에는 지용(智勇)을 겸비하고 있었던 고명대신 김종서를 우의적으로 드러내고자 했던 작가의 숨은 의도가 함축되어 있는 것으로 볼 수 있는 여지가 있는 것도 사실이다.

「팔풍가」에서 곽개사(게)가 범과 함께 다툴 만하다는 노래 내용은 김종서의 별명(別名)이었던 '대호(大虎)'와 연관지워 볼 수 있으며, '은혜를 갚으려고 울어 구슬 낸 것인가, 원수를 무찌르려 창을 뽑아 든 것인가?'라는 구절은 단종을 제대로 보필하지 못하고 철퇴에 쓰러져 죽임을 당했던 비극적인 상황을 우의적으로 표현한 것으로 짐작된다. 그리고 게(곽개사)가 덕을 지니고 있음에도 불구하고 물에서 사는 거족(巨族)들이 그를 '무장공자(無腸公子)'라고 비웃는다고 하는 「팔풍가」의 내용 역시 김종서가 황보인과 함께 붕당을 조성하여 종실을 뒤엎으려는 음모를 꾸몄다는, 당시 그들에게 내려졌던 평가를35) 풍자하고 있는 것으로 해석할 수 있는 소지도 없지 않다 하겠다.

이와 같이 지용을 겸비한 무장공자 곽개사(게)가 단종을 보필하던 고명대신 김종서를 상징적으로 형상화한 존재임에 비해, '수족지장(水族之長)'인 현선생(거북)은 계유정란 당시에 영의정의 직책을 맡아 단종을 보좌하던 황보인을 빗댄 존재로 보아진다.

---

34) 依江海以穴處兮 吐氣宇與虎爭 身九尺而入貢 類十種而多名 喜神王之嘉會 羌頓足
　　而橫行 愛淵潛以獨處 驚江浦之燈光 匪酬恩而泣珠 非報仇而橫槍 嗟濠梁之巨族
　　笑我謂我無腸 然可比於君子 德充腹而內黃(383～384면)
35) 세죠(世祖) 때 편찬된 『단종실록(端宗實錄)』에서는 김종서(金宗瑞)와 황보인(皇甫仁)에
　　대한 평가를 그렇게 기술해 놓고 있다.

산택(山澤)에 의탁하여 나홀로 있으며
호흡만으로 오래오래 살고 있네.
천년을 살면서 오색을 갖추고
열 꼬리를 흔들면서 가장 신령하였네.
내 비록 긴 꼬리를 진흙 속에 끌지라도
묘당(廟堂)에 간직함은 내 소원이 아니로다.
단약(丹藥) 아니라도 오래 살 수 있으며
도리를 안 배워도 지혜가 통령하네.
천년 만에 성명(聖明)을 만나면
온갖 상서 빛나게 나타나며
내 수족(水族)의 어른이 된지라
연산귀장(連山歸藏)의 이치를 연구하고
문자를 등에 지니 숫자가 있었으며
길흉사를 알려 주어 계책을 이룩했네.
슬기가 많다 해도 곤액(困厄)에는 할 수 없고
기능이 많다 해도 못 미칠 일 있었다네.36)

위 노래는 구공무를 추며 현선생(거북)이 부른 「구공가」의 전반부다. 이 「구공가」의 전반부 역시 표면상의 내용으로는 곽개사가 부른 「팔풍가」의 전반부와 마찬가지로 가창자의 특징을 노래하고 있어 보인다. 그러나 외견상 거북의 특징을 드러내고 있으나, 이면적으로는 황보인을 빗대고 있는 것으로 추측된다.

「구공가」의 내용 중 우선적으로 쉽게 황보인과 연관지을 수 있는 것은 현선생이 수족(水族)의 어른이 되어 계책을 이룩하였다는 점이다. 거북이 수족(水族)의 우두머리에 올라 계책을 세운다는 「구공가」의 내용은 황보

---

36) 依山澤以介處兮 愛呼吸而長生 生千歲而五聚 搖十尾而最靈 寧曳尾於泥途兮 不願
   藏乎廟堂 匪練丹而久視 非學道而靈長 遭聖明於千載 呈瑞應之昭彰 我爲水族之長
   兮 助連山與歸藏 負文字而有數兮 告吉凶而成策 然而多智有所危困 多能有所不及
   (386~387면)

인이 당시 영의정의 중책을 맡아 국왕 보필의 임무를 수행한 사실에 견줄 수 있다. 그리고 「구공가」에서 거북(현선생)이 자신이 비록 지혜로우나 곤액(困厄)에는 어찌할 수 없으며, 또한 재능이 많지만 미치지 못하니 어찌할 것인가라고 노래하고 있는 부분은, 황보인이 영의정의 직책에 있었으나 문종(文宗)의 유명(遺命)을 제대로 받들지 못하고 추살(椎殺) 당한 일을 풍자한 표현이라 볼 수 있겠다.

이처럼 윤필연이라는 용궁 연회에서 '팔풍가무'와 '구공가무'의 연희(演戲)를 행한 곽개사와 현선생은 계유정란의 희생자였던 김종서와 황보인을 각각 우의하고 있는 존재라 하겠다. 그리고 곽개사와 현선생 외에 이 용궁 연회에 등장하는 목석망량과 산림정괴 역시 작품 내에서 가무(歌舞)를 행하는데, 그들의 노래 내용에는 목석망량과 산림정괴의 신분적 실체를 추적할 만한 아무런 단서도 보이질 않는다. 그러나 김종서와 황보인을 우의적으로 드러내고 있는 곽개사, 현선생과 더불어 용궁 연회에 참석하여 휘파람을 불며 노래도 부르고, 춤도 추며 피리도 불면서 뛰노는 이들 역시 계유정란 당시에 살해된 다수의 희생자들을 비유적으로 그리고 있는 존재들로 추정된다.

이와 같이 곽개사·현선생·목석망량·산림정괴 등 윤필연에 등장하여 가무를 행하는 연희자들이 단종(端宗)을 보필하다가 계유정란 때 살해된 희생자들을 상징적으로 형상화한 존재라고 전제할 경우, 「용궁부연록」에서 윤필연이라는 용궁 연회를 주관한 '용왕'이란 존재는 '단종(端宗)'을 우의적으로 드러내고 있는 상징적인 존재로 간주할 수 있다. 앞에서 이미 인용하였던 바, 곽개사가 부른 「팔풍가」의 마지막 구절에 나오는 '모든 신하들이 제 자리를 얻었으니'라는 내용은 바로 계유정란에서 비롯되어 단종 손위사건(遜位事件)이 일어나기 이전으로의 원상 회복을 의미하고 있는 것으로 볼 수 있는 것이다.

「용궁부연록」의 윤필연에서는 「수궁경회록」의 낙성연과는 달리 용왕이 직접 옥적(玉笛)을 불면서 「수룡음(水龍吟)」 한 곡을 부른다. 이 노래의 내용은 대략 다음과 같다.

> 음악 소리 울리는 속에 술잔 돌리오니
> 기린 모양의 향로에서 용뇌 향기 뿜어내네.
> 처량한 저 옥피리 한 소리에
> 하늘 위의 푸른 구름 흔적 없네.
> 물결이 철썩 하니
> 풍월이 번복되네.
> ……(중략)……
> 술잔 높이 들어 물어보자 저 달에게
> 인간의 갖은 모양 몇 번이나 보아 왔소?
> 금 술잔에 술을 두고
> 좋은 풍채 취해 있네.
> 그 누가 자빠뜨려
> 아름다운 임이시어!
> 십년 진토(盡土)토록 근심 잊고
> 넓은 하늘 오르듯이 유쾌하게 놀아보세.37)

이처럼 용왕의 「수룡음」은 용궁 연회의 감회를 노래하면서, 십 년 동안
의 막혔던 사이에서 벗어나 유쾌히 놀아보자며 끝을 맺고 있다. 그런데
여기에서 말하는 십 년이라는 시간적인 거리는 계유정란(1453년) 내지 단
종 폐위(1455년)로부터 이 작품이 저술되던 시기(1465년~1470년)까지의 기간
을 뜻하고 있는 것으로 이해할 수도 있다 하겠다.
기실 김시습은 불사이군(不事二君)의 지조를 지킨 생육신(生六臣)의 한 사
람으로서 단종에 대한 절의가 대단하였다. 그는 단종복위(端宗復位) 거사가
실패로 돌아가고 사육신(死六臣)이 처참하게 사형되었다는 소식을 듣고는,

---

37) 管絃聲裏傳觴 瑞隣口噴靑龍腦 橫吹片玉一聲 天上碧雲如掃 響激波濤 曲翻風月
……(中略)…… 擧杯爲問靑天明月 幾看醜好 酒滿金罍 人頮玉出 誰人推倒 爲佳賓
脫盡十載雲泥壹鬱 快登靑天(381~382면)

그들의 시신(屍身)을 간수하고 동학사(東鶴寺)로 내려와 삼은각(三隱閣) 옆에 육신단(六臣壇)을 세우고 치제(致祭)한 바 있다.38) 뿐만 아니라 그는 단종이 세상을 떠났을 때에는 그 육신단 위에 단종을 모시기 위한 일단(一壇)을 더 만들고 제사를 지내기도 하였다.39) 이러한 사실을 고려할 때, 김시습의 단종에 대한 추모의 정은 실로 대단했으며, 이 같은 그의 마음이 작품 창작으로 이어졌을 가능성은 크다고 보아진다.

이렇듯 「용궁부연록」의 윤필연에 등장하고 있는 다수의 연희자(演戲者)들은 계유정란의 희생자를, 그리고 그 연회(宴會)를 주관하고 있는 용왕은 계유정란 희생자들이 보필하였던 단종을 상징적으로 형상화하고 있는 존재인 것이다. 따라서 이 작품에서의 윤필연은 표면적 사건으로는 한생이 상량문을 지은 것에 대한 답례의 형식으로 베풀어진 용궁 연회에 지나지 않지만, 그러나 그 사건의 이면에는 계유정란 당시에 희생된 고명 대신과 여러 신하들이 이루어내는 단종과의 재회합(再會合)이라는 상징적 의미를 지니고 있는 것으로 추정된다. 이것은 바로 작가 김시습이 「용궁부연록」에서 용궁 연회를 통해 구현해 보고자 했던 그의 꿈이었던 것이다.

전술하였듯이, 윤필연이 베풀어진 용궁 공간은 명부(冥府)로 설정되고 있을 뿐만 아니라, 그 용궁 연회에서 가창되는 대부분의 노래는 한결같이 비극적 성격을 띠고 있다. 이러한 점은 윤필연에 함축된 의미가 바로 '패도(覇道)에 의해 한을 품고 살해된 희생자들의 모임'이기 때문인 것이다. 강하군장(江河君長)의 작시과정(作詩過程)에서 조강신(祖江神)이 지은 시의 내용 중 '해마다 파도 속에 슬픈 일이 많았는데, 오늘 저녁 즐거움은 온갖 근심 다 녹였네.'40)라는 구절이나, 또는 벽란신(碧瀾神)이 지은 '외론 회포 몇 해런고, 은도(銀島)가 번뜩이나 오늘에사 기쁘게도 백옥잔을 함께 드네'41)라는 시의 구절 역시 이 용궁 연회가 한 맺힌 계유정란 희생자들의

---

38) 정주동, 앞의 책, 70면.
39) 김기동, 『한국고전소설연구』, 교학사, 1981, 8면.
40) 年年觸石多鳴咽 此夕歡娛蕩百憂(390면)

회합(會合)임을 암시적으로 드러내 보이는 바라 하겠다.

이처럼 「용궁부연록」의 윤필연은 이미 고인(故人)이 된, 단종과 그를 보필하던 대신·신하들이 주인공인 한생과 함께 재회합 하는 연회라는 상징적인 의미를 지니고 있는 것이다. 그리고 이 같은 용궁 연회의 상징성은 이 작품이 지닌 우의(寓意)를 고찰함에 있어서 주목 시 될 필요가 있다.

4. 용궁 연회의 우의적 성격

1) 작품의 창작 동기

잘 아는 바와 같이 김시습은 계유정란 이후 단종복위(端宗復位)의 거사도 실패로 끝나고 세조의 정치적인 기반이 확고해지자, 근 10여 년 동안 현실을 등지고 전국을 주유하였다. 그 후 그는 경주 금오산(金鰲山)에 정착하여 은거 생활을 하게 된다. 이때 그는 이곳 금오산의 남쪽에 있는 용장사(茸長寺)에서 머물면서 자신이 평소 갈구하던 이상(理想)과 자신이 처해 있는 현실 사이의 갈등을『금오신화』의 각 단편을 통하여 문학적으로 형상화하였던 것이다.

김시습은 세조의 왕위 찬탈에 불만을 품고 세상을 멀리하며 유랑적인 삶도 살았고, 은거 생활도 하였다. 그러면서 그는 시문(詩文)을 통하여 현실적인 불만을 달래보기도 하였다. 그렇지만 이러한 시문은 김시습의 욕구를 충족시켜 주기에 충분하지 못했으며, 그는 결국 소설이라는 문학 양식을 빌어 자신의 내면적인 갈등과 사상을 표출해 냈던 것이다. 그 결과물(結果物)이 바로『금오신화』의 단편들인 것이다.

이런 점에서 그간 학계에서도『금오신화』의 각 단편들이 작가가 처했

---

41) 幾年孤憤翻銀島 今日同歡擧玉觴(391면)

던 당시의 현실을 우의적으로 표현해 내고 있다는 사실을 주목한 바 있으며, 이 경우 이들 작품에 내포된 우의는 단종의 손위(遜位)와 세조의 찬탈(纂奪)을 비판하고 있는 것으로 파악하였다.[42] 앞에서도 언급한 바와 같이, 『금오신화』의 작품 해석은 우의성의 검토뿐만이 아니라 다양한 각도에서 시도될 수도 있다. 그런데 절의지사(節義之士)라는 평가를 받고 있는 작가의 삶과[43] 사상을 그의 작품 세계와 연관지워 볼 경우, 『금오신화』의 단편에 대한 우의성의 검토는 결코 소홀시 될 수 없는 문제라고 하겠다.

「용궁부연록」 역시 이미 살펴본 것처럼, 단종의 손위(遜位)와 세조의 찬탈(纂奪)이라는 역사적인 사건과 관련된 우의를 지니고 있는 작품이다. 작가는 이 작품을 통해 비록 음계(陰界)와 몽중계(夢中界)의 용궁 공간이긴 하지만, 패도에 의해 무너진 왕도의 회복을 구현해 내고 있는 것이다. 이처럼 김시습은 이러한 우의적인 수법을 활용하여 자신의 내면적인 갈등과 동경의 세계를 「용궁부연록」으로 형상화하고 있는데, 이런 점은 이 작품이 지닌 우의적 양상은 물론 작품의 창작 동기를 살피는데 있어서 주목할 만한 대목이다.

전술한 바와 같이, 「용궁부연록」은 「수궁경회록」의 구성을 기본 틀로 활용하면서 이를 환골탈태시켜 「수궁경회록」과는 판이한 작품 성격을 지닌다. 특히 용궁에서 베풀어진 연회의 양상과 그 의미를 검토해 보면, 「용궁부연록」의 독창적 작품 면모가 부각된다. 「용궁부연록」은 용궁 공간을 단종과 그를 보필하던 대신과 신하들의 공간 즉 패도에 의해 왕도가 무너지기 이전의 시공(時空)으로 재창조하고 있다. 그리고 주인공 한생은 왕도가 구현되고 있는 이러한 시공 속에서 단종을 상징적으로 형상화하고 있

---

42) 註 1의 논저 참조
  민병수, 「한국소설발달사 上」, 『한국문화사대계 10』, 고려대 민족문화연구소, 1967, 1013면 참조
  소재영, 「김시습과 그의 문학」, 『고소설통론』, 이우출판사, 1983, 93~94면 참조
43) 李珥, 「金時習傳」, 『梅月堂集』 참조

는 용왕에 의해 문장을 크게 인정받고 있는 것이다. 「용궁부연록」의 이러한 모습은 왕도가 실현되는 곳에서 입신양명의 포부를 이루어 보고자 하는 작가의 염원이 표현된 것으로 파악된다.

기실 김시습은 어린 시절에 이미 세종(世宗)으로부터 사환(仕宦)의 길을 약속 받았으며, 당시에 세자(世子)와 세손(世孫)이었던 문종(文宗)과 단종(端宗)을 장차 잘 보필하라는 당부까지 받은 바 있었다. 그러나 그는 계유정란의 충격으로 마침내 과거를 포기하게 되었으며, 단종이 왕위에서 물러나고 복위거사(復位擧事)마저 실패로 돌아가자 절의(節義)를 지키기 위해 유랑·은거 생활을 하였던 것이다. 그렇지만 그의 내면 깊숙한 곳에서는 계유정란 이전의 상황에서 입신양명(立身揚名)의 포부를 이루어 보고픈 욕망이 실로 절실하였을 것이다. 그리고 이러한 그의 욕망은 「용궁부연록」을 창작하는데 있어서 또 하나의 주요한 동기로 작용했을 것으로 짐작된다.

이처럼 「용궁부연록」은 절의지사(節義之士)로서의 작가가 지녔던 단종과 계유정란 희생자들에 대한 추모의 정, 패도에 의해 무너진 왕도가 회복되기를 희구하는 간절한 욕구 그리고 그러한 것이 제대로 갖춰진 상황에서 작가 자신이 못 이루었던 입신양명에 대한 꿈을 이루어 보고 싶은 욕구 등이 복합적으로 어울려 세상에 그 모습을 드러낼 수 있었던 작품이라 보아진다.

2) 용궁 연회의 우의성

「용궁부연록」의 용궁은 이 작품을 창작하고자 했던 작가의 동기가 공간적으로 형상화된 곳이다. 위에서 언급하였듯이, 용궁 공간은 패도(霸道)로 무너지기 이전의 왕도(王道)가 구현되는 곳이며, 그러기에 그곳에서는 입상(入相)의 소망을 키우며 유자(儒者)의 길을 걷고자 했던 작가 자신의 꿈을 이룰 수 있는 것이다. 용궁에서 베풀어진 윤필연이라는 연회는 계유정란의 희생자들의 재회합이라는 상징적인 성격으로 인해 부분적으로 비극적 분위기가 연출되기도 하지만, 이 같은 입신양명에 대한 작가의 욕망이 이루어지는 축제의 의식인 것이다.

잘 알려진 것처럼, 김시습은 어려서부터 이미 신동(神童)의 자질을 보였으며, 그로 인해 그는 주위 사람들의 촉망을 한 몸에 받았다. 그러던 그는 5세부터는 이계전(李季甸)의 문하에서 본격적으로 배움의 길을 걷기 시작하였고, 그 후에는 김반(金泮)과 윤상(尹祥) 등 당시에 거유(巨儒)로 인정받던 문인·학자의 문하에서 수학하면서 유자(儒者)의 꿈을 착실하게 키워나갔다. 이러한 유자로서의 수업을 바탕으로 그는 단종 원년(1453년)에 실시된 계유감시(癸酉監試)에 응시하여 합격하였고, 비록 낙방은 하였지만 단종의 즉위를 축하하기 위하여 베풀어진 증광시(增廣試)에도 응시한 바 있었다.

이처럼 김시습은 세상과 등지기 이전에는 유자(儒者)로서의 자질을 닦으면서 입상(入相)의 포부를 가지고 있을 뿐만 아니라, 공명(功名)에 대한 강한 욕망을 지니고 있었던 것이다. 이러한 사실은 그가 지은 시를 통해 구체적으로 입증된다.

> 큰 뜻으로 뽕나무 활메어 사방에 쏘고서
> 동쪽 나라 천리 길을 푸른 상자 지고 다녔네.
> 주공(周孔)이 인의(仁義) 밝히는데 참례하려 하였고
> 또 손오(孫吳)를 배워서 척양(戚揚)의 일도 하려 했네.
> 운수가 닿으면 소진(蘇秦)처럼 정승의 인(印)을 찰 것이고
> 명(命) 궁하면 정칙(正則)처럼 이소경(離騷經)이나 지으리라.
> 이제 와서는 몰락되어 한 치의 재사(才思) 없어서
> 지팡이 끌고 노래하기 초광(楚狂)과 같이 하네.44)

---

44) 壯志桑弧射四方 東丘千里負靑箱 欲參周孔明仁義 又學孫吳事戚揚 運到蘇秦懸相印 命窮正則賦離騷 如今落魄無才思 曳杖行歌類楚狂(『梅月堂詩集』 卷1, 譯文은 『국역 매월당집』 1, 세종대왕기념사업회, 88~89면에서 인용, 이하도 같으며 인용 면수만을

이는 「장지(壯志)」라는 제목의 시의 전문(全文)이다. 이 시의 내용을 통해 김시습이 일찍이 유자(儒者)로서의 꿈을 지니고 있었고, 그 꿈을 이루기 위해 수학하였음을 확인할 수 있다. 이 시 이외에도 그는 「장세(壯歲)」, 「층등(蹭蹬)」, 「만성(漫成)」 등 여러 편의 시에서, 자신이 젊은 시절에 공명에 대한 욕구를 강하게 지니고 있었음을 술회하고 있다.

이와 같이 일찍부터 입신양명을 위해 노력했던 김시습은 계유정란과 단종 폐위사건으로 이어지면서 왕도정치가 무너지게 되자, 유자로서의 자신의 꿈을 포기하기에 이른다. 그리하여 그는 공명에 대한 미련을 과감히 끊고 방랑의 길에 나서게 된다. 이러한 그의 방랑은 관서 지방·관동 지방·삼남 지방으로 이어졌으며, 나이 31세에 이르러서는 경주 남산 금오산에 금오산실(金鰲山室)을 짓고 그곳에서 은둔 생활을 하게 된다.

이처럼 김시습은 패도에 의해 왕도가 무너진 현실에 불만을 품어 유자적(儒者的) 삶을 포기하고 방랑과 은둔의 생활을 하였던 것이다. 그러나 그럼에도 불구하고 김시습은 자신의 마음 깊숙한 곳에 남아 있는 공명에 대한 미련에서 완전히 벗어나지는 못하였다. 그렇기 때문에 불사이군(不事二君)의 지조를 지켜 나가던 그가 절의(節義)와 공명(功名) 사이의 불일치로 인하여 많은 번민을 하였을 것은 쉽게 짐작되는 바이기도 하다. 금오산에 칩거하는 동안에 지어진 것으로 추정되는 「옥루탄(屋漏歎)」에서는 그의 이러한 내면적인 갈등이 여과되지 않은 채 적나라하게 드러나고 있다.[45]

> 집이 철철 새어서 마음이 편치 아니하여
> 책 던지고 비스듬히 누워서 근심됨을 누른다.
> 오락가락하는 성긴 비에 일천 산이 어두운데
> 쌀쌀한 긴 바람에 일만 나무 울어댄다.
> 지사(志士)의 가슴 속에는 절의가 있는데

밝히기로 함.)
45) 설중환, 앞의 책, 47면 참조

> 대장부의 기개는 공명을 세우려 한다.
> 공명이고 절의이고 모두 내가 할 일인데
> 득실(得失)이 틀어지니 합치지 못한 것 한 되네.46)

위의 「옥루탄」의 내용에서 밝히고 있듯이, 김시습은 절의를 따르려는 지사(志士)의 명분과 공명을 세우려는 장부(壯夫)의 기개 사이에서 갈등하고 있는 것이다. 이 갈등은 절의와 공명을 다 이루고 싶으나, 왕도가 무너진 현실 속에서 이 둘을 함께 이루는 것이 불가능하기 때문에 그가 겪게 되는 갈등인 것이다.

이처럼 생육신의 한 사람으로서 절의지사(節義之士)였던 그였지만, 김시습은 단종 복위의 꿈마저 깨져버린 시대 상황 속에서도 젊은 시절에 자신이 소망하였던 공명심을 완전히 버리지 못하고 절의와 공명 사이에서 고민하기도 하였던 것이다. 그는 자신의 이러한 심정을 「우음(偶吟)」이란 시에서는 다음과 같이 피력하기도 하였다.

> 눈에 가득한 푸른 산 세상 물정 아니어서
> 다사롭게 이미 세한의 맹세 맺었네.
> 부들 방석 검은 책상 밝은 창이 고요한데
> 종이 휘장 맑은 향기 아지랑이 가로 끼었네.
> 세상 티끌 밖의 몸 늙은 줄 잘 알건마는
> 세상에는 어딜 가나 공명 세울 곳이 없구나.
> 저녁 구름 처음 걷혀 하늘이 물 같은데
> 때때로 높고 먼 하늘에서 기러기 소리 듣는구나.47)

---

46) 屋漏淋泠意不平 抛書臥壓秋城 廉纖疎雨千山暝 料峭長風萬樹鳴 志士胸襟存節義 壯夫氣槩立功名 功名節義皆吾事 得失相傾恨莫幷(111면)

47) 滿眼靑山不世情 多事已結歲寒盟 蒲團烏几 明窓靜 紙帳淸香細靄橫 塵外極知身老大 人間無處立功名 暮雲初捲天知水 時聽長空鴈一聲(89〜90면.)

이렇듯 절의와 공명을 합치시킬 수 없는 현실을 원망하였던 그는 그 탈출구를 꿈에서 찾아내기도 하였다. 그는 현실에서는 불가능한 이 양자의 조화를 꿈의 세계 속에서 이루어 내고 있었던 것이다. 이러한 사실은 이미 앞에서 인용·제시한 바 있는 「감회(感懷)」라는 시에서 잘 나타나고 있는 것이다. 그는 꿈 속에 위의와 예악이 갖추어지고, 문물과 의관이 화려하며, 백성과 신하들이 임금 앞에 절하며, 그의 덕화(德化)를 노래하는 이상향을 맛보았던 것이다. 실로 이 같은 꿈 속의 이상 세계야말로 절의와 공명의 충돌 없이 그의 내면 욕구를 해소할 수 있는 적당한 공간이었던 것이다.

「용궁부연록」의 용궁 공간은 꿈 속에서 맛보았던 이 같은 조화의 공간을 김시습이 문학적으로 형상화시켜 놓은 이상적인 공간인 것이다. 이 용궁 공간은 작가가 처해 있는 현실 상황처럼 절의와 공명이 대립하는 모순적이고, 갈등적인 공간이 아니라 그 양자가 일치될 수 있는 합일의 공간이요, 조화의 공간인 것이다. 그리고 절의와 공명이 불일치된 대립적이고 갈등적인 상황을 극복·초탈하여 이루어낸 「용궁부연록」의 용궁 공간은 김시습이 꿈꾸던 조화와 합일의 공간을 문학적으로 구체화한 표현이었던 것이다.

결국 「용궁부연록」의 용궁은 절의와 공명이 조화롭게 합일될 수 있는, 왕도가 실현되는 이상 공간인 것이다. 김시습은 「용궁부연록」이란 작품을 통해 이러한 이상적인 용궁 공간을 만들어 놓고, 이곳에서 자신의 분신이라 할 만한 한생을 통해 자신의 문재(文才)를 인정받고 있는 것이다.

한생은 용왕의 초대로 용궁에서 상량문을 짓고, 이 상량문은 용왕에게 극찬을 받는다. 이는 공명에 대한 미련에서 완전히 벗어나지 못한 김시습의 한생을 통한 대리 만족이다. 김시습은 단종과 그를 보필하는 대신·신하들이 존재하는 계유정란 이전의 시공(時空) 속에서 자신의 분신격(分身格)인 한생을 들여보내고, 그로 하여금 그 공간 속에서 문재를 인정받게 함으로써 자신의 근원적인 갈등을 해소하고 있는 것이다.

이처럼 「용궁부연록」의 윤필연(潤筆宴)이라는 용궁 연회는 바로 절의와 공명의 충돌로 야기된 작가의 내면적인 갈등과, 공명을 이루어 보지 못한 작가 자신의 개인적인 한(恨)을 완전히 해소하는 해원(解冤)의 의식이요, 공명을 이루어 내고 벌리는 축제(祝祭)의 장이기도 한 것이다. 그 윤필연의 자리는 한생으로 분장(扮裝)한 김시습이 용왕과 곽개사, 현선생, 그리고 목석망량과 산림정괴로 분장한 단종과 그를 보필했던 대신·신하들과 함께 어울리는 연회의 자리인 것이다. 그러기에 불사이군(不事二君)의 지조를 잃지 않았던 김시습은 이 연회를 통해 단종에 대한 회포를 마음껏 풀으며, 비록 문학이라는 가상의 세계지만 거기에서 자신의 내면적인 갈등과 한을 풀고자 했던 것으로 보아진다.

이렇듯 윤필연은 절의를 지키기 위해 공명의 길로 나가지 못한 작가의 개인적인 갈등과 한이 풀어지는 일종의 해원의식(解冤儀式)인 것이다. 아울러 김시습은 이 용궁 연회에서 지사적(志士的)인 절개를 꺽지 않으면서도 장부로서의 공명을 마음껏 누려 보고자 하는 자신의 꿈을 펼쳐보기도 한다. 이처럼 「용궁부연록」에서 한생을 위해 마련된 이 용궁 연회는 한편으로는 작가의 단종에 대한 회포를 푸는 해원의식의 장이요, 다른 한편으로는 작가의 공명에 대한 바램이 이루어지는 축제의 자리이기도 한 것이다.

이와 같이 「용궁부연록」은 절의(節義)와 공명(功名)이 조화를 이룬 이상적인 세계에서 어린 시절 유자(儒者)로서 꿈꾸어 왔던 입신양명의 욕구를 성취해 보고자 하는 작가의 꿈이 소설 형태로 구현된 작품인 것이다.[48] 그리고 윤필연(潤筆宴)이라는 용궁 연회는 이러한 작가의 꿈이 이루어진 축제의 한 마당이자, 공명을 이루지 못한 작가의 개인적인 한(恨)이 풀어지는 일종의 해원의식(解冤儀式)이기도 한 것이다.

---

48) 설중환, 앞의 책, 189~193면 참조

5. 맺음말

이상에서 본고는 「용궁부연록」의 용궁 공간이 지닌 독창적 양상과 상징적 의미를 살펴보고, 그곳에서 베풀어진 윤필연이라는 용궁 연회의 구체적인 양상과 그 연회가 지니는 상징성에 대해 검토하였으며, 이러한 논의를 바탕으로 하여 용궁 연회에 내포된 우의에 대해 살펴보았다. 지금까지 논의한 내용을 요약해 보면 다음과 같다.

「용궁부연록」은 「수궁경회록」의 경우와는 달리, 용녀와 관련된 박연전설(朴淵傳說)을 토대로 용궁이라는 작품의 핵심 무대를 자국적(自國的)으로 변용하고 있다. 그런데 「용궁부연록」에서의 이 용궁 공간은 음계(陰界)와 몽중(夢中) 공간으로 그려지고 있는 독창적인 공간이다. 이 용궁 공간은 기존의 용궁에 대한 공간 개념을 수용하면서 작가가 동경하던 이상향을 묘사하고 있는 별세계라 하겠는데, 그 공간은 바로 계유정란(癸酉靖亂) 이전의 시공(時空)을 상징적으로 형상화하고 있는 공간인 것이다.

「용궁부연록」의 중추적인 사건인 윤필연(潤筆宴)에는 「수궁경회록」의 낙성연에서는 등장하지 않는 곽개사·현선생·목석망량·산림정괴 등 다양한 연희자들이 출연하고 있다. 이러한 연희자들은 계유정란 당시에 희생된 김종서(金宗瑞)와 황보인(皇甫仁)을 비롯한 대신과 신하들을 풍자하고 있는 존재들로 보아진다. 또한 표연 용왕 역시 그들이 보필하던 단종(端宗)의 상징적인 존재로 볼 수 있다. 따라서 상량문을 지어준 한생에게 사례하기 위해 용왕이 베푼 윤필연이라는 용궁 연회는 단종과 계유정란의 희생자들의 재회합이 이루어진 잔치 마당이라는 상징적인 의미를 함축하고 있는 것이다.

이처럼 「용궁부연록」은 패도(覇道)에 의해 왕도(王道)가 무너지기 이전의 시공(時空)으로 돌아가 어린 시절 유자(儒者)로서 꿈꾸었던 입신양명의 욕구를 성취하는 작가의 염원을 우의적으로 표출한 작품이라 하겠다. 작가는 절의를 지키기 위해 공명의 욕구를 버리긴 했으나, 그의 내면 깊숙한 곳에는 아직 입신양명에 대한 미련이 남아 있었으며, 이러한 그의 내면 세계를 반영하고 있는 작품이 바로 「용궁부연록」인 것이다. 「용궁부연록」의 용궁 공간은 절의와 공명이 대립·충돌하지 않는 조화와 합일의 공간인 것이며, 그리고 윤필연은 절의와 공명의 충돌로 야기된 작가의 내면적인 갈등과 한이 해소되는 일종의 해원의식(解寃儀式)이자, 축제의 마당이기도 한 것이다.

이와 같이 「용궁부연록」은 계유정란에서 비롯되어 단종이 폐위에 이른 당시의 역사적 상황 속에서 작가가 지녔던 내면적인 갈등과 욕구를 우의적으로 표현한 작품이라 하겠다. 이러한 「용궁부연록」의 작품적 특징은 이 작품의 문학적 가치 구명에서 중시되어야 할 것이다.

참고 문헌

김기동, 『한국고전소설연구』, 교학사, 1981.

김일렬, 『고전소설론』, 새문사, 1991.

민병수, 「한국소설발달사 上」, 『한국문화사대계』, 고려대 민족문화연구소, 1967.

박성의, 『한국고대소설론과 사』, 집문당, 1986.

설성경, 『한국고전소설의 본질』, 국학자료원, 1991.

설중환, 『금오신화연구』, 고려대 민족문화연구소, 1983.

소재영, 『고소설통론』, 이우출판사, 1983.

이가원, 『역주 금오신화』, 통문관, 1959.

이석래, 「금오신화의 전개적 고찰」, 『이숭녕박사 송수기념논총』, 을유문화사, 1968.

이재수, 『한국소설연구』, 선명문화사, 1969.

이혜순, 「금오신화」, 『한국고전소설작품론』, 집문당, 1990.

임형택, 「현실주의적 세계관과 금오신화」, 『국문학연구』 제13집, 국문학연구회, 1971.

장덕순, 『한국설화문학연구』, 서울대 출판부, 1978.

정병욱, 『한국고전의 재인식』, 홍성사, 1979.

정주동, 『매월당 김시습 연구』, 신아사, 1965.

조동일, 『한국소설의 이론』, 지식산업사, 1977.

최상수, 『한국민족전설의 연구』, 성문각, 1985.

한영환, 『한·중·일 소설의 비교연구』, 정음사, 1985.

「숙향전」의 고난 구조와 결연 의미

1. 머리말

「숙향전」은 현전하는 적잖은 이본(異本)들로 미루어 폭넓은 독자층을 가지고 있었던 작품으로 보아진다.[1] 뿐만 아니라 「숙향전」은 전기수(傳奇叟)에 의해 낭독되던 대표적인 작품으로서,[2] 대중적인 인기를 상당히 누렸을 것으로 짐작되는 고전소설이다. 이처럼 「숙향전」이 당대에 다수의 독자·청자를 확보하고 있었다는 점에서 볼 때, 이 작품이 우리의 고전소설사에서 차지하는 비중은 매우 크다고 하겠다.

그리하여 그간 학계에서도 「숙향전」을 주목하여 이 작품에 대한 연구를 여러 각도에서 진행시켜 왔다. 일찍이 김태준에 의해 이 작품이 염정소설로 언급된 이래,[3] 「숙향전」의 유형론적인 검토는 다양하게 이루어진

---

1) 그간의 논의를 통하여 「숙향전」의 이본은 최소한 25종 이상인 것으로 밝혀진 바 있다.(정종대, 「숙향전고」, 『국어교육』 59·60합병호, 한국국어교육연구회, 1987 참조)
2) 조수삼(趙秀三)의 『추재집(秋齋集)』을 보면 전기수가 구송한 소설로 「숙향전」을 제일 먼저 내세우고 있는데, 이러한 사실을 통해 당시 「숙향전」의 인기를 짐작해 볼 수 있다.
3) 김태준, 『조선소설사』, 학예사, 1939, 216면.

바 있다.4) 또한 「숙향전」의 형성 시기에 대한 검토5), 이본에 대한 고찰6),
배경 사상에 대한 논의7) 등도 「숙향전」 연구의 초기 단계에서부터 시도
되었다. 그리고 근자에 이르러서는 작품론적 차원의 문예학적 검토가 본
격화되면서 「숙향전」의 연구는 상당한 진척을 보기에 이르렀다.8)

　주지하는 바와 같이, 「숙향전」의 서사 내용 대부분은 남녀 주인공이 겪
는 고행담(苦行談)으로 이루어져 있다. 따라서 이 작품에 나타나는 남녀 주
인공의 고난의 양상을 구체적으로 밝혀내고, 이를 토대로 하여 이 작품이
지닌 고난 구조의 실상과 그 본질적인 의미를 합리적으로 분석해 내는 일

---

4) 김태준의 언급 이후로 「숙향전」의 유형에 대한 논의는 '염정소설'(정종대, 『염정소설구조연
　구』, 계명문화사, 1990), '신성소설'(이상택, 「고전소설의 세속화과정 시론」, 『고전문학연구』
　제1집, 한국고전문학연구회, 1971), '영웅소설'(조동일, 『한국소설의 이론』, 지식산업사, 1977),
　'적강소설'(성현경, 『한국소설의 구조와 실상』, 영남대 출판부, 1981) 등 다양한 측면에서 이
　루어진 바 있다.
5) 이위응, 「숙향전연구 — 그 필사 및 창작연대 추정을 위한 음운학적 분석을 주로 —」, 『개교
　20주년 기념 논문집』, 부산대, 1966.
　조희웅, 「국문본 고전소설 형성연대 고구」, 『논문집』 12집, 국민대, 1978.
6) 구충회, 「숙향전의 이본고」, 고려대 교육대학원 석사논문, 1983.
7) 장홍재, 「숙향전에 나타난 거북(=용)의 보은사상」, 『국어국문학』 55·57합병호, 국어국문학
　회, 1972.
　이복규, 「고소설의 환원구조연구」, 『국제대 논문집』 제9집, 국제대, 1981.
　김웅환, 「숙향전의 도교사상적 고찰」, 한양대 석사논문, 1983.
8) 서연희, 「숙향전의 서사구조와 그 의미」, 『서강어문』 제5집, 서강대, 1986.
　황패강, 「숙향전의 구조와 동양적 예정론」, 『고전소설의 이해』, 문학과 비평사, 1991.
　양혜란, 「숙향전에 나타난 서사기법으로서의 시간문제」, 『우리어문학연구』 3집, 한국외국어대,
　1991.
　이상구, 「숙향전의 현실적 성격」, 『고전문학연구』 제6집, 한국고전문학연구회, 1991.
　조용호, 「숙향전의 구조와 의미」, 『고전문학연구』 제7집, 한국고전문학연구회, 1992.
　장홍재, 「숙향전」, 『고전소설연구』, 화경고전문학연구회편, 일지사, 1993.
　신재홍, 「숙향전의 미적 가치」, 『고소설연구논총』, 다곡 이수봉박사 정년기념, 경인문화사,
　1994.
　박병완, 「숙향전의 구조와 작가의식」, 『국어국문학』 115, 국어국문학회, 1995.
　심치열, 「숙향전연구」, 『한국언어문학』 제38집, 한국언어문학회, 1997.

은 「숙향전」 이해의 첩경이라 할 수 있다.

그리하여 그간 학계에서도 「숙향전」에 대한 논의에서 이러한 고난의 문제에 관심을 보여 왔으며, 그 결과 이 방면의 연구 성과도 계속하여 축적되어 가고 있는 실정이다.[9] 그러나 그간 「숙향전」의 고난 양상에 대해 관심을 보였던 이러한 논의의 대부분은 남자 주인공인 이선(李仙)이 겪는 고난에는 별다른 관심을 보이지 않은 채, 여주인공인 숙향(淑香)이 겪어 나가는 고난에만 시선을 집중시켜 왔다. 이처럼 종전의 연구는 「숙향전」의 고난 양상을 분석·고찰함에 있어서 편중된 태도를 보임으로써 논의의 한계점을 지니고 있는 것이 사실이라 하겠다. 따라서 이 작품의 총체적인 고난의 실체가 어떠한지를 구체적으로 살피고, 또한 그 고난 속에 담겨져 있는 의미가 과연 무엇인지를 구명하는 작업은 새롭게 시도될 필요가 있는 것이다.

「숙향전」에서 남녀 주인공이 겪는 고난은 그들이 저지른 천상죄(天上罪)를 소멸시켜 그들로 하여금 본래의 천성(天性)을 회복하도록 하는 정화적(淨化的) 속죄(贖罪)의 과정인 동시에 그들이 완전한 결연(結緣)을 이루어내기 위해 지나가야만 하는 관문이기도 하다. 이런 점에서 '정화적 속죄'와 '완전한 결연'은 「숙향전」에 담겨진 남녀 주인공의 고난을 해석해 내기 위한 열쇠로 주목할 필요가 있다 보아진다. 이에 본고에서는 우선 「숙향전」에서 그려지고 있는 남녀 주인공의 고난을 생성시킨 기본 원리가 무엇인지를 살펴본 다음, 그 고난을 통하여 속죄는 어떻게 이루어지고 있는

---

9) 근자에 이루어진 대표적인 연구 성과로는 이상구의 논문(이상구, 「숙향전의 현실적 성격」, 『고전문학연구』 제6집, 한국고전문학회, 1991.)과 조용호의 논문(조용호, 「숙향전의 구조와 의미」, 『고전문학연구』 제7집, 한국고전문학연구회, 1992.) 그리고 신재홍의 논문(신재홍, 「숙향전의 미적 가치」, 『고소설연구논총』, 다곡 이수봉박사 정년기념, 경인문화사, 1994.) 등을 들 수 있다. 이상구는 위의 논문에서 「숙향전」의 고난이 조선조 후기의 세태를 사실적으로 반영하고 있는 것으로 파악하고 있으며, 조용호는 위의 글에서 이 고난을 탐색담과 관련하여 고찰하고 있다. 그리고 신재홍은 위에 제시한 논문을 통해 「숙향전」에서 숙향이 겪는 다섯 번의 죽을 액이 오행사상을 배경사상으로 하고 있다고 파악하고 있다.

지를 검토하겠으며, 또한 남녀 주인공의 결연과 관련하여 고난 속에 내포되어 있는 의미는 무엇인지에 대해 고찰해 보고자 한다.

이러한 논의를 통하여 「숙향전」의 고난 구조가 지닌 문학적인 본질과 특징이 보다 구체적으로 밝혀질 수 있으리라 기대한다. 본고에서는 이화여자대학교 소장의 한글 필사본 「숙향전」을 자료로 참고하였다.[10]

2. 고난 구조의 생성 원리

「숙향전」은 '월궁소아(月宮小娥)'와 '태을선관(太乙仙官)'이란 천상(天上) 존재가 '숙향(淑香)'과 '이선(李仙)'이란 지상(地上) 존재로 적강(謫降)하여, 온갖 고난을 겪은 후에 결연(結緣)을 이루고 천상으로 복귀하는 고난 구조에 의해 이루어진 작품이다. 따라서 「숙향전」의 서사 내용 대부분은 이들 남녀 주인공이 지상에서 경험하는 고난의 역정으로 짜여져 있다. 이렇듯 고난 구조는 「숙향전」의 서사 근간이라 하겠는데, 이 고난 구조의 실상과 의미를 제대로 이해하기 위해서는 남녀 주인공이 작품 내에서 겪고 있는 고난의 실체에 대한 합리적인 검토가 선행되어야 한다.

다음에서는 이를 위해 「숙향전」에 그려지고 있는 고난의 본질적인 실체는 무엇이며, 그 고난을 생성하고 있는 기본 원리는 무엇인지에 대해 살펴보기로 한다.

---

10) 「숙향전」, 『한국고대소설총서』 1, 이화여대 한국문화연구원, 1958.(이하 이대본 「숙향전」이라 약칭함.)

1) 고난의 본질적 실체

주지하는 바와 같이, 「숙향전」은 천상계(天上界)와 지상계(地上界)라는 이원론적인 세계관에 기초한 작품으로, 숙향과 이선의 지상적인 삶은 철저히 천상적인 지배를 받는다.[11) 그들의 지상에서의 삶에서 자신들의 의지는 중요한 역할을 담당하지 못하며, 그들의 현실적인 삶은 천상적인 삶의 내용에 따라 이미 옥황상제(玉皇上帝)에 의해 결정되어 버린다. 그들은 이 상제(上帝)의 명에 의해 지상으로 내려오며, 그의 명에 의해 이미 정해져 있는 자신의 현실적인 삶을 숙명적으로 살아가는 존재일 뿐이다.

> 왕균니 크게 웃고 왈 스람의 팔즈난 아지 못ᄒ나니 너 비록 지죠 업스오나 인긔 스쥬와 숭을 보오니 오 셰예 부모를 이별ᄒ고 졍쳐 업시 ᄃ니다가 십오 세 당ᄒ여 다ᄉᆞᆺ 번 죽을 익을 지니고 십칠 세의 부인을 봉ᄒ고 니십에 부모를 만나 티평 영화로 지니다가 칠십이 되오면 도로 쳔숭으로 올라갈 팔즈니라[2)

위의 인용문은 「숙향전」의 서두 부분으로, 여기에서는 천하에 이름난 관상가(觀相家)인 왕균(王均)의 입을 통해 하늘이 정해준 숙향의 운수가 예고되고 있다. 「숙향전」에서 숙향이 살아가야만 하는 지상적인 삶은 이 예정된 틀에서 한 치의 오차도 보이지 않는다. 이러한 예정된 지상적인 삶은 숙향 뿐만 아니라 이선을 비롯하여 「숙향전」에 등장하는 여타 천상적인 존재들의 삶의 경우에도 마찬가지다. 이처럼 숙향을 위시한 이 작품의 주요 작중 인물들은 옥황상제의 의도에서 조금도 벗어나지 않는 지상적 삶을 살아가고 있는 것이다.

이와 같이 「숙향전」에서 숙향과 이선의 삶은 그 자체가 천상계를 주재

---

11) 이상택, 「고전소설의 세속화과정 시론」, 『고전문학연구』 제1집, 한국고전문학연구회, 1971 참조
   성현경, 『한국소설의 구조와 실상』, 영남대 출판부, 1981 참조
12) 이대본 「숙향전」, 8면.(띄어쓰기는 인용자에 의함. 이하도 같음.)

하는 옥제(玉帝)의 명에 따라 결정된 것이기 때문에, 그 삶 속에서 진행되고 있는 그들의 고난 역시 천의(天意)에 의한 것임은 명백한 사실이다. 이렇듯 숙향과 이선에게 부과된 고난의 역정이 이원론적인 세계관에 토대를 둔 숙명적인 고난이기에, 그들은 이 고난의 역정을 도저히 비켜 갈 수 없다. 왜냐하면 이들이 이 험난한 과정을 거친 후에 천상으로 복귀하도록 이미 옥황상제가 그들의 운명을 결정 지워 놓았기 때문이다.

일반적으로 고전소설에서 천상적인 존재가 지상으로 적강하여 고난을 겪는 것은 그들이 천상계에서 저지른 죄에서 기인한다. 이러한 문학 관습적인 원칙은 적강 모티브를 바탕으로 하고 있는 「숙향전」의 경우에도 동일하게 적용된다. 「숙향전」에서 숙향과 이선이 현실적으로 당하는 고난 역시 그들이 지상에서 저지른 잘못 때문이 아니라, 이미 전생(前生)에 천상계에서 저질렀던 죄에서 유발된 것이다.

그런데 여기서 주목되는 점은 이 지상적 고난이 그들이 저지른 천상죄(天上罪)에 대한 처벌적(處罰的)인 의미만을 뜻하는 것은 아니라는 사실이다. 「숙향전」에서 숙향과 이선이 겪는 고난은 실은 이러한 처벌적인 의미보다도 그들이 다시 천상계로 복귀할 수 있는 계기로서의 의미를 더 강하게 지닌다. 이들이 다시 천상적인 존재가 되기 위해서는 죄가 없는 순백(純白)한 존재로 재탄생 하여야만 하며, 그러기 위해서는 이들의 천상적인 죄를 소멸시켜야 하는 정화(淨化)의 과정이 필요한 것이다. 「숙향전」에서 숙향과 이선이 겪는 고난은 바로 천상에서 저지른 죄를 소멸하여 순백한 존재가 되기 위해 지상에서 거행되고 있는 일종의 정화의식(淨化儀式)이며, 그로써 천상죄를 면하고자 하는 속죄의식(贖罪儀式)이기도 한 것이다.

이와 같이 「숙향전」에 보이는 숙향과 이선의 고난은 그들로 하여금 천상죄에서 벗어나 다시 본래적(本來的) 성품을 회복하고, 그런 후에 천상계로 다시 복귀할 수 있도록 옥제에 의해 이미 지상(地上)에 준비되어 있는 천성회복(天性回復)을 위한 속죄적(贖罪的) 정화의식(淨化儀式)인 것이다.

> 부인 왈 션녀 아모리 죽고져 ㅎ여도 천상의셔 죄를 즁이 어더 게시미 인간의 나
> 려와 다섯 번 죽을 익을 지닌 후의야 천상죄를 면ㅎ고 죠흔 시졀을 보실 거시니 그
> 리 아옵소셔 져졈게 도젹을 만나 죽을 변ㅎ여 흔 번 익을 당ㅎ시고 이제 명ᄉ게를
> 단여 가오니 두 번 익을 지닋ᄉ오나 이 압히 쏘 세 번 익이 잇ᄉ오니 죠심ㅎ쇼셔[13]

위의 대목은 후토부인(后土夫人)이 숙향에게 들려준 그녀의 예정된 운명
이다. 숙향은 전란(戰亂) 중에 부모를 잃고 굶주리다가 명사계(明司界)에 들
어가게 된다. 그곳에서 숙향은 후토부인을 통해 자신의 전생사(前生事)와
숙명적 삶에 대한 이야기를 듣게 된다. 위 인용문의 내용이 바로 그것이
다. 후토부인의 입을 통해 숙향의 적강이 '천상 중죄(天上重罪)'에서 근원
하고 있으며, 그녀가 지상에서 겪어야 할 '다섯 번 죽을 익'이라는 고난이
이 천상 중죄를 속죄하기 위한 것임이 확연히 드러난다. 이처럼 숙향이
겪어야 하는 이 '다섯 번 죽을 익'은 그녀의 천성을 회복시키기 위한 방
편으로 숙향의 속죄를 위해 옥제가 마련한 정화의식인 것이다.

「숙향전」에서 남자 주인공 이선 역시 천상계에서 지상으로 내려온 존
재다. 그가 지상으로 적강한 것은 그도 이미 천상에서 득죄(得罪)했기 때
문이며, 그가 천상계로 복귀하기 위해서는 그도 숙향처럼 천성 회복을 위
한 속죄의 정화 과정을 거쳐야만 한다. 이것이 「숙향전」의 고난 구조 속
을 관류(貫流)하는 대법칙(大法則)이다. 이선 역시 이 같은 속죄의 정화의식
을 통하지 않고서는 손상(損傷) 당한 천성을 회복할 수 없으며, 죄로 더럽
혀진 상태를 정화시킬 수 없는 것이며, 따라서 자신의 본향(本鄕)인 천상
계에 복귀할 수 없는 것이다.

「숙향전」의 후반부에서 이선은 양왕(梁王)의 딸인 매향(梅香)과의 혼인을
거부하다가 이로 인해 감당하기 어려운 고행을 겪게 된다. 이선이 겪는
이 고난은 선계(仙界)에 들어가 황태후(皇太后)의 병을 치료하기 위한 선약
(仙藥)을 구해오는 것이다. 이선은 이 과정에서 많은 어려움을 경험하게

---

13) 이대본 「숙향전」, 19면.

되는데, 이 고행 역시 숙향의 '다섯 번 죽을 익'과 마찬가지로 상실된 자신의 천성을 회복하기 위한 이선의 속죄적 정화의식이다.

이선은 선약을 구하기 위한 이 고행 길에서 이것이 자신의 천상죄에 대한 속죄 과정임을 알게 된다.

> 왕 왈 승셔난 나를 모로되 나는 승셔를 아옵나니 승셔 봉니산에 가오면 모든 선관니 반겨할 거스니 약은 어드려니와 가난 질이 니곳셔 슴만 슴쳔 리라 열두 나라를 지너갈 거시니 엇지 득달ᄒ오릿가 상셔 답왈 니곳셔 중국이 얼미나 ᄒ니잇고 왕 왈 예셔 슴쳔 리 옵거니와 지너신 곳은 과이 험치 아니 ᄒ거니와 압길은 과이 험ᄒ여이다 승셔 왈 니곳ᄭ지 오긔도 죽을 힘을 다ᄒ여슴난디 이제 슴만 슴쳔 리를 엇지 득달ᄒ오릿가 왕 왈 어려올 분 아니라 험쳐도 만습고 약슈를 연혼 물이 잇스오니 그 물의난 인간 비로 가지 못ᄒ오리다 승셔 왈 그러ᄒ오면 봉니손은 엇지 득달ᄒ오릿가 중노의셔 죽을 밧게 업나이가 왕 왈 니 친이 모셔 가면 어려온 일 업시련만은 천명이 업스오니 임으로 슈궁을 비오기 난쳐ᄒ옵고 승셔도 고힝을 격거야 전싱죄를 ᄉᆞ올 거시니 부득이 힝ᄒ오려니와 엇지 가리요 ᄒ고 잔치를 비셜ᄒ여 디졉ᄒ더니[14]

위의 인용문은 이선이 선계에서 용왕을 만나 대화를 나누는 장면이다. 선약을 구하고자 하는 이선에게 용왕은 그가 비록 선약은 얻을 것이지만 고행을 겪어야 한다고 설명하면서, 동시에 이선이 겪어야 할 이 고행은 그가 전생에 지은 천상죄의 굴레에서 벗어나기 위한 속죄의식임을 알려 준다. 이처럼 이 선계의 고행이 죄로 인해 손상된 이선의 천성을 회복하기 위한 계획된 과정이기에 옥제는 천명으로 그를 도와 주라 명하지 않았으며, 그로 인해 용왕은 이선에게 도움을 주고 있지 않는 것이다. 이와 같이 「숙향전」에서 이선은 천상죄로 인해 적강한 존재이며, 그도 천성을 회복하여 정화되기 위해 속죄의 고행 길을 걸어가고 있는 것이다.

이와 같이 「숙향전」에서 숙향과 이선이 지상에 적강하여 겪게 되는 일

---

14) 이대본 「숙향전」, 196~197면.

련의 고난은 천상에서 저지른 죄값을 치루게 하여 그들을 면죄(免罪)시켜 주는 일종의 정화의식이며, 죄로 인해 더럽혀진 그들의 본래적 천성을 회복시켜 그들을 본향으로 귀환시켜 주기 위한 일종의 속죄의식인 것이다. 「숙향전」의 고난이 지닌 이러한 본질적 실체는 바로 이 작품의 고난 구조의 실상과 그 의미를 검토하기 위한 출발점에 해당한다.

2) 고난의 생성 원리

위에서 살펴본 것처럼 「숙향전」에서 숙향과 이선이 겪는 지상적(地上的) 고난은 잃어버린 자신들의 천성(天性)을 회복하기 위한 속죄적(贖罪的) 정화의식(淨化儀式)이며, 그들이 지상에 내려와 고난을 겪게끔 본래의 천성을 손상시킨 요인은 천상에서 저지른 전생죄(前生罪)다. 따라서 이 작품에서 숙향과 이선이 겪는 고난의 생성원리를 검토하기 위해서는 그들이 천상에서 저지른 전생죄의 실상이 무엇인지를 면밀히 살펴보아야 한다.

그런데 앞에서 언급한 바와 같이, 그간 학계의 논의에서는 숙향의 천상죄에만 시선이 집중된 반면, 이선의 천상죄는 주목을 받지 못했다. 그러나 지상에 적강하여 고난을 경험하는 이선 역시 천상죄의 멍에를 지고 있는 존재다. 따라서 「숙향전」의 고난 생성 원리를 제대로 이해하기 위해서는 숙향의 전생죄 뿐만 아니라 이선의 전생죄에 대한 검토도 반드시 필요한 것이다.

(1) 숙향의 천상죄

「숙향전」에서 숙향이 천상 공간에서 월궁소아의 존재로 저지른 죄는 잘 알다시피 '남녀상희죄(男女相戱罪)'와 '신물사취죄(神物私取罪)'다.[15]

---

15) 성현경, 앞의 책, 23면 참조

　　슉향이 정신을 츠려 션녀다려 문왈 그 스람은 엇던 녀즈완터 나를 구ᄒ고 물을 평지갓치 가난잇가 ……(중략)…… 션녀 웃고 왈 부인니 인간의 나려와 더러 니를 만니 쉬어 게시고 인간 음식을 만니 먹어시미 우리를 몰나 보시도소이다 옥호를 긔우려 유리잔의 이실 갓흔 츠를 긔우려 쥬거날 슉향이 바다 마시니 그제야 월궁소아로 승데 압희 근시ᄒ다가 티을션관과 셔로 글 지어 화답ᄒ고 옥뎨의 월련단을 도젹ᄒ여 쥰 죄로 인간의 젹ᄒ하여 고승ᄒ난 일과 그 두 아ᄒ난 월궁의셔 부리던 시비 쥴 알고 일변 훈심ᄒ며 일변 반가오물 익이지 못ᄒ여[16]

　「숙향전」에서 숙향은 장승상 댁에서 기거할 때, 그 집의 간악한 시비인 사향의 모함을 받게 된다. 그리하여 숙향은 애매하게 도둑의 누명을 쓰게 되고, 이로 인해 그녀는 표진강에 빠져 자살을 기도한다. 위의 장면은 이때 숙향이 겨우 생명을 구한 뒤, 선녀가 주는 천상의 차를 마시고 전생에 있었던 천상의 일을 기억해 내는 대목이다. 여기에서 숙향이 천상에서 저지른 그녀의 천상죄목(天上罪目)이 구체적으로 드러난다. 그것은 숙향이 천상에서 월궁소아로 있을 때, 이선의 전신(前身)인 태을선군과 '셔로 글 지어 화답하고 옥뎨의 월련단을 도젹하여 쥰 죄'다. 이 같은 숙향의 천상죄의 내용은 마고(麻姑) 할미의 입을 빌어 작품 내에서 재언급 되기도 한다.

　　니랑 왈 젼성의 무신 죄 지중ᄒ여 이터지 츰혹훈 병인니 되어난요 할미 왈 소이난 본터 월궁션녀로셔 승뎨 압희 근시ᄒ난 티을션군으로 더부러 글 지어 화답ᄒ고 옥뎨의 약을 도젹ᄒ여 쥰 죄로 즈심훈 병신니 되엿다 ᄒ더이다[17]

　이처럼 숙향은 선녀의 신분이었을 때, 남녀의 교제가 전혀 허용되지 않을 뿐만 아니라 신물(神物)의 사취(私取)를 용인하지 않는 천상계의 질서를 깨뜨리게 된다. 숙향은 천상 공간에서 태을선군과 서로 글을 주고받아 남녀 상희죄를 범했으며, 더욱이 그녀는 남녀간의 인연을 맺게 해준다는 옥

---

16) 이대본 「숙향전」, 40~41면.
17) 이대본 「숙향전」, 83면.

황상제의 월연단(月緣丹)을 사사로이 훔쳐 그에게 줌으로써 신물 사취죄까지 저질렀던 것이다. 그런데 이러한 숙향의 남녀 상희죄와 신물 사취죄는 고전소설에 나타나는 가장 보편적인 적강죄목(謫降罪目)이며, 이 같은 사실은 이미 그간 학계의 논의 과정에서 구체적으로 입증된 바 있다.[18]

(2) 이선의 천상죄

그런데 여기서 주목해야 할 점은 남녀 상희죄와 신물 사취죄와 같은 숙향의 천상죄가 숙향에게는 고난의 유발 원인으로 작용하지만, 이선에게 있어서는 그의 고난을 초래한 직접적인 원죄로 작용하지 않는다는 사실이다. 그러나 그간 학계의 논의에서는 이러한 점을 간과해 버렸다. 그렇지만 이선이 지상에서 겪는 고난의 본질적인 실체를 구명하기 위해서는 이선의 천상 죄목이 무엇인지 검토해야 할 필요가 있다 하겠다.

> 션녀 왈 ㅎ날이 니무 졍ㅎ신 일이요 ᄯᅩ 티을셩군을 못 만닐 것시오 션군을 못 만나면 부모를 이싱의셔 못 만날 거스니 ᄌᆞ연 가실 곳지 잇스오리다 슉향 왈 그러ㅎ면 티을 션군은 어듸 게시며 이싱 셩명은 무어시라 ㅎ난요 션녀 왈 낙양 ᄯᅡ 니귀 공의 귀ᄌᆞ 되어 부귀로 지니게 ㅎ엿나이다 슉향이 ㅎ슙 짓고 왈 ᄒᆞᆫ 가지로 죄를 짓고 엇지 션군은 귀히 되게 ㅎ고 나는 무슴 일노 이더지 죄를 마련ㅎ여 고승을 만니 격게 ㅎ난고 션녀 왈 부인니 처음의 죄를 이루어 니시고 션군은 옥데 향안젼의 ᄒᆞᆫ 시도 못 쩌나난 벼슬릴 분더러 옥데 극히 ᄉᆞ랑ㅎ시미 인간의 니려셔로 귀히 되게 ㅎ여나이다[19]

위 인용문은 장승상 댁의 가보인 '금봉채(金鳳釵)'와 '옥장도(玉粧刀)'를 훔쳤다는 억울한 누명을 쓰고 표진강(表津江)에 투신했다가 목숨을 건진 숙향이 선녀와 주고받은 대화의 일부분이다. 선녀로부터 앞으로도 자신

---

18) 성현경, 앞의 책, 29~33면 참조
19) 이대본 「숙향전」, 43~44면.

에게 닥쳐올 액운이 더 남아 있음을 전해 듣자, 숙향은 자기와 이선이 남녀 상희죄와 신물 사취죄를 같이 저질렀는데 ‘엇지 선군은 귀히 되게 ᄒ고 나는 무슴 일노 이더지 죄를 마련ᄒ여 고승을 만니 젹게 ᄒ난고’라고 그 이유를 묻는다. 숙향의 이 질문에 선녀가 대답하고 있는데, 선녀의 답변 속에는 두 가지의 중요한 정보가 담겨져 있다. 그 하나는 남녀 상희죄와 신물 사취죄는 비록 이선도 연루되어 있긴 하지만, 숙향이 이선을 유혹하는 데에서 유발된 것이기 때문에 숙향의 죄라는 사실이다. 다른 하나는 옥황상제가 마지못해 이선을 인간 세상에 내려보내긴 하였지만, 숙향의 천상죄는 이선이 적강하게 된 직접적인 동인이 아니라는 사실이다.

기실 숙향이 남녀 상희죄와 신물 사취죄라는 자신의 천상죄에서 벗어나기 위해 다섯 번의 죽을 액이라는 속죄적 정화과정을 거치는 동안, 이선은 천정배필(天定配匹)인 숙향을 찾기 위해 그녀가 헤쳐 나온 고난의 여정을 되짚어 오는 정도의 고생을 겪는다. 그러나 이 고생은 숙향을 부인으로 맞이하고자 하는 이선의 정성을 시험하려는 마고(麻姑) 할미의 의도에 따른 것으로서, 숙향의 경우처럼 죽을 고비를 넘겨야 하는 절대적인 위기 상황은 아니다.

이처럼 「숙향전」에서 숙향이 다섯 번의 험난한 죽음의 위기 상황을 거쳐오는 기간만을 놓고 보았을 때, 이 기간 동안 그녀와 이선이 각기 겪는 고난은 양적·질적인 면에서 비교될 수 없는 차이를 보여주는 것이 사실이다. 이러한 차이는 남녀 상희죄·신물 사취죄와 관련해서는 이선이 ‘인간의 젹ᄒ할 일 업스오나 항아 청죄ᄒ시니 옥뎨 마지 못ᄒᄉ 인간에 ᄂ려’보냈기 때문이라고 보아진다. 따라서 「숙향전」에서 이선이 숙향을 찾아 고생하는 것은 속죄적 정화 차원의 고난이라기 보다는 도덕적인 책임이라는 차원에서 이해될 수 있겠다.[20]

---

20) 조용호, 앞의 논문, 257면 참조
   심치열, 앞의 논문, 261면 참조

「숙향전」에서 남녀 상희죄와 신물 사취죄라는 천상죄를 속죄하기 위해 숙향이 겪게 되는 다섯 번의 죽을 액은, 이선을 유혹한 창녀라는 누명을 쓰고 낙양(洛陽) 옥중에 갇혔던 숙향이 옥에서 풀려나면서 마무리된다. 그런데 이 다섯 번의 죽을 액 이후에 숙향은 별다른 고난을 겪지 않지만, 이선에게는 이때부터 본격적으로 고난이 닥치게 된다. 앞에서 이미 언급하였듯이, 그 고난은 바로 황태후의 치병을 위한 선약(仙藥)을 얻기 위해 '봉래산(蓬萊山)'이라는 선계(仙界)에 다녀와야 한다는 것이다.

이선의 이 같은 '구약 고행(求藥苦行)'은 숙향의 고난이 끝난 이후 곧바로 이루어진다. 이선은 선약을 구하기 위해 봉래산을 향해 이계(異界)로 들어가며, 그곳에서 이선은 죽음과도 같은 고난을 겪게 된다. 이 공간에서 전개되는 이선의 고행역정(苦行歷程)은 그곳에서 만난 용왕이 이선에게 '승셔도 고힝을 격거야 젼싱죄를 스으올 거시니'라고 들려준 말에서 살펴볼 수 있듯이, 이선이 자신의 천상죄를 속죄하여 손상된 본래의 천성을 회복해 나가는 일종의 속죄적 정화 과정인 것이다.

이처럼 「숙향전」에서 이선은 숙향의 고행과는 그 궤도를 달리하는 전혀 별개의 고행을 그 자신만이 별도로 겪고 있는 것이다. 그런데 천상적 존재의 지상적 고난이 그들의 천상죄에서 기인하고 있다는 고전소설의 보편적 원리를 고려해 볼 때, 이선이 겪는 개별적이고 독자적인 구약 고행은 숙향의 천상죄와는 성격을 달리하는 천상에서의 전생죄(前生罪)가 이선에게도 있다는 사실을 암시해 주는 바라 하겠다.

이선으로 하여금 지상으로 적강하여 정화적 속죄 차원의 구약 고행을 겪도록 운명 지워 준 천상죄의 죄목은 숙향의 그것처럼 작품 내에 구체적으로 명시되어 있지는 않다. 그러나 이선이 선약을 찾으러 선계를 헤매다가 한 선관(仙官)으로부터 천상(天上)의 차(茶)를 얻어 마시고 천상에서 있었던 일을 기억하는 장면에서, 그의 적강 죄목을 밝힐 수 있는 단서를 찾아낼 수 있다.

　　문득 혼 션관이 학을 타고 나려와 가로되 그디 엇지 옛 벗을 만나 반가온 인수
는 아니ᄒ고 무슴 곤욕을 그디지 ᄒ난다 숭셔의 손을 줍고 안지며 왈 틱을아 인간
지미 엇더ᄒ요 셜중미 그디를 ᄯᅡ라 가더니 만나 보왓난냐 숭셔 왈 인간 지미난 업
습고 고싱 분이로소이다 그 션관이 쇼왈 틱을이 발셔 쳔숭일을 다 이졋도다 동ᄌ를
명ᄒ여 ᄎ를 드리라 ᄒ니 동ᄌ ᄎ를 젼ᄒ거날 숭셔 바다 먹으니 그제야 쳔숭 틱을
셩으로 득죄ᄒ며 셜중미와 부뷔 되엿든 일과 좌중의 잇난 션관니 다 혼 가지 노던
버진 줄 알고 눈물 지어 왈 니 죄 중ᄒ여 인간의 나려왓거니와 그디니난 무ᄉ이 게
시되 능이션은 어디 가시며 셜중미난 어디 잇난요 션관 왈 능이션은 인간 김젼이니
그디의 쳐부모 되엿고 셜중미난 양왕의 ᄯᅡ이니 그디의 둘지 부인이 되리라[21]

　　위 인용문의 내용에서 이선의 적강 죄목과 관련하여 특히 주목을 끄는
것은 이선이 천상에서 설중매와 부부지간(夫婦之間)이었음을 기억하고는,
'니 죄 중ᄒ여 인간의 나려왓'다고 자탄하는 부분이다. 이 내용을 통해 구
체적으로 확인되는 사실은 이선이 천상에서 숙향과 어울릴 때, 그가 이미
숙향이 아닌 다른 선녀와 혼인한 상태였다는 점이다. 그러기에 이선은 자
신이 천상에서 설중매(雪中梅)와 혼인한 신분임에도 불구하고 월궁소아(月
宮小娥)인 숙향과 희롱하여 천상의 질서를 어지럽혔음을 깨닫고 눈물로써
참회하고 있는 것이다.

　　이와 같이 「숙향전」에서 이선은 남녀의 교제가 일체 허용되지 않는 천
상 세계에서 중대한 죄를 저지른 것이다. 그 중죄(重罪)는 바로 일종의 사
통죄(私通罪)였던 것이다. 그리고 이 사통죄는 「숙향전」에서 태을선군(太乙
仙君)인 이선을 지상으로 적강하게 한 보다 직접적인 원죄(原罪)였던 것이
다. 따라서 이선이 지상에서 겪게 되는 구약 고행은 이 사통죄로 더럽혀
진 천성을 회복하는 정화적인 속죄의식 차원에서 「숙향전」에 설정되어
있는 고난으로 이해되어져야 할 것이다.

　　앞에서 살펴본 바와 같이 「숙향전」에서 숙향의 고난은 이선과의 불가

---

21) 이대본 「숙향전」, 209～210면.

분의 관계 속에서 생성되고, 전개된다. 그리고 그러한 숙향의 고난이 지상적 차원에서 마무리된 상황은 이선과의 혼인을 가정과 사회로부터 인정받는 양상으로 나타난다. 이에 비해 이선이 겪는 일련의 고난은 숙향과의 관련선상에서가 아니라, 천상 세계에서 자신의 배우자였던 설중매가 인간으로 내려온 존재인 매향과의 관계 속에서 이루어지고 있다. 「숙향전」에서 이선은 자신의 딸인 매향과 혼인하기를 강요하는 양왕과 대립하고, 그 대립의 결과 이선은 구약 고행이라는 험난한 역정을 밟게 된다. 그 과정에서 이선은 매향과의 혼인도 또한 자신의 의지로는 피할 수 없는 천정혼(天定婚)임을 깨닫고, 결국 그는 매향을 둘째 부인으로 맞이하게 된다.

이와 같이 이선에게 닥친 고난이 매향과의 관계 속에서 이루어진 것이라는 점을 통해서도, 이 고난이 숙향과 이선 사이에서 빚어진 남녀 상희죄와 신물 사취죄로부터 기인하지 않는다는 사실을 짐작할 수 있다. 숙향은 이들 죄목으로 지상적 고난을 겪지만, 이선은 천상에서 부부지간이던 설중매(매향)에게 진 사통죄 때문에 지상으로 적강하여 구약 고행이라는 고난을 겪고 있는 것이다. 따라서 「숙향전」에 나타나는 고난의 실체와 고난 구조의 의미를 보다 합리적으로 이해하기 위해서는 이선이 겪는 고난의 생성 원리인 사통죄란 천상 죄목을 추가시켜야 할 것으로 보아진다.

3. 고난 구조의 양상과 의미

「숙향전」에 등장하는 적강한 인물들은 옥황상제가 정한 숙명에 따라 예정된 삶을 살게 된다.[22] 이 예정된 삶이란 귀양온 연유인 천상죄를 지상

---

22) 이러한 사실에 주목하여 황패강은 「숙향전」을 동양적 예정론에 입각한 대표적인 작품이라고 지적하였고,(황패강, 앞의 논문, 264~248면 참조) 장홍재는 이 작품을 숙명소설이라고 규정한 바 있다.(장홍재, 앞의 논문, 463면.)

계에서 속죄 과정을 거쳐 정화시킨 다음, 본래의 천성을 회복하여 본향(本鄕)인 천상계로 복귀한다는 것이다. 그렇기 때문에 지상에서의 그들의 삶은 필연적으로 고난을 수반하게 된다. 「숙향전」은 남녀 주인공이 겪는 이러한 고난을 작품의 기본 구조로 하여 작중 사건을 전개시키고 있다.

그런데 「숙향전」의 서사 근간인 이 고난 구조는 크게 전반부의 숙향의 고난과 후반부의 이선의 고난으로 구성되어 있다.[23] 다음에서는 「숙향전」의 이러한 고난 구조의 구체적인 양상과 그 구조 속에 담긴 의미에 대해 살펴보기로 한다.

1) 숙향의 고난 구조의 양상과 의미

「숙향전」에서 숙향이 겪는 고난의 양상은 다섯 번의 죽을 액이다. 이 다섯 번의 죽을 액은 ① 반야산에서 도적을 만나 죽을 액, ② 명사계에 다녀갈 액, ③ 도둑 누명을 쓰고 표진강에 빠져 죽을 액, ④ 노전(盧田)에 가서 화재를 만나 죽을 액, ⑤ 낙양 옥중에 갇혀 매맞아 죽을 액으로 요약할 수 있다.

이 다섯 번의 죽을 액을 생성한 기본 원리가 숙향이 천상에서 '태을선관과 셔로 글 지어 화답하고 옥데의 월련단을 도적하여 쥰 죄'인 남녀 상희죄와 신물 사취죄임은 앞서 살펴본 바 있다. 그런데 이 두 천상죄와 관련하여 특히 주목을 끄는 숙향의 죽을 액은 세 번째 죽을 액과 다섯 번째 죽을 액이다. 이 두 죽을 액은 각기 숙향을 신물 사취죄와 남녀 상희죄에서 벗어나도록 정화 시켜주는 속죄 차원의 액이며, 숙향의 고난 양상은

---

23) 「숙향전」에서 고난을 겪는 존재에는 숙향과 이선 뿐만 아니라 김전 부부, 장승상 부인 등과 같이 천상에서 적강한 인물들도 해당된다. 그러나 「숙향전」에서 남녀 주인공인 숙향과 이선을 제외한 여타의 인물들이 겪는 고난은 그들의 고난을 구성하기 위한 부수적인 고난에 지나지 않는다. 따라서 본고에서는 「숙향전」의 중추적인 고난인 숙향과 이선의 고난을 중심으로 논의를 전개하기로 한다.

이 두 죽을 액을 구심점으로 하여 크게 이대분 된다. 다음에는 이러한 구조적 특징을 지닌 숙향의 고난 양상을 살펴보기로 한다.

(1) **숙향의 고난이 지닌 기본 성격**

① 옥제의 월연단을 훔친 죄의 정화

숙향이 겪는 세 번째의 죽을 액은 표진강에 빠져 죽을 액인데, 이 액은 숙향의 신물 사취죄의 속죄를 위해 예비된 고난이다. 「숙향전」에서 이 세 번째 액은 장승상(張丞相) 댁의 간악한 시비인 사향이 숙향을 모함하는 것에서 시작된다. 전란의 와중에 부모를 잃고 헤매던 숙향이 명사계(明司界)를 거쳐 도달한 곳은 장승상 댁이다. 숙향은 이곳에서 생활하게 되는데, 그 집의 시비로서 장승상 댁의 대소사를 맡아보던 사향은 자기가 해오던 일을 숙향에게 빼앗기자 숙향에게 앙심을 품는다. 그리고는 사향은 승상 부인의 금봉채(金鳳釵)와 승상의 옥장도(玉粧刀)를 훔쳐 숙향의 장 속에 넣어 두고는 숙향을 도둑으로 몰아 세운다. 이로 인해 숙향은 도둑이란 누명을 쓰게 되고, 숙향은 이것이 자신을 죽게 만들려는 하늘의 뜻이라 받아들인다.

> 부인니 더옥 실푼 마음을 졍치 못ᄒ여 눈물을 무슈이 뿌리며 금향이란 죵을 불너 슉향이 입던 의복과 세간을 너여다가 쥬라 ᄒ시며 통곡ᄒ시니 슉향이 고왈 져졈게 영츈당의셔 젼역 간치 쳡의 압히 세 번 울고 가거날 스스로 싱각ᄒ되 ᄒ날이 무엇 네겨 무슴 변을 보니리라 ᄒ여더니 쳔만 몽미 밧게 이런 불칙ᄒ 익명을 입스오니 이난 ᄒ날이 나를 죽게 하시미라 굿티여 쳔의를 거스리릿가[24]

위의 인용문은 숙향이 도둑 누명을 쓰고 장승상 댁에서 쫓겨나기 직전에 승상 부인에게 이른 말이다. 숙향은 자신에게 닥친 이 변고가 하늘이

---

24) 이대본 「숙향전」, 33~34면.

내린 것이며, 하늘이 자신을 죽이고자 함이라고 생각하고는 스스로 죽기로 작정한다. 그리하여 그녀는 천의(天意)를 거스를 수는 없다면서 표진강에 뛰어 들어 자살을 시도하게 된다.

이처럼 숙향이 겪는 세 번째 죽을 액은 장승상 댁의 가보(家寶)인 금봉채(金鳳釵)와 옥장도(玉粧刀)를 훔쳤다는 누명에서 비롯되고 있는 것이다. 그런데 숙향이 숙명적으로 도둑의 누명을 쓰게 되는 것은 그녀가 이미 천상에서 옥황상제의 월연단(月緣丹)을 훔쳐 신물 사취죄를 지었기 때문이라고 볼 수 있다. 즉 숙향은 전생에 천상에서 도적 행위를 저질렀기 때문에, 현생에는 지상에서 엉뚱하게 죄없이 도둑으로 몰려 죽음의 상황에 처하는 고난을 당하여 그 천상죄를 상쇄시키고 있는 것이다.

이런 점에서 숙향에게 부과된 세 번째 죽을 액, 즉 장승상 댁의 가보(家寶)인 금봉채와 옥장도를 도둑질하였다는 억울한 누명을 쓰고 표진강에 빠져 죽을 액은 천상의 신물(神物)인 옥황상제의 월연단(月緣丹)을 훔친 전생죄를 속죄하기 위해 예정되어 있는 정화 차원의 고난이라 파악된다.

② 태을선관과 글 지어 화답한 죄의 정화

이와 같이 숙향의 세 번째 죽을 액이 월연단을 훔쳐 저지른 신물 사취죄를 속죄하기 위한 고난인데 비해, 다섯 번째의 죽을 액은 그녀가 천상에서 월궁소아(月宮小娥)로 있을 때 태을선군(太乙仙君)과 서로 글을 지어 희롱하여 범하게 된 남녀 상희죄에 대한 속죄적 정화 차원의 고난이다.

이 다섯 번째의 액은 숙향이 낙양 옥중에 갇혀 매맞아 죽을 액인데, 이 액은 숙향과 이선이 각각 요지연(瑤池宴)에 참석하는 몽중 체험을 하면서 배태되기 시작한다. 숙향은 표진강에 투신했다가 소생한 후, 갈대 숲에서 화재로 인한 죽을 위기를 거친 다음 이화정(梨花亭)이라는 술집에서 생활하게 된다. 그곳에서 마고(麻姑) 할미에 의탁하여 기거하던 중, 숙향은 천상(天上) 요지연(瑤池宴)에 참석하여 이선과 만나는 꿈을 꾸게 된다. 꿈에서 깬 후, 숙향은 그 광경을 수로 놓아 '요지연도(瑤池宴圖)'를 만든다. 이선 역시 대성사(大聖寺)에 갔다가 그곳에서 숙향과 동일한 내용의 꿈을 꾸게 되는데, 그는 요지경(瑤池景)의 정경을 글로 기록해 둔다.

이러한 요지연(瑤池宴)에 대한 몽중 체험이 계기가 되어 숙향과 이선은 마침내 혼인에 이르게 된다. 요지연에 참석하는 꿈을 꾼 후, 이선은 인간 세상의 부귀 공명에는 관심을 두지 아니하고 매일 숙향 만을 생각하게 된다. 그러던 중 마고 할미로부터 '요지연도(瑤池宴圖)'를 산 조장이라는 상인은 그 그림의 뜻을 글로 지을 명필을 찾아 이선에게 간다. 이선은 조장에게서 '요지연도'를 산 후, 거기에 자신의 글을 적는다. 그리고는 요지연도를 수놓은 사람을 찾아 이화정을 찾아가게 되고, 그곳에서 이선은 숙향을 만나 혼인에 이르게 된다.

이와 같이 숙향과 이선은 요지연을 몽중 체험한 뒤, '요지연도'를 통하여 시(詩)·화(畵)를 주고받으며 연분을 싹틔우게 된다. 이처럼 「숙향전」에서 '요지연도'는 숙향과 이선의 혼인이 맺어지는데 결정적인 역할을 담당하는 문학적 장치인데, 이 '요지연도'는 천상에서 월궁소아와 태을선군이 서로 글 지어 화답한 사실에 대응되는 하나의 상징물로 보아진다.[25]

숙향과 이선의 혼인은 이선의 부친에 의해 거부된다. 이선은 숙향과 혼인함에 있어 그 사실을 부모에게 고하지 않았고, 이선의 부친인 이상서는 이선이 부모를 속이고 빈천한 계집과 인연을 맺었다고 하여 그 혼인을 인정하지 않는다. 이상서는 거기서 더 나아가 낙양 태수 김전에게 숙향을 잡아죽이라고 명하기까지 한다. 이로써 숙향은 낙양 옥중에 갇혀 매맞아 죽을 위기에 처하게 된다.

---

[25] 신재홍은 「숙향전」을 전통적 무속신앙에 가장 근접한 작품이라 추정하면서, 이 요지연도를 무속화(巫俗畵)라는 측면에서 이해하고 있다.(신재홍, 앞의 논문, 539~540면 참조) 그러나 필자는 이 요지연도를 숙향과 이선이 천상에서 서로 글지어 화답하며 희롱한 사건의 대응물로 보는 것이 타당하리라 생각한다.

숙향은 할미 집의 혼즈 잇셔 날이 져물미 낭군 오기를 지다리더니 문득 창 밧게
간치 고이히 울거날 낭즈 헤오되 젼의 즁승샹 딕 영츈당의셔 잔치할 때 져 간치 와
우더니 불칙훈 환을 보고 즈심훈 고숭을 격거더니 또 오날 진역의 슈승이 와 우니
무슴 화변니 잇실가 의심ᄒ여 잠즈지 아니ᄒ고 안졋더니 그날 밤즁은 ᄒ여 관츠 나
와 숙향을 엄히 줍아 가니 정신이 아득ᄒ여 아모리 할 쥴 몰나 줍펴 가니 관원니
좌우의 불을 발키고 죄괴ᄒ며 무르되 너난 엇더훈 스람의 즈식으로 숭셔 딕 귀공즈
를 달너여 침혹ᄒ여 병드러 죽깃다 ᄒ고 숭셔 니게 죽여 업시 ᄒ라 ᄒ여시니 만일
그러ᄒ올진더 너 빈쳔훈 몸이 죽어 앗갑지 아니ᄒ니 죽어도 훈치 말나 ᄒ고 크게 호
령ᄒ니 ᄒ인드리 겁ᄒ여 동여 미고 소릭ᄒ며 큰 믹로 쳐 죽이려 ᄒ거날[26]

위의 인용문은 아무 죄도 없는 숙향이 낙양 옥중에 잡혀 들어가 그곳
에서 문초를 당하고 있는 장면이다. 여기에서 보여 주듯, 숙향은 빈천한
몸으로 이선을 유혹했다는 억울한 누명을 쓴 채 죽음의 위기 상황에 놓이
게 되는 것이다. 이는 도둑이 아니면서 금봉채와 옥장도를 훔쳤다는 도둑
의 누명을 쓰고 죽음 직전까지 이르게 한 뒤 천상(天上)의 도적죄를 면하
게 한 것과 마찬가지로, 창녀(娼女)가 아님에도 불구하고 이선을 유혹한
빈천한 신분의 창녀라는 누명을 쓰고 옥사(獄死)의 위기에까지 빠지게 함
으로써 전생에 이선을 유혹했던 남녀 상희죄의 죄 값을 치르게 한 것이라
하겠다.

숙향이 할미 집의 드러와 종시 병신인 체 ᄒ더니 ᄒ로난 할미 이로더 그더 얼골
을 보니 츄 칠월 긔망월이 구롬 속의 스인 듯ᄒ고 병세를 자셰 보니 진실노 병인니
안인가 ᄒ노라 나를 속이지 말나 숙향이 웃고 디답지 아니ᄒ니 할미 또 가로더 너
집은 본더 슐집이라 마을 스람이 즈쥬 츄립ᄒ니 져리 츄비ᄒ고 잇시면 남이 츔 밧
트미 오직할가 낫치나 싯고 잇스라 ᄒ며 밧그로 나가거날 숙향이 여러 날 할미 집
이 잇셔 보니 남정이 업고 또훈 졍묘ᄒ거날 그제야 셰슈ᄒ고 옷실 가라 입고 스충
을 으지ᄒ야 슈질ᄒ더니[27]

---

26) 이대본 「숙향전」, 108～109면.

숙향은 장승상 댁을 나와 의지처도 없이 방황하다가 주모(酒母)인 마고(麻姑) 할미를 따라 이화정(梨花亭)이란 술집에 가게 된다. 위의 대목은 이곳에서 자신의 몸이 더렵혀질까 두려워 병인(病人) 행세를 하던 숙향이 나중에야 안심하고 본래의 모습을 드러내는 장면이다. 이러한 그녀의 행동은 숙향이 정조 관념이 투철한 여자임을 잘 보여 주는 바라 하겠다.

숙향이 정숙한 여인이었음은 이선과의 혼인을 허락하는 전제로 그녀가 이선에게 육례(六禮)를 갖출 것을 요구하고 있다는 사실에서도 족히 짐작되는 바다.

> 할미왈 그 아히 날다려 이르되 니 비록 부모 업고 의지 업시 단니며 비러 먹난 병인니라도 혼인 일홈을 졍할진디 례로셔 아니ᄒᆞ오면 죽을 지언졍 가부야이 몸을 허치 아니려 ᄒᆞ더이다 니션 왈 비필을 졍ᄒᆞ면 엇지 무례이 ᄒᆞ리요 할미 왈 낭군게셔 부디 비필을 졍ᄒᆞ려 ᄒᆞ시면 부모게 고ᄒᆞ고 ᄒᆞ려 ᄒᆞ시난잇가 니션 왈 나는 학업 ᄒᆞ나니 감히 부모게 엿줍지 못ᄒᆞ려니와 동셩 슉모 게시니 슉모게 고ᄒᆞ고 례를 갓초와 힝할 거시니 염여 말나 할미 맛당타 ᄒᆞ고 다시 이르되 텩일ᄒᆞ니 납폐일은 금월 십사일이요 젼안일은 십오일노 졍ᄒᆞ엿나이다[28]

위의 인용문은 숙향과 이선의 혼례 택일을 정하는 장면으로, 마고할미와 이선이 나누는 대화의 내용이다. 이들이 나누고 있는 대화 속에는 비록 마고 할미의 입을 빌어 간접적으로 전달되고 있긴 하지만, 숙향이 이선과의 혼례에 있어 육례를 갖추어 주길 원하고 있다는 사실이 드러나고 있다.

이렇듯 숙향은 요조숙녀(窈窕淑女)로서의 흐트러지지 않은 모습을 지켜 나가려 노력하고 있는 것이다. 이러한 그녀의 노력에도 불구하고, 숙향은 천상(天上)에서 저지른 남녀 상희죄의 죄 값으로 인하여 이선을 유혹한 미

---

27) 이대본 「숙향전」, 58~59면.
28) 이대본 「숙향전」, 103면.

천한 신분의 창녀라는 누명을 쓰고 죽을 위기를 만나게 된다.

이와 같이 창녀와는 기본적으로 거리가 먼 숙향이지만, 그러나 그녀는 천상에서 범한 남녀 상희죄로 인해 지상적 현실에서는 창녀의 누명을 써야 했으며, 그 천상죄를 상쇄시키기 위해서는 옥사(獄死)라는 절대절명(絶大絶命)의 위기적 상황을 겪어야만 했던 것이다. 이처럼 숙향의 죽을 액 중 낙양 옥중에 갇혀 매맞아 죽을 액이라는 다섯 번째의 죽을 액은 바로 '티을선관과 셔로 글 지어 화답'함으로써 범하게 된 천상죄의 속죄를 위해 예정되어 있는 정화 차원의 고난이라 하겠다.

(2) 숙향의 고난 구조의 양상과 의미

이상에서 살펴본 바와 같이, 숙향의 다섯 번의 죽을 액 중 세 번째 죽을 액과 다섯 번째 죽을 액은 각기 신물 사취죄와 남녀 상희죄를 상쇄시키기 위한 속죄적 고난인 것이다. 그런데 다섯 가지의 죽을 액이 이 두 천상죄의 죄 값을 치르기 위해 예정된 정화적 성격의 고난임을 감안할 때, 숙향의 고난 구조는 위에서 지적한 두 죽을 액을 구심점으로 하여 두 개의 고난 단락으로 구성되고 있음을 짐작할 수 있다.

다음에서는 숙향의 고난 구조의 양상을 두 개의 고난 단락으로 나누고, 각각의 구조 실상과 그 의미에 대해 살펴보기로 한다.

① 유년기 고난 단락과 물에 의한 정화

숙향이 겪는 고난의 첫째 단락은 신물 사취죄의 속죄를 위해 거치게 되는 일련의 정화과정(淨化過程)이다. 이 속죄적 정화 과정은 그녀의 나이가 15세에 이를 무렵까지의 유년시절(幼年時節)을 시간적 배경으로 전개되고 있는데, 그런 점에서 이 고난의 단락은 유년기(幼年期) 고난이라 부를 만하다. 이 첫째 고난의 단락에는 세 번째 죽을 액인 도둑 누명을 쓰고 표진강에 빠져 죽을 액을 구심점으로 하여 첫 번째 죽을 액인 반야산에서

도적을 만나 죽을 액 그리고 두 번째 죽을 액인 명사계에 다녀갈 액이 포함된다.

다섯 살의 어린 숙향은 전란 시 피난 가던 부모에게서 버림을 당함으로써 도적들에게 잡혀 살해당할 위기에 처하게 된다. 이것이 바로 숙향의 첫 번째 죽을 액인데, 이 액운은 그녀가 겪게 되는 모든 죽을 액의 시발점인 동시에 유년기 고난의 출발점이기도 하다.

숙향은 이 첫 번째 죽을 액에서 나이 많은 한 도적의 도움으로 죽음의 위기 상황에서 벗어난다. 그러나 다섯 살의 어린 숙향은 굶주림과 추위로 고통을 당하게 되고, 결국 그녀는 이 고통을 견디지 못하고 죽은 사람을 심판하는 명사계에 들어가 두 번째의 죽을 액을 치르게 된다.

명사계의 후토 부인은 숙향을 사슴에 태워 장승상 댁으로 보낸다. 숙향은 이곳에서 10년 간 생활하게 되는데, 그러던 중 숙향은 그 집의 시비인 사향에 의해 도둑의 누명을 쓰게 된다. 그러자 숙향은 억울한 마음에 표진강에 빠져 자살을 기도하게 되는데, 이것이 그녀가 겪어야 될 세 번째의 죽을 액이다.

이처럼 숙향의 유년기 고난 단락에서 첫 번째 죽을 액과 두 번째 죽을 액은 세 번째 죽을 액에 도달하기 위해 거치는 일종의 과정적(過程的) 고난이라 하겠다. 이런 점에서 유년기 고난 단락에서 신물 사취죄의 속죄를 위한 핵심적인 고난은 세 번째의 죽을 액이며, 나머지의 두 죽을 액은 이 핵심적 고난에 딸려 있는 종속적인 고난이라 할 수 있다.

숙향의 신물 사취죄는 이들 고난을 거치면서 소멸되는데, 세 번째 죽을 액에서 완전한 속죄가 이루어지게 된다. 앞에서 살펴보았듯이 이 세 번째 죽을 액인 도둑 누명을 쓰고 표진강에 빠져 죽을 액은 신물 사취죄의 속죄를 위해 예정되어 있는 고난인 것이다. 숙향은 이 고난을 통해 신물 사취죄로부터 완벽하게 정화된다.

이것을 구체적으로 보여주는 것이 바로 숙향의 표진강 투신 사건이다. 숙향은 사향에 의해 도둑으로 내몰리자 억울함에 표진강에 빠져 죽고자 한다. 그러나 그녀는 극적으로 구출된다. 그런데 이 숙향의 표진강 투신 사건에서 그녀가 '물에 빠졌다 나옴'이라는 과정은 '물에 의한 정화'라는 상징적 의미를 지닌 것으로 볼 수 있다.[29] 숙향은 이 정화의 과정을 통하여 천상에서 월연단을 훔친 도둑의 오명을 완전하게 씻어내고 있는 것이다.[30]

② 혼인기 고난과 옥(獄)을 통한 정화

숙향이 겪는 고난의 둘째 단락은 남녀 상희죄를 속죄하기 위해 전개되는 정화의 과정이다. 이 속죄적 정화 과정은 숙향의 나이가 대략 15세에서 16세 무렵에 걸쳐 이루어지고 있다. 이처럼 이 고난의 단락은 이제 혼기(婚期)에 접어든 숙향이 겪어 나가는 고난이기 때문에 혼인기(婚姻期) 고난이라 할 만하다.[31] 이 둘째 고난 단락에는 낙양 옥중에 갇혀 매맞아 죽을 액인 다섯 번째 죽을 액을 구심점으로 하여 네 번째의 죽을 액인 노전에 가서 화재를 만나 죽을 액이 포함된다.

숙향의 둘째 고난 단락인 혼인기 고난은 그녀가 표진강 투신이라는 세 번째 죽을 액에서 벗어나면서 곧바로 이어진다.

> 슉향이 비의 나려 도라보니 발려 간더 업난지라 슉향이 실푼 마음을 정치 못ᄒ
> 여 눈물을 뿌리고 동더희로 향ᄒ여 가더니 ……(중략)…… 문득 싱각ᄒ니 졀문 게
> 집 아히 시 옷실 입고 질의 단니다가 더러온 욕을 볼가 두려 츤가의 드러가 헌 옷
> 실 밧고와 입고 낫틔 거문 칠 ᄒ고 흔 눈 멀고 흔 팔과 흔 다리 져난 병신니 되어
> 막더를 집고 질노 바중이니 보난 스람이 불승타 이르더라[32]

---

29) 멜시아 엘리아데, 『종교형태론』, 이은봉역, 형설출판사, 1979, 216~217면 참조

30) 숙향이 물에 빠졌다가 나오는 과정을 여성성의 강화로 해석하고 있는 경우도 있다.(서연희, 앞의 논문, 9~10면.) 그러나 이 과정은 물이 지닌 정화력에 의해 숙향의 신물 사취죄가 완전히 소멸되었음을 상징적으로 형상화하고 있는 것으로 보는 것이 타당하다고 보아진다.

31) 『경국대전(經國大典)』「예전(禮典」 혼가조(婚嫁條)에는 남자는 15세, 여자는 14세를 허혼 연령으로 정해 놓고 있는 바, 이 둘째의 고난 단락은 숙향의 혼인기를 시간적 배경으로 하고 있다 하겠다.

32) 이대본「숙향전」, 45면.

위의 인용문은 숙향이 표진강에서 구출된 직후, 더러운 욕을 당하지 않기 위해 자신이 입고 있던 새 옷을 헌 옷으로 갈아입고 숙향이 병신 행세를 하는 장면이다.

이처럼 두려운 마음으로 길을 방황하던 숙향은 갈대 숲을 지나다가 화재를 만나 네 번째의 죽을 액을 당하게 된다. 숙향은 이 죽을 액에서 화덕진군(火德眞君)이라는 선인(仙人)의 도움을 받아 그 위기 상황에서 벗어난다. 그러나 그 과정에서 숙향은 나신(裸身)을 드러내게 된다.

> 호련 흔 노인니 막디를 집고 셧셔 이라되 엇더흔 아히완디 이런 험흔 화지를 만닌난다 숙향이 울며 난중의 부모를 일습고 의탁할 곳지 업셔 동셔 분쥬ᄒᆞ옵다가 이 ᄯᅳ의 와 화지를 당ᄒᆞ여 쥭게 되오니 노인의 덕분으로 살여 쥬옵쇼셔 노인 왈 너 이르지 아니 ᄒᆞ여도 나는 다 아노라 불 형세 급ᄒᆞ니 너 가진 것과 옷실 버셔 너 셧던 곳의 놋코 네 몸만 니 등의 업피라 ᄒᆞ거날 숙향이 옷실 버셔 노ᄒᆞ니 불이 발셔 옷시 다엿더라 노인니 ᄉᆞ미로셔 불근 붓치를 니여 붓치니 그 불이 노인 잇난디난 오지 아니 ᄒᆞ더라 노인니 숙향을 업어다가 노젼을 건너 노코 ᄉᆞ미 흔나흘 찌여 쥬며 왈 일노 아릭를 기루고 동디흘 향ᄒᆞ여 가라[33]

위의 인용문이 보여주는 바와 같이, 숙향은 정조를 잃지 않으려고 자신의 새 옷을 헌 옷으로 바꾸어 입어 보았지만, 그 헌 옷마저도 벗어 버려야만 하는 지경에 빠지고 있는 것이다. 화덕진군이 초월적인 권능을 가지고 있는 존재임에도 불구하고, 위의 인용문에서처럼 그가 숙향에게 구태여 옷을 벗으라고 한 것은, 몸이 더럽혀질 것을 두려워하는 숙향의 심적 불안감을 증폭시켜 주기 위한 처사라고 보여진다.[34]

---

33) 이대본 「숙향전」, 54~55면.

34) 이 부분에 대한 학계의 의견은 분분하다. 이상구는 헐벗은 유랑 걸인으로서의 숙향의 강한 현실적 이미지에서 비롯되었다고 보았으며,(이상구, 앞의 논문, 80면 참조) 신재홍은 육체적 고난으로,(신재홍, 앞의 논문, 521면 참조) 심치열은 이선이 숙향의 고난길을 탐색하는 과정에서 숙향이 이곳을 지나갔음을 확인할 증거물을 남기기 위한 의도(심치열, 앞의 논문, 563

벌거벗은 채 길가 수풀에 앉아 있던 숙향은 마고 할미를 만나 그녀에게 의탁된다. 그러나 그 집이 이화정이라는 술집이고 마고 할미가 주모(酒母)라는 점에서, 정조를 잃지 않을까 두려워하는 숙향의 심적 불안감은 더욱 고조될 수밖에 없다.

> 슉향이 흐윾 짓고 왈 할미 나를 친즈식 갓치 네기시니 니 엇지 할미를 속이리요 ……(중략)…… 정쳐업시 오다가 노젼이란 곳의 와 즈다가 불시의 불이 이러나 의복이 다 튀우고 죽게 되어더니 맛춤 화덕진군의 구ㅎ물 입어 제우 스라 할미를 만나 왓습거니와 질의셔 혹 더러온 욕을 볼가 ㅎ여 병신인체 ㅎ여습더니 달이 남도록 할미 집의 잇셔 보니 잡인 츄립ㅎ난 일 업고 할미 날을 친즈식 갓치 네기시니 나도 할미를 친부모 갓치 셤길지라 원컨디 셔로 속이지 마고 빅연을 ㅎ갈 갓치 지니다가 죽어 ㅎ 곳디 뭇치물 바리오며 만일 내 몸을 그릇 지조ㅎ여 호탕ㅎ 남즈와 밋친 벌이 봄꼿 틈 보고 히롱ㅎ며 노류중화 갓치 세승의 몸을 바릴가 두려ㅎ나이다35)

위의 대목은 숙향이 화덕진군과 헤어진 다음, 마고(麻姑) 할미를 따라 이화정(梨花亭)에 와서 한 말이다. 숙향의 이 말 속에는 자신이 '노류장화(路柳墻花)' 같은 창녀(娼女)로 취급되지 않을까 두려워하는 그녀의 내면 심리가 여실히 표출되고 있다.

이렇듯 숙향의 심적 불안감은 이화정에 기거하면서 더욱 심각해지는데, 급기야 숙향은 이선을 침혹케 한 빈천한 창녀라는 누명을 쓰고 낙양 옥중에 갇혀 죽음의 위기 상황을 맞이하게 된다. 이것이 바로 숙향의 다섯 번째 죽을 액이다. 이 액운은 둘째 고난 단락인 혼인기(婚姻期) 고난 단락에 있어서 핵심적인 고난의 역할을 담당한다. 그리고 숙향을 이화정을

면 참조)라고 보고 있다.

그러나 숙향이 갈대숲에서 나신(裸身)을 드러내는 사건은 혼기(婚期)에 접어든 그녀가 표진강에서 구출된 후, 정처없이 방황하면서 정조를 잃지 않을까 염려했던 심적인 불안감을 보다 확장시켜 주는 사건으로 해석하는 것이 타당하다고 보아진다.

35) 이대본 「숙향전」, 59~60면.

거쳐 낙양 옥중으로 이끈 화재로 인해 죽을 액은 이 핵심적인 고난에 종속된 과정적(過程的) 고난에 해당한다.

숙향이 혼기(婚期)에 이른 시기를 시간적 배경으로 전개되는 혼인기 고난 단락에서는 그녀의 남녀 상희죄가 완전히 소멸되는데, 그 죄의 완전한 정화가 실현되는 시점은 다섯 번째의 죽을 액이다. 숙향이 창녀의 누명을 쓰고 낙양 옥중에서 매맞아 죽을 액은 앞서 검토한 바와 같이 남녀 상희죄의 속죄를 위해 예정된 고난인 것이며, 숙향은 이 고난의 과정을 거쳐 마침내 그 천상죄에서 완전 정화되는 것이다.

이것을 상징적으로 보여주는 사건은 '옥에 갇혔다 나옴'이다. 이 '옥에 갇혔다 나옴'이라는 상징적 사건은 숙향의 첫 번째 고난 단락인 유년기 고난 단락에서의 '물에 빠졌다 나옴'의 사건과 그 성격을 같이 한다. '물에 빠졌다 나옴'으로 숙향이 신물 사취죄에서 완전 정화되듯이, 그녀는 '옥에 갇혔다 나옴'으로 남녀 상희죄에서 완전 정화되고 있는 것이다. 이처럼 숙향은 혼인기 고난 과정을 거치면서, 옥에서 방면(放免)되는 상징적 사건을 통해 남녀 상희죄의 멍에를 완전히 벗게 되는 것이다.

이상에서 살펴본 것처럼, 다섯 번의 죽을 액으로 형상화되어 있는 숙향의 고난 양상은 크게 유년기 고난 단락과 혼인기 고난 단락으로 양분되는 구조적 특징을 보여준다. 유년기 고난 단락은 신물 사취죄의 속죄를 위한 고난의 과정이며, '물에 빠졌다 나옴'이란 상징적 의미를 지니는 표진강 투신 사건을 통해 숙향은 신물 사취죄에서 완전히 정화된다. 그리고 혼인기 고난 단락은 남녀 상희죄의 속죄를 위한 고난의 과정이며, 이 고난 단락에서 숙향은 '옥에 갇혔다 나옴'이란 상징적 의미를 지니는 낙양 옥의 투옥 사건을 통해 남녀 상희죄에서 완전 정화된다.

이처럼 숙향의 고난 양상은 유년기 고난 단락과 혼인기 고난 단락을 통해 그녀가 천상죄를 속죄하고, 이로써 그녀가 천성(天性)을 회복해 다시 본향(本鄕)인 천상(天上)으로 복귀할 수 있게끔 그녀가 정화되는 과정을 그리고 있는 것이다.

2) 이선의 고난 구조의 양상과 의미

「숙향전」에서 이선의 고난은 숙향의 고난이 종결되면서 본격적으로 가시화되어 나타난다. 그 고난은 황태후의 병을 치료하기 위한 선약(仙藥)을 구하기 위해 봉래산(蓬萊山)을 다녀와야만 하는 구약고행(求藥苦行)이다. 이 고난은 이미 지적했듯이, 이선으로 하여금 사통죄에서 벗어나도록 상제에 의해 예정된 일종의 정화의식이다. 다음에는 이러한 이선의 고난 양상과 그 의미를 검토해 보기로 한다.

(1) 이선의 고난이 지닌 기본 성격

숙향의 다섯 번 죽을 액이 마무리되면서 이선은 숙향과의 혼인을 부친인 이상서(李尙書)로부터 인정을 받게 되며, 숙향은 황제로부터 정렬 부인에 봉해지기에 이른다. 숙향의 고난이 막을 내린 것이다. 그러나 이때부터 천상죄에서 벗어나기 위한 이선의 고난은 본격적으로 시작된다.

이선이 부친인 이상서에게 알리지 않고 숙향과 혼인을 하였으나, 이상서는 이미 양왕(梁王)의 구혼(求婚)을 허락하여 이선과 양왕의 딸인 매향(梅香)과의 혼인을 약정해 놓고 있었다. 그리하여 양왕은 이선에게 혼인을 강요하게 되고, 그러나 이선은 그 청혼을 거부하게 된다. 「숙향전」의 후반부에서 이선이 겪게 되는 일련의 고난은 바로 이러한 혼인 거부의 산물인 것이다.

양왕의 딸 매향은 전생에서는 이선(태을선관)의 부인이었던 설중매(雪中梅)였다. 그런데 그녀는 현생에서는 이선의 두 번째 배우자가 되도록 옥황상제에 의해 이미 운명지워진 존재다.

승셔 문왈 셜즁미 나의 부인니 될진디 엇지 소이가 먼져 되어난요 션관 왈 그디
인간의 나려 가긔난 소이로 인연ᄒ여 인간의 나려 갓고니와 항이 다 마련ᄒ여나니
그러무로 소으 쳣 부인이 되어 그디와 ᄒ 가지로 쳔승의 올나오게 ᄒ고 셜즁미난
그디 둘지 부인니 되어 미좃ᄎ 올나오게 ᄒ니라36)

위의 인용문에서 보듯이 매향 역시 이선의 천정배필(天定配匹)이기 때문
에, 이선은 숙명적으로 매향과의 혼인을 피할 수 없는 것이다. 그럼에도
이선은 이 혼사(婚事)를 거부하고, 그로 인해 고난을 당하고 있는 것이다.
이처럼 이선이 천정배필인 매향과의 혼인을 거부하여 지상에서 고난을
겪도록 옥제가 그의 운명을 정한 것은, 그에게도 천상죄의 속죄를 위한
고통의 과정이 필요했기 때문이라고 하겠다.

이선(태을선관)이 천상에서 혼인한 신분임에도 불구하고, 숙향(월궁소아)
과 사사로이 정을 주고 받아 사통죄를 범하였음은 이미 앞에서 지적한 바
있다. 따라서 이선은 이 죄 값을 치르기 위해 지상에 적강해서는 어떠한
외부적 압력이나 고통이 수반되더라도 한 사람의 부인 이외에는 애정을
주지 않는 지순(至純)한 삶을 살아야 했고, 이로 인해 그는 고난을 겪어야
만 하는 것이다. 이는 천상에서 이선을 유혹했던 숙향이 지상에서는 정숙
한 삶을 살면서도 고난을 당해야만 했던 것과 마찬가지 원리다. 이런 점
에서 매향과의 혼인을 거절함으로써 야기된 이선의 고행은 사통죄의 속
죄를 위한 정화 차원의 고난이라 보아야 할 것이다.

(2) 이선의 고난 구조의 양상과 의미

사통죄의 속죄를 위한 고난 단락에서 숙향의 다섯 번의 죽을 액에 비
견될 만한 이선의 죽을 액은 선계(仙界)로의 구약(求藥) 고행이다. 그러나
이선은 본격적인 이 고행에 앞서 고난의 정도는 미미하지만, 자청하여 험

---

36) 이대본 「숙향전」, 211면.

지(險地)로 부임하여 시련의 과정을 겪기도 한다. 다음에는 이선이 겪는 이러한 시련과 고난의 양상과 의미에 대해 살펴보기로 한다.

① 험지 부임의 시련

「숙향전」에서 이선이 겪고 있는 고난의 출발점은 매향과의 혼인을 거부하는 것이다.

> 승셔 왈 ……(중략)…… 네 공명으로 가난 질이니 혼치 못호나 다맛 쳘 니 밧게 가니 부모 무음이 셜어할 분 아니라 그 싸의 도적이 만니 이러난다 호니 글노 염여 호노라 좌스 고왈 이번 가옵난 길의 우흐로 나라를 위호여 빅셩을 진무호고 아리로 양왕의 구혼을 거절코져 호미니 부모임은 염여 마르쇼셔[37]

숙향과 혼인한 이선에게 양왕이 사람을 보내 매향과의 혼인을 재촉하자, 이선은 도적떼가 창궐(猖獗)하는 형주(荊州) 지방의 자사(刺史)로 자원(自願)해 부임한다. 위의 인용문은 이 임지로 떠나기에 앞서 이선이 부친인 이상서와 나눈 대화의 일부다. 이 대화의 내용을 통해, 이선이 자청하여 험지(險地)로 부임하는 것이 양왕의 구혼을 거절하고자 하는 의도에서 비롯되고 있음을 알 수 있다.

양왕의 청혼을 거부하기 위해 이선이 겪는 고난이 그의 사통죄를 속죄하는 차원의 징벌이라는 점을 감안할 때, 이선의 이와 같은 험지 부임은 사통죄의 속죄 단락을 구성하고 있는 종속적인 고난이라고 보아도 무방하다 하겠다.[38] 그리고 이 종속적인 고난은 이선이 겪어야만 되는 핵심적

---

37) 이대본 「숙향전」, 150~151면.

38) 이 과정은 숙향이 다섯 번의 죽을 액을 겪는 동안에 도움을 주었던 존재들에게 일일이 은혜를 갚고, 잃어버린 부모를 만나는 사건을 중심으로 전개되고 있다. 따라서 이 과정에서 이선의 고행은 크게 부각되지 않고 있다. 그러나 이선의 이 험지 부임이 양왕의 청혼을 피하고자 하는 의도에서 비롯되고 있다는 점을 감안할 때, 이 과정이 비록 숙향에게는 그 나름대로의 또 다른 의미가 있겠으나, 이선에게 있어서 이 과정은 하나의 시련과정이라고 볼 수 있다.

인 고난을 이끌어 내는 발판 구실을 한다.

② 부부기 고난과 선계를 통한 정화

천상에서 저지른 사통죄를 속죄하기 위해 이선은 봉래산이라는 선계(仙界) 공간에 들어가 선약(仙藥)을 구해 와야만 하는 고행길을 걷게 된다. 이 고난 과정은 이선이 숙향과 혼인한 이후를 시간적 배경으로 전개되고 있다. 이처럼 이선의 본격적인 고난 단락은 부부기(夫婦期)에 이루어지고 있기 때문에, 이선의 고난 단락은 부부기 고난이라 할만하다.

앞에서 이미 언급하였듯이, 이선은 천상에서 설중매와 혼인한 위치에 있으면서도 월궁소아(숙향)와 정을 주고 받아 죄를 범하였다. 이 사통죄의 죄값을 치루기 위한 이선의 고난 시기가 숙향처럼 유년기나 혼인기가 아닌 부부기로 설정되고 있는 것은 당연하다 하겠다. 숙향이 도둑이 아닌데도 도둑으로 몰리고, 창녀가 아닌데도 창녀로 취급당하는 고난을 통해 신물사취죄와 남녀상희죄에서 정화되었듯이, 이선은 부인 이외의 다른 여인에게는 정을 주지 않는 지순한 삶을 살려하다가 그로 인해 고난을 겪으면서 사통죄에서 정화되고 있는 것이다. 이 같은 정화 과정을 거치기 위해서는 이선의 고난 단락이 당연히 부부기(夫婦期)이어야만 하는 것이다.

사통죄의 속죄를 위한 이선의 부부기 고난 단락을 구성하고 있는 핵심적인 고난은 구약 고행이다. 이선이 자청하여 형주 자사로 부임하면서 자신의 구혼을 거절하자, 양왕은 이선이 아닌 다른 곳에서 택서(擇壻)하고자 한다. 그러나 양왕의 딸인 매향은 이선이 아닌 다른 사람에게는 절대로 혼인하지 않겠다는 의사를 부친에게 밝히고, 이에 양왕은 할 수 없이 황제의 도움을 빌어 두 사람의 혼인을 성사시키고자 한다.

황제 가라스디 그러호면 경의 녀식의 정절이 빙셜 갓호니 쯘치 못호려니와 니션니 어진고로 스람마다 셤기고져 호며 쪼 니션의 벼슬이 효공이 되어시니 두 부인을 뚤지라 위왕은 허락호라 위왕이 복지 쥬왈 황공호옵거니와 셩숭게옵쇼 황제 즉시

니션을 피쵸ᄒ신더 션니 발셔 이 일을 알고 칭병ᄒ거날 정열부인 왈 황명이 지즁ᄒ더 칭병은 무슴 연고잇가 승셔 왈 오날 양왕이 죠회ᄒ난더 나를 부르시니 다른 일 아니라 양왕의 혼ᄉ를 일정 어젼의셔 젼코져 ᄒ미니 난쳐ᄒ여 가지 아니 ᄒ나이다 ……(즁략)…… 황제 어의를 보너여 치병ᄒ거날 승셔 병든체 ᄒ고 어의를 보니 어의 도라와 쥬왈 쵸공의 병이 즁치 아니ᄒ더이다 황제는 줌줌ᄒ시나 양왕은 가즁 진로ᄒ더라[39]

위의 인용문이 보여주듯이, 매향과의 혼인을 어전에서 결정하고자 황제가 자신을 초치하는 것을 눈치 챈 이선은 병을 핑계로 나가지 않는다. 그러나 이선이 자신의 청혼을 병을 핑계삼아 거절하고 있음을 눈치챈 양왕은 이선에게 악의를 품게 되고, 결국 이선은 양왕의 천거로 황태후의 병을 치료할 선약을 구해 올 사람에 뽑혀 고행 길에 나서게 된다. 숙향이 천상죄를 면하기 위해 다섯 번의 죽을 액을 겪어야 했듯이, 이선도 사통죄의 속죄를 위해서는 죽음과도 같은 고행을 겪어야만 하는 것이다.

그리하여 이선은 바다를 거쳐 봉래산에 이르기까지 여러 차례의 죽을 고비를 만나게 된다. 그러나 이선은 이러한 위기 상황을 용자(龍子)나 선인(仙人) 등 초월적인 존재들의 도움으로 극복하면서 마침내 선약을 구해 가지고 선계에서 나오게 된다. 이러한 '선계에 들어갔다 나옴'은 숙향이 '물에 빠졌다 나옴'과 '옥에 갇혔다 나옴'의 과정을 통해 천상죄에서 완전히 정화되었던 것처럼, 이선이 사통죄로부터 정화되기 위해서 반드시 거쳐야만 하는 일종의 속죄적 통과의례(通過儀禮)인 것이다. 이런 점에서 선계는 숙향에게 있어서의 정화 공간인 강(물)과 옥에 견줄 수 있는 이선의 정화 공간이라 하겠다.

이처럼 죽음의 위기 상황이 계속되는 험난한 구약 고행을 통하여 이선의 사통죄는 소멸되면서 그도 숙향처럼 천상죄로부터 완전히 벗어나 본래의 천성(天性)을 회복한다. 그리고 사통죄로부터 완전히 정화된 후에 이

선은 옥황상제가 맺어준 대로 매향을 둘째 부인으로 맞아들이게 된다.

4. 고난 구조에 내포된 결연 의미

1) 대립적 혼인 양상

「숙향전」에는 두 쌍의 대립적인 혼인이 이루어지고 있다. 하나는 숙향과 이선의 혼인이고, 다른 하나는 이선과 매향의 혼인이다. 「숙향전」에서 이 두 혼인은 근본적으로 그 성격을 달리하는 혼인 형태로 그려지고 있다.

다음에서는 이 대립적인 두 혼인 유형의 구체적인 양태와 그 양자의 대립을 통해 작가가 독자에게 전하고자 하는 메시지는 과연 어떤 것인지에 대해 검토해 보기로 한다.

(1) 고난과 혼인과의 관련성

「숙향전」에서 실현되고 있는 숙향과 이선, 그리고 이선과 매향의 혼인은 모두 옥황상제에 의해 마련된 것인데, 이들 혼인에는 숙향과 이선의 속죄적 고난이 수반되고 있다.

> 용녀 답왈 ……(중략)…… 어제 용왕이 옥경 조회 가습다가 옥뎨게옵셔 전교ᄒ시되 월궁소이 득죄ᄒ고 인간의 귀양 보니여 반야산의 도젹 만나 죽을 익을 당ᄒ고 낙양 옥즁의 갓치여 죽을 익을 본 후의야 터을션을 만나 니 ᄌ 일 녀를 쑤고 귀히 되리라 ᄒ시고[40]

---

40) 이대본 「숙향전」, 39면.

위의 장면은 옥황상제가 예정해 놓은 숙향의 일생을 표진강 용녀가 그녀에게 들려주고 있는 대목이다. 용녀의 입을 빌어 숙향에게 전달된 옥제의 전교(傳敎) 대로, 숙향은 다섯 번의 죽을 액을 거쳐야만 이선과의 결연(結緣)을 정식으로 인정받게 된다. 그리고 이선 역시 험지(險地) 부임의 시련과 구약 고행의 고난을 겪은 후에 매향과 혼인하게 된다. 이처럼 숙향과 이선이 겪는 고난의 과정은 한편으로는 천성(天性)을 회복하기 위한 속죄적 정화과정(淨化過程)이면서, 동시에 다른 한편으로는 결연(結緣)에 이르는 과정이기도 한 것이다.

그런데 여기서 주목해야 할 점은 숙향이 겪는 고난이 이선과의 결연을 이루기 위한 것인데 비해, 이선이 겪는 고난은 그가 결과적으로는 매향과 혼인을 하기는 하지만, 일단은 매향과의 혼인을 거부하기 위한 것이라는 사실이다. 이처럼 숙향의 고난이나 이선의 고난은 그것들이 궁극적으로는 모두 결연에 이르는 방편이라는 점에서는 그 성격을 같이 하지만, 하나는 혼인 성취를 위한 고난이요, 다른 하나는 혼인 거부를 위한 고난이라는 점에서는 이질적(異質的)인 모습을 보여준다.

① 혼인 성취를 위한 고난

「숙향전」에서 숙향의 고난은 이선과의 혼인 성취를 지향하고 있는 고난이다. 숙향은 숙명적으로 다섯 번의 죽을 액을 겪어야만 이선과 맺은 부부의 연을 공인 받게 되고, 그래야만 헤어진 부모도 상봉할 수 있었다.

> 션녀 디왈 ……(중략)…… 부인니 천승의 득죄ᄒᆞ올제 다섯 번 익을 보게 ᄒᆞ지라 이제 세 번 익을 지너ᄉᆞ오나 이 압희 두 번 익이 잇ᄉᆞ오니 죠심ᄒᆞ옵소셔 슉향이 놀나 왈 ᄯᅩ 무신 익이 잇난요 션녀 왈 노젼의 가 화지를 보시고 낙양 옥즁의가 슈형할 일을 보시고 반련 공방을 지너신 후의야 틱을셩군을 뫼와 영화를 보시고 인ᄒᆞ여 부모를 만나 보시리다 슉향이 눈물 흘여 왈 이젼 지넌 고ᄉᆞᆼ도 싱각ᄒᆞ면 쳔지 아득ᄒᆞ거든 이제 ᄯᅩ 두 익이 잇다 ᄒᆞ니 즁ᄎᆞ 엇지 ᄒᆞ며 즁승승 부인니 나의 익미ᄒᆞ

줄 아라 게시면 반다시 나를 싱각고 실허 흐실지라 이제 다시 그곳의 가 압히 오난 두 익을 면코져 흐노라 선녀 왈 흐날이 니무 정흐신 일이요 쏘 티을셩군을 못 만닐 것이요 션군을 못 만나면 부모를 이싱의셔 못 만날 거스니 즈연 가실 곳지 잇스오리다41)

위의 인용문은 세 번째의 액땜을 한 숙향이 향후의 두 죽을 액을 피하려 하자, 선녀가 그녀에게 이른 말이다. 선녀의 말에서처럼 숙향의 고난은 이선과의 혼인에 이르기 위한 전제 조건인 것이며, 부모와 상봉하기 위해서도 그녀는 이 혼인을 반드시 이루어내야만 하는 것이다.

② 혼인 거부를 위한 고난

이처럼 숙향의 고난이 결연 성취를 위하여 천정배필(天定配匹)을 찾아가는 고난임에 반해, 이선이 겪는 고난은 오히려 천정배필을 거부하다가 겪게 되는 고난이다.

선관 왈 능이션은 인간 검전이니 그디의 쳐부모 되엿고 셜즁민난 양왕의 쏠이니 그디의 둘지 부인니 되리라 ……(중략)…… 숭셔 왈 인간의셔 양왕의 혼인을 거졀고져 흐다가 이런 고힝을 당흐여 거니와 죽어도 흐날이 정혼 일니라 도망치 못흐리로다42)

위의 인용문은 구약 고행과정에서 매향과의 혼인이 천정혼(天定婚)임을 알고 이선이 한 독백이다. 이 독백의 내용에서 드러나듯, 이선의 고행은 숙향의 고난과는 달리 결연 거부로 인해 야기된 고난이다.

---

41) 이대본 「숙향전」, 40~43면.
42) 이대본 「숙향전」, 210~211면.

(2) 혼인의 대립 양상

이와 같이 「숙향전」에서 숙향과 이선이 겪고 있는 고난을 그들의 결연과 관련하여 고찰해 보면, 그들 고난은 각기 결연 성취를 지향하는 고난과 결연 거부를 지향하는 고난이라는 차이점을 드러내고 있다. 이러한 두 고난의 대립적인 차이가 의미하는 바를 이해하기 위해서는 「숙향전」에 제시된 두 쌍의 혼인 실상을 검토해 볼 필요가 있다.

다음에는 「숙향전」에 그려지고 있는 이러한 두 쌍의 대립적인 혼인의 양상을 보다 구체적으로 살펴보기로 한다.

전술한 바와 같이, 「숙향전」에서 숙향과 이선의 혼인이나, 또는 이선과 매향의 혼인은 모두 옥황상제에 의해서 운명 지워진 천정혼(天定婚)의 양상을 보여준다. 그러나 이 두 쌍의 혼인 모습에서 천정(天定)이라는 거플을 벗겨낼 경우, 이들 두 천정혼은 전혀 상반되는 지상적(地上的)인 혼인 형태를 드러낸다.

① 자유혼과 중매혼의 대립

우선 이 두 혼인은 배우자 선택 방식에서 상대적 면모를 보여준다. 비록 천의(天意)임을 내세우고는 있지만, 숙향과 이선은 자신의 의지에 따라 배필을 정하고, 또 결연에 이르게 된다. 이들에게 중요한 것은 오로지 하늘이 정해준 배필을 찾는 일이요, 부모의 허락 여부는 이들에게 있어서는 중요한 문제가 되지 않는다.

> 할미 왈 소이난 본더 월궁선녀로셔 승뎨 압히 근시ᄒ난 티을션군으로 더부러 글 지어 화답ᄒ고 옥퇴의 약을 도젹ᄒ여 쥰 죄로 조심ᄒ 병신니 되엿다 ᄒ더이다 니랑 이 ᄒ슴 짓고 왈 연분이 지즁ᄒ면 병인이라도 엇지 관게 ᄒ리요 할미난 소이 잇난 곳만 가라치라 닉 ᄎ즈 보리라 할미 왈 비록 ᄎ즈도 그런 병인을 엇지 승셔 딕 메나리 삼으리요 괴로이 ᄎ지 마르쇼셔 니랑 왈 부모 허치 아니 ᄒ시고 공후부가의 취쳐 ᄒ라 ᄒ여도 나는 굿터여 소이 아니면 밍셔코 취쳐치 아니 ᄒ리라 소이 잇난

곳과 셩명을 즈세 가라치쇼셔[43]

위의 대목은 이선이 숙향을 찾고자 이화정에 들러 마고 할미와 주고
받은 대화의 내용이다. 이 대화의 내용이 보여 주듯, 숙향과 이선의 혼인
은 양가 부모의 의사와는 상관없이 결연 당사자만의 의지에서 비롯되고
있는 것이다. 뿐만 아니라 이선은 학업 중임을 구실로 이 혼인 사실을 부
모에게 알리지도 않고, 숙모(叔母)를 주혼(主婚)으로 하여 혼례를 치룬다.
이러한 혼인의 양태는 바로 자유혼(自由婚)·연애혼(戀愛婚)이다. 이렇듯 숙
향과 이선의 결연은 천정(天定)이라는 거플을 벗겨내면, 자유혼·연애혼의
모습을 지니고 있는 것이다.

숙향과 이선의 혼인이 지상적(地上的) 의미에서 자유혼·연애혼의 모습
을 보여주고 있음에 비해 이선과 매향의 혼인은 지상적 의미에서 보면 중
매혼(中媒婚)의 모습이다.

잇떠 양왕은 황제 제 숨제니 다맛 혼 쏠을 쑤어시되 인물과 힝실이 비범ᄒ고 글을
잘 ᄒ난지라 보난 ᄉ람드리 칭찬ᄒ되 녀즁 군즈라 ᄒ더라 니 낭즈 잉타할 제 부인 꿈
의 혼 노인니 이르되 봉ᄂ산 셜즁미 쩌러져시니 어엽비 싱각ᄒ라 과연 그 달붓터 ᄐ긔
잇셔 십ᄉ 만의 혼 쏠을 나ᄒ니 꿈을 응ᄒ여 일홈은 미향이라 ᄒ고 즈난 봉ᄂ션녀라
ᄒ다 졈졈 즈리미 범ᄉ 비범ᄒ더라 양왕 부쳐 ᄉ랑ᄒ여 틱셔 ᄒ기를 가중 심시더니 니
션의 지조를 듯고 양왕이 친니 가 위왕을 보고 구혼ᄒ더 위왕이 허ᄒ거날 양왕이 더히
ᄒ여 도라와 부인과 낭즈다려 니션의 지죠를 즈랑ᄒ고 혼슈를 쥰비ᄒ더나[44]

위의 인용문은 양왕과 이상서에 의해 매향과 이선의 혼인이 결정되는
대목이다. 여기에서 드러나듯 이선과 매향의 혼인은 결연 당사자의 의사
와는 상관없이 양가(兩家)의 혼주(婚主)인 가부장(家父長)의 의사에 따라 결
정되고 있는 것이다.

---

43) 이대본 「숙향전」, 83~84면.
44) 이대본 「숙향전」, 184~185면.

② 반혼과 동일 계급혼의 대립

이처럼 이선과 숙향, 그리고 이선과 매향간의 혼인을 지상적 혼인의 시각에서 보았을 때, 그 양자는 배우자 선택 방식에 있어서 연애혼(자유혼)과 중매혼의 대립적 양상을 보여준다. 뿐만 아니라 그 두 혼인은 배우자의 신분면에서도 대립적인 모습을 보여준다. 그러한 신분상의 대립상은 반혼(班婚)·민촌혼(民村婚)과[45] 동일 계급혼의 마찰이다.

「숙향전」에서 숙향은 본래는 사족(士族) 출신이었지만 난중(亂中)에 고아가 되고, 여기서 더 나아가 주모인 마고 할미에 의탁하여 술집에서 생활하기에 이른다. 그리하여 그녀는 주변 사람들에게 미천한 신분의 여인으로 인식되어진다.

> 할미 왈 흔나흔 병부시랑 황권의 녀주로되 나히 스세요 쏘 흔나흔 간의틱부 지담의 녀주로되 나히 십팔 세요 쏘 흔나흔 비러 먹는 아희로되 나히 십뉵 세라 제 부모의 근본은 모로더이다 너 늘근 몸이 구츠흐물 싱각지 아니흐고 공주를 위흐여 단니오며 구혼흐니 다 허락흐오되 다맛 비러 먹는 아희 말이 너 비필은 요지의셔 일은 진쥬 어든 스람이라야 비필이 될 거시니 그 진쥬를 보와야 허흐려 흐더이다 니션니 듯고 반겨 왈 비록 비러 먹어나 이 아희 진실노 소이로다 어난 곳의 잇던 요[46]

위의 장면은 숙향을 찾아 달라는 이선의 부탁에 따라 마고 할미가 '숙향'이라는 이름을 가진 세 명의 여자를 이선에게 소개하고 있는 대목이다. 이선은 이 세 명의 숙향 중에서 병부시랑이나 간의태부처럼 지체 높은 집의 여자를 마다하고, 부모의 근본도 모르는 '비러먹는 아희'를 배우

---

45) 전통 사회에서 상민이 양반과 혼인한 것은 '반혼(班婚)'이라고 하고, 양반이 상민과 혼인하면 '민촌혼(民村婚)'이라고 했다. 「숙향전」에서 숙향과 이선의 혼인은 숙향을 기준으로 보면 '반혼'이고, 이선을 기준으로 보면 '민촌혼(民村婚)'이라 하겠다.(박병호, 『한국의 전통사회와 법』, 서울대 출판부, 1985, 152면 참조)

46) 이대본 「숙향전」, 101면.

자로 선택한다. 이선의 숙모 역시 숙향이 '근본 업난 아희'인 줄 알면서도 이선과 숙향의 혼사를 주관한다.

> 션니 이 말슘을 듯고 이젼 일과 할미 말슘을 고ᄒ니 부인니 칭촌 왈 그러나 네 부친은 셩품이 남 다르니 필련코 근본 업난 아희를 메나리 슴을 쥴 모르니 엇지 ᄒ리요 션니 ᄶᅮ러 고왈 죽괴난 쉽ᄉ오되 숙향을 바리고 다른 비필은 졍치 못ᄒ리로쇼이다 부인 왈 네 과거ᄒ여 벼슬이 놉푸면 두 부인을 뜰 만ᄒ고 네 부친니 황셩 가고 아니 게시니 이번 혼인은 니 주혼ᄒ고 둘지 부인은 네 부친니 쥬혼ᄒ게 ᄒ리라 니션니 깃거 ᄉ례 왈 숙모임 덕분의 평싱 원을 푸러 쥬옵쇼셔[47]

이처럼 숙향이 이선과 맺은 결연은 현실적으로는 상민과 양반간에 이루어진 반혼(班婚)의 모습을 지니고 있다. 그러나 이선과 매향의 경우는, 양가의 신분에서 그다지 큰 차이를 보이지 않는다. 이선의 부친은 병부상서의 벼슬을 지낸 후 위왕에 봉해졌고, 매향의 부친은 황제의 아우인 양왕이다. 따라서 이들의 혼인은 동위신분(同位身分) 사이에서 맺어진 동일계급혼의 결연 양상을 보여준다.

2) 고난 구조에 내포된 결연 의미

「숙향전」에는 천정혼(天定婚)의 틀 속에 두 쌍의 지상적(地上的)인 혼인 형태가 대립적으로 존재하고 있다. 그것은 자유혼(自由婚)과 반혼(班婚)의 성격을 지닌 하나의 혼인 형태와 이것에 대립하는 중매혼(中媒婚)과 동일계급혼의 성격을 지닌 또 하나의 혼인 형태다. 그런데 「숙향전」에서 숙향이 겪는 고난은 자유혼(연애혼)·반혼(민촌혼) 형태의 혼인을 성취하고자 겪는 고난인 반면에, 이선이 겪는 고난은 중매혼·동일 계급혼 형태의 혼인을 거부함으로써 당하게 되는 고난이었던 것이다. 이러한 점으로 미루어

---

47) 이대본 「숙향전」, 104~105면.

볼 때, 숙향과 이선의 고난 속에는 자유혼(연애혼)·반혼(민촌혼) 형태의 혼인 방식을 긍정하고, 중매혼·동일 계급혼 형태의 혼인 방식을 부정하는 의미가 담겨져 있음을 알 수 있다.

잘 아는 바대로, 조선조 사회에서 합법적으로 인정되었던 결연 방식은 중매혼·동일 계급혼이었으며, 자유혼(연애혼)·반혼(민촌혼) 형태의 결연 방식은 부당시되고 금지되었다. 가부장적(家父長的) 가족제도가 엄격하게 확립되어 있었던 당시의 양반 사회에서는 의혼권(議婚權)이 전적으로 가부장에게 주어져 있었던 것이다. 따라서 조선조 양반 사회에서는 양가의 가장(家長)이 혼인을 결정하는 중매혼이 공식적이고 전형적인 혼인 유형이었으며,[48] 결연 당사자의 자유 의지에 따라 배우자가 선택되는 자유혼은 불법화된 혼인 유형이었다. 뿐만 아니라 당시 양반 사회에서는 통혼(通婚)의 범위가 극히 제한되어 있었기 때문에, 같은 신분간에 이루어지는 동일 계급혼이 공인된 결연 방식이었고, 양반과 상민, 양반과 천민처럼 신분적인 차이가 나는 혼인은 철저히 금지되었다.[49]

이처럼 「숙향전」에서 보여주는 두 쌍의 지상적인 혼인 형태는 조선조 사회에서 불법화된 혼인 형태와 합법화된 혼인 형태다. 결국 「숙향전」에서는 당시에 불법화되었던 자유혼(연애혼)과 반혼(민촌혼)의 혼인 형태가 긍정되고, 당시에 합법화되었던 중매혼과 동일 계급혼의 혼인 형태는 부정되고 있는 것이다.

기실 유교적 혼인 규범에 입각한 중매혼·동일 계급혼은 가부장의 권위와 양가의 신분에 의해 이루어지는 결연 방식이기 때문에 결연 당사자의 애정은 무시되었다. 「숙향전」에서는 결연 거부를 지향하는 이선의 고난을 통해 이같은 유교적 혼인 규범의 부당성을 드러내 보인다.

---

48) 이광규, 『한국의 가족과 종족』, 민음사, 1990, 50~52면 참조
49) 김두헌, 『한국 가족제도 연구』, 서울대 출판부, 1983, 438~445면 참조

부인왈 승공게옵셔 첩을 위ᄒᆞ미오나 신ᄌᆞ 도리의 맛당치 아니ᄒᆞ여이다 군부의 명이 잇스오면 비록 스지라도 피치 못ᄒᆞ거든 ᄒᆞ물며 죠흔 인연을 졍ᄒᆞ려 ᄒᆞ거날 아니 가시미 올치 아니ᄒᆞ여이다 승셔왈 비록 그른 줄 아나 이 일은 거졀함만 갓지 못ᄒᆞ니다[50]

매향과의 혼인을 주선하려고 황제가 이선을 초치하자, 이선은 칭병(稱病)으로 황제의 명에 응하지 않는다. 위의 인용문은 이때 숙향과 이선이 주고받은 말이다. 이선은 황제의 명까지도 거절하면서 매향과의 혼인을 거절하여 고행 길을 자초하고 있는 것이다. 「숙향전」에서는 이러한 이선의 행위를 통해 중세기적(中世紀的)인 혼인 규범이 지니고 있는 모순을 비판하기도 하는 것이다. 그리고 비록 천정연분(天定緣分)을 내세우고 있다는 한계점을 지니고 있기는 하지만, 숙향과 이선의 혼인을 통해 신분 차이를 극복하고 애정을 성취하는 자유혼·반혼의 정당성을 부각시키고 있는 것이다.

부인니 졍싴고 오릭 줌줌ᄒᆞ다가 왈 ……(중략)…… 션을 보고 꿈 말을 이르니 션니 쏘흔 몽스 이러ᄒᆞᆫ지라 반다시 그 스람을 ᄎᆞᆽ 안희를 숨지 못ᄒᆞ면 밍세코 다른 곳의 취쳐치 아니리라 ᄒᆞ거날 ᄂᆡ 헤오되 션니 급졔ᄒᆞ면 두 부인을 어들 거시니 이 스람은 ᄒᆞ날이 졍ᄒᆞᆫ 비필이라 금번 혼스난 ᄂᆡ 쥬혼ᄒᆞ고 둘지 혼스는 승셔 쥬혼할 줄노 게집 싱각이 미련ᄒᆞ여 가부야니 힝하엿시니 비록 잘못ᄒᆞᆫ 일이라도 나를 보고 칙할 거시어날 이제 무죄한 스람을 즁ᄒᆞ의 죽이려 ᄒᆞ니 그 스람은 죽으려니와 후세의 남의 시비를 엇지 감당ᄒᆞ려 ᄒᆞ난요 시비업난 나를 죽이라 ᄒᆞ고 무슈이 칙ᄒᆞ니 승셔 ᄒᆞᆫ 말슴도 디답지 못ᄒᆞ고 엿ᄌᆞ오되 누우님이 쥬혼ᄒᆞ신 줄은 젼혀 모로옵고 져졈게 양왕이 구혼ᄒᆞ기로 허락ᄒᆞ여숩더니 그후 듯스오니 션니 제 ᄆᆞ옴ᄃᆡ로 부모를 속여 빈쳔ᄒᆞᆫ 게집으게 중가 드러 침혹ᄒᆞ여 병드러 죽긔 되엿단 말슴이 조졍의 낭ᄌᆞᄒᆞ여 시비 크게 이러나미 분ᄒᆞ물 익이지 못ᄒᆞ여 낙양 영으게 긔별ᄒᆞ여 죽이라 ᄒᆞ엿나이다 부인 왈 부뷔난 쳔졍ᄒᆞᆫ 일이니 이졍은 쳔쳡이 업난지라 황제도 졍궁을

---

50) 이대본 「숙향전」, 188면.

페흐시고 후궁을 마즈스니 션니 비록 부모 모로기 취처흐여시나 엇진 연고로 조정
의 시비 잇시리요51)

위의 인용문은 이선의 부친인 이상서와 이선의 숙모 사이의 대화로, 그
들의 말 속에는 유교적(儒敎的) 혼인관(婚姻觀)과 여기에 반하는 혼인관의
대립 양상이 극명하게 표출되고 있다. 이상서가 가지고 있는 혼인에 대한
인식은 조선조 양반들의 보편적 사고의 틀에서 머물고 있다. 그러나 이선
의 숙모가 보여주는 혼인에 대한 인식은 중세기적인 혼인 규범에서 벗어
나 있다.

이상서는 '션니 제 ᄆᆞᆷ디로 부모를 속여' 배우자를 선택하여 가부장제
적 가족 질서를 깨뜨렸으며,52) 또한 '빈쳔한 게집으게 즁가 드러' 동일 신
분이 아니면 혼인할 수 없는 계급적 내혼제를 어겼기 때문에53) 이선과 숙
향의 혼인을 결코 용납할 수 없다는 입장을 보인다. 이러한 이상서의 혼
인관은 바로 중세기적인 혼인 규범이며, 조선조 사회의 유교적 혼인관인
것이다.

이에 비해 이선의 숙모는 여기에 반대되는 입장을 보인다. 우선 그녀는
'익졍은 쳔쳡이 업난' 것이라고 하여 신분의 차이가 남녀의 애정을 가로
막을 수 없다는 애정 중심적인 사고를 지니고 있으며, 이러한 사고는 동
일 신분간의 혼인을 강조하는 중세기적 혼인관과는 다르다. 또한 그녀는
'션니 비록 부모 모로기 취쳐흐여' 중매혼이 아닌 자유혼 형태의 결연을
하였으나, '반다시 그 스람을 츠즈 안히를 숨지 못흐면 밍세코 다른 곳의
취쳐치 아니리라'는 의지와 애정이 있으면 그것은 그다지 문제될 수 없다

---

51) 이대본 「숙향전」, 118~119면.
52) 김일렬, 『조선조 소설의 구조와 의미』, 형설출판사, 1984, 263~270면 참조
53) 조선조 유교 사회에서 통혼(通婚)의 계급적 제한은 매우 엄격하여 혼인은 같은 계급에서만
    성립될 수 있었다. 이러한 제한을 어긴 혼인은 낙혼(落婚), 강혼(降婚), 또는 앙혼(仰婚)이라
    하여 부당시되었다.(김두헌, 앞의 책, 440면 참조)

는 태도를 취하기도 한다. 이처럼 그녀의 혼인관은 탈중세기적(脫中世紀的)이다. 「숙향전」은 이 같은 이선 숙모의 말을 통해 유교 규범에 입각한 당시의 혼인 제도를 비판하기도 하는 것이다.

이상에서 살펴본 바와 같이 「숙향전」에서는 조선조 사회에서 합법화되었던 중매혼·동일 계급혼의 혼인 형태가 비판되고, 당시에 불법화되고 있었던 자유혼(연애혼)·반혼(민촌혼)의 혼인 형태가 합리적 결연 방식으로 수용되고 있는 것이다. 이러한 점이 바로 「숙향전」의 고난 속에 내포되어 있는 또 하나의 중요한 의미인 결연 의미인 것이다.

「숙향전」이 출현한 조선조 후기에는[54] 유교적 규범에 대한 회의와 더불어 신분제의 동요가 일어나게 되고, 가부장의 권위도 약화되는 추세를 보이게 된다. 「숙향전」이 지향하고 있는 자유혼(연애혼)·반혼(민촌혼)적인 혼인관은 이러한 조선조 후기의 시대적 분위기를 적절하게 반영하고 있는 것으로 보아진다. 그리고 「숙향전」이 함축하고 있는 이 같은 탈중세기적인 혼인관은 이 작품을 당시 여성 독자들로부터 상당한 인기를 받게 만든 요인 중의 하나로 작용했으리라 짐작된다.

5. 맺음말

이상에서 본고는 「숙향전」에 있어서 고난의 생성 원리는 무엇이며, 작품에 그려지고 있는 고난의 양상과 그 의미는 어떠하며, 아울러 결연과 관련하여 고난 속에 함축되어 있는 의미가 무엇인지에 대해 살펴보았다. 지금까지 논의된 내용을 요약·정리해 보면 다음과 같다.

「숙향전」에서 남녀 주인공인 숙향(淑香)과 이선(李仙)이 겪는 일련의 고

---

[54] 조희웅은 「숙향전」의 형성 연대를 17세기 말에서 18세기 초로 추정한 바 있다.(조희웅, 앞의 논문 참조)

난은 작품 내용의 중추를 이루고 있다. 그런데 이러한 고난은 그들이 천상에서 지은 죄에서 기인한다. 그들은 이 천상죄(天上罪)로 인해 지상으로 적강하고, 그 죄의 대가로 고난을 겪게 된다. 이 고난은 그들이 저지른 천상죄를 소멸시켜 그들의 손상된 천성(天性)을 회복시키고 그로 인해 그들이 다시 본향(本鄕)인 천상계(天上界)로 복귀할 수 있도록 하는 속죄적(贖罪的) 정화의식(淨化儀式)이다.

「숙향전」에서 숙향이 겪는 고난의 생성 원리는 남녀 상회와 신물 사취를 용인하지 않는 천상 질서를 깨뜨린 것으로서, 이 점에 대해서는 그간 학계의 논의가 충분하게 진행되었다. 숙향은 천상에서 월궁소아(月宮小娥)로 있을 때, 이선의 전신인 태을선군(太乙仙君)과 글 지어 화답하고, 그에게 옥제의 월연단(月緣丹)을 훔쳐다 주었다. 이 남녀 상회죄와 신물 사취죄로 인해 숙향은 지상으로 적강하여 고난을 당하였던 것이다.

그러나 이러한 숙향의 천상죄는 이선이 겪는 고난의 생성 원리와는 무관하다. 이선은 천상에서 설중매(雪中梅)와 혼인한 신분임에도 불구하고 월궁소아와 희롱함으로써 사통죄(私通罪)를 범했고, 이 죄로 인해 그는 지상에서 고난을 겪어야 했던 것이다. 따라서 「숙향전」의 고난 양상을 보다 합리적으로 이해하기 위해서는, 이선의 고난을 생성하는 기본 원리로서 사통죄라는 천상 죄목을 새로이 추가해야 타당하다 하겠다.

「숙향전」의 고난 구조는 크게 숙향의 고난과 이선의 고난으로 구성되어 있다. 숙향과 이선은 이 고난을 통해 그들은 천상죄를 속죄하여, 본래의 죄없는 천성(天性)을 회복하게 된다. 남녀 상회죄와 신물 사취죄를 속죄하기 위해 예정된 숙향의 고난은 다섯 번의 죽을 액으로 구성되어 있으며, 사통죄의 속죄를 위한 이선의 예정된 고난은 구약(求藥) 고행의 과정으로 전개된다.

숙향의 다섯 번의 죽을 액은 크게 두 개의 단락으로 구분된다. 그 첫째의 고난 단락은 유년기(幼年期) 고난으로, 이 고난 단락의 핵심적인 고난은 숙향이 장승상 댁의 가보(家寶)인 금봉채(金鳳釵)와 옥장도(玉粧刀)를 훔쳤다는 도둑 누명을 쓰고 표진강에 빠지는 것이다. 이러한 고난은 천상에서 그녀가 옥제의 월연단을 훔친 죄에 대한 징벌이며, 이 고난 단락에서 숙향은 '물에 빠졌다 나옴'의 상징적 사건을 통해 신물 사취죄로부터 완전히 정화된다. 숙향의 둘째 고난 단락은 혼인기(婚姻期) 고난으로, 이 고난 단락에서는 남녀 상희죄가 소멸된다. 이 혼인기 고난 단락의 핵심적인 고난은 숙향이 이선을 유혹한 창녀라는 누명을 쓰고 옥사(獄死)의 위기에 처하는 것이다. 숙향이 이 같은 고난을 겪는 것은 그녀가 천상에서 이선을 유혹하여 남녀 상희죄를 저질렀기 때문이다. 숙향은 이 고난을 겪고서야 남녀 상희죄의 멍에를 벗게 되고, '옥에 갇혔다 나옴'이라는 상징적인 사건을 통해 천상죄에서 완전 정화된다.

　이선의 고난은 숙향과 혼인한 이후에 발단하는 부부기(夫婦期) 고난이다. 그런데 그 고난은 전생(前生)에는 설중매로 그의 배우자였으며, 현생(現生)에는 양왕의 딸인 매향(梅香)과의 혼인을 거부하여 비롯된다. 이선은 천상에서 범한 사통죄의 대가로 지상에서는 지순한 삶을 살아야만 했고, 따라서 그는 숙향을 제외한 다른 여인인 매향과의 혼인을 거부한다. 이로 인해 그는 구약 고행이라는 고난을 겪어야 했으며, '선계(仙界)에 들어갔다 나옴'이라는 상징적인 사건을 통해 그의 사통죄는 소멸된다. 그리고 이선은 옥제가 예정해 놓은 대로 매향을 둘째 부인으로 맞이하게 된다.

　이처럼 「숙향전」은 남녀 주인공이 겪는 다양한 고난을 치밀하게 배열하여 그들의 천상죄를 소멸시켜 나가고 있는 것이다. 이러한 점은 이 작품의 구조적 특징으로 주목되어야 하며, 또한 이 고난 구조는 이 작품에 그려지고 있는 혼인 속에 내포된 의미를 검토하는데 있어서도 중시될 필요가 있다.

　「숙향전」에는 두 쌍의 천정혼(天定婚)이 존재한다. 그런데 이들 천정혼에서 천정(天定)이라는 거플을 벗겨내면, 두 혼인은 배우자의 선택 방식이나 신분면에서 상반되는 지상적(地上的) 혼인 형태를 드러낸다. 즉 숙향과 이선의 혼인은 결연 당사자의 자유 의지에 따라 이루어진 자유혼(연애혼)인 동시에 상민과 양반 사이에 맺어진 반혼(班婚)이다. 이에 비해 이선과 매향의 결연은 양가(兩家)의 가장(家長)에 의해 혼인이 결정되는 중매혼인 동시에 같은 신분간에 이루어진 동일 계급혼이다.

그런데 숙향과 이선의 혼인 형태인 자유혼(연애혼)·반혼(민촌혼)은 조선조 양반 사회에서 금지되었던 결연 방식이고, 이선과 매향의 혼인 형태인 중매혼·동일 계급혼은 당시의 양반 사회에서 합법적으로 인정되던 결연 방식이다. 「숙향전」에서 남녀 주인공이 겪는 고난을 통해 성취되는 혼인 형태는 전자의 결연이며, 반면에 거부되고 있는 혼인 형태는 후자의 결연이다. 이처럼 「숙향전」은 조선조 사회에서 합법화된 중매혼·동일 계급혼을 비판하고, 오히려 자유혼(연애혼)·반혼(민촌혼)의 정당성을 부각시키고 있는데, 이 점이 결연과 관련하여 「숙향전」의 고난 구조 속에 내포되어 있는 의미인 것이다.

이와 같이 「숙향전」의 구조적 특징인 고난 구조는 이 작품의 이해를 위한 많은 단서를 제공하고 있는 것이다. 따라서 「숙향전」의 논의에서 숙향과 더불어 이선의 고난 양상과 그 의미에 대한 검토는 더욱 중시될 필요가 있다 보아진다.

참고 문헌

김두헌, 『한국 가족제도 연구』, 서울대 출판부, 1983.

김일렬, 『조선조 소설의 구조와 의미』, 형설출판사, 1984.

박병환, 「숙향전의 구조와 작가의식」, 『국어국문학』 115호, 국어국문학회, 1995.

박병호, 『한국의 전통사회와 법』, 서울대 출판부, 1985.

서연희, 「숙향전의 서사구조와 그 의미」, 『서강어문』 5집, 서강대, 1986.

성현경, 『한국소설의 구조와 실상』, 영남대 출판부, 1981.

신재홍, 「숙향전의 미적 가치」, 『고소설연구논총』, 다곡 이수봉박사 정년기념, 경인문화
　　　　사, 1994.

심치열, 「숙향전연구」, 『한국언어문학』 제38집, 한국언어문학회, 1997.

양혜란, 「숙향전에 나타난 서사기법으로서의 시간문제」, 『우리어문학연구』 3집, 한국외
　　　　국어대, 1991.

이광규, 『한국의 가족과 종족』, 민음사, 1990.

이상구, 「숙향전의 현실적 성격」, 『고전문학연구』 제6집, 한국고전문학연구회, 1991.

이상택, 「고전소설의 세속화과정 시론」, 『고전문학연구』 제1집, 한국고전문학연구회,
　　　　1971.

장홍재, 「숙향전에 나타난 거북(＝용)의 보은사상」, 『국어국문학』 55·57합병호, 국어
　　　　국문학회, 1972.

─────, 「숙향전」, 『고전소설연구』, 화경고전문학연구회, 일지사, 1993.

정종대, 「숙향전고」, 『국어교육』 59·60합병호, 한국국어교육연회, 1987.

─────, 『염정소설구조연구』, 계명문화사, 1990.

─────, 「숙향전 재고」, 『고전문학 어떻게 가르칠 것인가』, 집문당, 1994.

조동일, 『한국소설의 이론』, 지식산업사, 1977.

조용호, 「숙향전의 구조와 의미」, 『고전문학연구』 제7집, 한국고전문학연구회, 1992.

조희웅, 「국문본 고전소설 형성연대 고구」, 『국민대 논문집』 12집, 국민대, 1978.

황패강, 「숙향전의 구조와 동양적 예정론」, 『고전소설의 이해』, 문학과 비평사, 1991.

멜시아 엘리아데, 『종교형태론』, 이은봉 역, 형설출판사, 1979.

「미인도」의 갈등구조와 작품에 투영된 사회상

1. 머리말

「미인도(美人圖)」는 1913년 회동서관(匯東書館)에서 활자본으로 출간한 신작(新作) 고전소설이다.[1] 주지하는 바와 같이, 1910년대에는 활자본 고전소설 작품들이 활발하게 간행·등장하는데, 그러한 당시의 활자본 고전소설 중에는 기존에 없었던 신작 형태의 고전소설 작품도 존재한다.[2] 「미인도」는 바로 1910년대에 등장한 이러한 신작 고전소설 중의 한 작품이다.

「미인도」는 1913년 초간(初刊)된 이래 여러 차례 중간(重刊)되었고, 그 활자본을 모본(母本)으로 하여 필사된 「미인도」의 자료도 적잖이 현전하고 있다. 이처럼 「미인도」가 활자본으로 수차 간행되었을 뿐만 아니라 필

---

1) 김종철, 「미인도연구」, 『인문논총』 제2집, 아주대, 1991, 36~38면 참조
2) 조동일, 「활자본 구소설의 새로운 작품」, 『한국문학통사 4』, 지식산업사, 1986, 333~340면 참조
  이은숙, 「활자본 신작 구소설에서의 애정소설 연구」, 한국학대학원 석사논문, 1986.
  권순긍, 「활자본 고소설의 간행과 유통」, 『고소설사의 제문제』, 집문당, 1993, 958~959면 참조

사도 비교적 활발하게 이루어지고 있었다는 사실은, 이 작품이 당시에 다수의 독자층을 확보하였던 대중적 인기 소설이었음을 보여주는 바라 하겠다.

그럼에도 불구하고 이 「미인도」는 그동안 학계의 무관심 속에 거의 방치되어 있었으며, 이로 인하여 이 작품에 대한 학계의 연구도 아직은 초보적인 단계에 머물고 있는 것이 사실이다. 또한 그동안 신작 고전소설을 논의하는 과정에서도 이 작품은 제대로 주목을 받고 있지 못한 실정이다. 따라서 「미인도」에 대한 논의는 앞으로 보다 활성화될 필요가 있다 보아지며, 이런 점으로 미루어 볼 때 「미인도」에 대한 문예학적인 연구는 물론이거니와 서지적인 검토 등은 매우 의미 있는 일이라 하겠다.

이에 본고에서는 우선 「미인도」에 대한 본격적인 논의를 위한 기초 작업으로써 「미인도」의 현전하는 자료 실태를 종합적으로 정리 · 검토해 보고자 한다. 「미인도」에 대한 학계의 논의가 아직 본격화되지 않은 시점이기 때문에 이러한 서지적인 고찰은 그 나름대로 중요한 의미를 갖는다 하겠다. 이처럼 「미인도」의 서지적인 실태를 구체적으로 살펴보고자 하는 것이 본고의 첫 번째 의도다.

「미인도」에는 다수의 인물이 등장하여 상호 유기적인 관계를 맺으면서 사건이 전개되어 나간다. 그런데 이러한 서사 사건은 작중 인물의 대립 · 충돌을 근간으로 이루어지고 있으며, 그 인물 대립이 빚어내는 갈등 속에는 이 작품의 중요한 의미를 찾아낼 수 있는 여러 정보들이 담겨져 있다고 보아진다. 본고의 두 번째 의도는 이러한 「미인도」의 주요 작중 인물들 사이에서 빚어지고 있는 갈등의 양상을 검토 · 분석하여, 그 속에 내포되어 있는 의미를 찾아보고자 하는데 있다.

「미인도」는 조선 후기를 시대 배경으로 하고 있는 작품이다. 잘 아는 것처럼, 조선 후기는 중세 봉건질서가 변동 · 해체되던 시기로, 그러한 봉건질서의 변동 · 해체과정 속에서 사회적으로 다양한 변화 양상이 나타나고 있었다. 이러한 조선 후기를 시대 배경으로 설정하고 있는 「미인도」에 수용되고 있는 당시의 변화된 사회상은 무엇이며, 또한 그것이 구체적으로 작품 속에서 어떤 양상으로 구현되고 있는지 살펴보고자 하는 것이 본고의 세 번째 의도다.

이와 같은 검토·분석을 통해 「미인도」의 현전하는 자료의 상황과 그 자료들의 서지적인 면모가 구체적으로 드러나고, 「미인도」가 그려내고 있는 인물 대립의 양상과 그 의미 그리고 작품에 반영되고 있는 조선 후기의 사회상 등이 여실히 밝혀질 것으로 보아지며, 아울러 본고의 이러한 논의가 「미인도」의 작품 세계와 그 문학적 특징을 이해하는데 기여하는 바 있기를 기대한다. 「미인도」의 자료에는 활자본과 필사본이 있는데, 본고에서 작품 분석을 위한 텍스트로 주로 활용한 자료는 정신문화연구원 소장의 필사본 「미인도」다.[3]

2. 자료의 서지적 실상

지금까지 확인된 「미인도(美人圖)」의 자료는 활자본 자료와 6종의 필사본 자료다. 이들 자료는 모두 국문본(國文本)이다. 활자본 「미인도」는 1913년에서 1924년에 걸쳐 8판 인쇄되었으며, 후대적 이본 자료가 1972년에 간행되기도 하였다. 그리고 6종의 필사본 「미인도」는 활자본을 토대로 등장한 자료로 보아진다. 다음에서는 이들 자료의 실태와 그 자료들이 지니고 있는 이본적 차이 및 특징 등에 대해 살펴보기로 한다.

---

3) 이하 정문연본 「미인도」라 칭하기로 한다. 이 필사본 자료는 본문의 내용이나 필체에 있어서 선본적(善本的) 자료라 할만하다.

1) 필사본의 실태와 이본적 차이

현재 확인 가능한 「미인도」의 필사본 자료는 모두 6종이다. 이 6종의 자료는 김동욱본(金東旭本), 「미인도(美人圖)」와 한국정신문화연구원본(韓國精神文化硏究院本) 「미인도」, 강전섭본(姜銓燮本) 「미인도(美人圖)」, 임기중본(林基中本) 「미인도」, 원광대본(圓光大本) 「미인도(美人圖)」 그리고 김종철본 「미인도」 등이다. 다음에는 이 필사본 자료들의 서지 사항을 간략하게 소개하고, 그 자료들이 보여 주는 이본적(異本的) 차이에 대하여 살펴보기로 한다.

(1) 필사본의 실태

현재 확인된 6종의 필사본 「미인도」 자료의 서지 사항을 소개하면 대략 다음과 같다.

▶ 김동욱본 「미인도」

김동욱본 「미인도」는 총 134면(面)으로 되어 있으며, 매면(每面) 10행, 매행(每行) 25자 내외로 필사되어 있는 1책(冊)의 자료다. 이 김동욱본 「미인도」의 권말(卷末)에는 '계히 사월 십륙일'이라는 간지(干支)가 적혀 있다. 이 필사본 자료는 『나손본 필사본 고소설 자료총서』에 영인·수록되어 있다.[4]

▶ 정문연본 「미인도」

한국정신문화연구원본(이하에서는 정문연본으로 약칭하기로 함.) 「미인도」는 총 123면으로 된 필사본 자료다. 매면(每面) 10~12행 정도로 되어 있고,

---

4) 『羅孫本 筆寫本 古小說 資料 叢書』 제9권, 보경문화사, 1971, 1~132면.

매행(每行) 25자 내외로 필사되어 있다. 이 자료는 말미에 '갑자년 첫지로 정월달 십오 명월 보름날'이라고 필사 연대를 부기(附記)해 놓고 있다. 그리고 이 정문연본 「미인도」에는 부록 형태로 「괴똥전」(缺本)을 붙여 놓고 있다.

■▶ 강전섭본 「미인도」

강전섭본 「미인도」는 총 61장으로 된 필사본 자료로, 간지(干支)는 보이지 않는다. 이 자료는 매면(每面) 13~15행 정도며, 매행(每行) 40자 내외로 필사되어 있다.

■▶ 임기중본 「미인도」

임기중본 「미인도」는 뒷부분이 약간 낙장(落張)된 상태로 총 155면 만이 전한다. 이 임기중본 「미인도」는 권말(卷末) 부분이 손실되어 있는 관계로 간지(干支)의 유무(有無)도 확인할 수 없다. 이 자료는 매면(每面) 10행, 매행(每行) 25자 내외로 필사되어 있는데, 『역대가사문학전집(歷代歌辭文學全集)』에 영인·수록되어 있다.5)

■▶ 원광대본 「미인도」

원광대본 「미인도」는 총 124면으로 된 필사본 자료다.6) 이 자료는 '미인도'라는 제명(題名)과 함께 '슯흔쇼셜'이란 용어를 병기(倂記)해 놓고 있다. 원광대본 「미인도」는 매면(每面) 11행, 매행(每行) 20~30자 정도로 필사되어 있다. 그리고 이 필사본의 권말(卷末)에는 '신미(辛未) 정월(正月) 이십일(二十日)'이라고 필사 연대를 적고 있다.

---

5) 임기중편, 『역대가사문학전집』 제23권, 여강출판사, 1992, 325~479면.
6) 이 자료는 정명기 교수가 복사·제공함으로써 확인할 수 있었는데, 남원에 거주하는 백산(白山) 김희두(金熙斗)씨의 장손인 김일곤(金日坤)씨가 1992년에 원광대 도서관에 기증한 자료다.

▶ 김종철본 「미인도」

김종철본 「미인도」는 모두 41장(張)으로 된 필사본 자료로, '을축 연착'이라고 필사 연대를 부기(附記)해 놓고 있다.[7]

(2) 필사 시기의 추정

그런데 현재 전해지고 있는 이러한 필사본 「미인도」의 자료들은 모두 활자본 「미인도」가 회동서관(匯東書館)에서 처음으로 간행된 1913년보다 늦은 시기에 필사된 것으로 추정된다. 앞에서 이미 언급한 것처럼, 필사본 자료 중에는 권말(卷末)에 간지(干支)를 적고 있는 경우가 많은데, 이 간지를 살펴보면 이들 자료의 필사 시기가 대체로 1920년 이후로 나타나고 있기 때문이다.

현전 「미인도」 필사본 자료 중 간지가 적혀 있어 그 필사 연대를 비교적 정확하게 확인할 수 있는 것은 모두 4종이다. 김동욱본 「미인도」는 '게희', 정문연본 「미인도」는 '갑자', 김종철본 「미인도」는 '을축' 그리고 원광대본 「미인도」는 '신미'라는 필사 연대를 권말에 각각 밝히고 있다. 이러한 간지 중 '게희(癸亥)'는 1863년 혹은 1923년으로, '갑자(甲子)'는 1864년 혹은 1924년으로, '을축(乙丑)'은 1865년 혹은 1925년으로 그리고 '신미(辛未)'는 1871년 혹은 1931년으로 일단 상정할 수 있겠다. 그러나 이들 「미인도」 필사본 자료들의 내용을 검토해 보면 이들 필사본 자료의 간지는 1800년대의 시기가 아니라 1900년대의 시기를 가리키고 있음을 알 수 있다.

> 츈영쇼져는 이와 가치 일시 일각이라도 마음을 놋치 못ᄒ고 근심과 걱정에 싸이여 잇으니 얼골인들 오직 쵸쵸 ᄒ엿시리요만은 그리도 옥갓흔 화용월퇴는 감쵸지

---

7) 김종철, 앞의 논문, 34면.

못ᄒ엿던지 어느 여가에 쇼져의 고혼 용모ᄂ 발셔 그 집 안방 아리목에 침자질 ᄒ
고 잇ᄂ 엇던 랑자의 눈동자 속에 불변식 사진으로 역력히 박히여 있다8)

위의 인용문은 병마절도사의 혼인 강권을 피해 남복으로 변착(變着)하
고 도주하던 여주인공 춘영이 방물장사인 황소사의 도움으로 그녀의 집
에 머물다가 황소사의 딸인 장옥심의 눈에 뜨이게 되는 장면이다. 그런데
필사본 자료의 필사 시기와 관련하여 이 인용문에서 주목되는 것은 '불변
식 사진'이라는 어휘다.

잘 아는 바와 같이, 우리 나라에 있어서 사진의 역사는 개항(開港) 이후
인 1880년대에 이후부터 출발하고 있다.9) 이러한 역사적 사실에 비추어
볼 때, 이들 「미인도」 필사본의 내용 중에 등장하고 있는 '불변식 사진'이
란 용어는 이들 자료의 필사 시기가 아무리 빨라도 1880년대보다 앞설 수
없음을 단적으로 보여주는 구체적이면서도 실제적인 증거가 되는 것이다.
그리고 우리 나라에 사진 문화가 시작되기에 앞서 외국인에 의해 이루어
졌던 최초의 사진 촬영도 1870년대 이전으로는 소급될 수가 없는데,10) 이
런 점으로 미루어 보아도 필사본 자료의 간지인 '계해', '갑자', '을축'은
1863년, 1864년, 1865년으로 보기가 어렵다.

이러한 점을 뒷받침해 주고 있는 사실로 주목되는 것은 작품 내에 개
입되어 있는 작가의 목소리다. 「미인도」의 내용 중에는 작가가 직접적으
로 작품 안에 개입하여 작중 사건을 당대적(當代的)인 사실에 견주면서 논
평하고 있는 부분이 간간이 나타나고 있다.11) 그런데 이러한 내용을 통해

---

8) 정문연본 「미인도」, 46~47면.(띄어쓰기는 인용자에 의함. 이하도 같음.)
9) 최인진, 「사진의 전래와 수용」, 국립현대미술관편, 『한국현대미술사(사진)』, 동화출판공사,
   1978, 27~38면 참조
10) 우리 나라에서 최초로 사진이 촬영된 것은 1871년 신미양요 때의 일이다. 이때 미국인에 의
    해서 기록 사진이 촬영된 바 있는데, 이것이 우리 나라 안에서 처음으로 이루어진 사진 촬영
    이었다.(김태한, 「한국사진약사」, 『사진학』, 형설출판사, 1979, 33면 참조)
11) 김종철, 앞의 논문, 37면 참조

서도 이들 필사본 자료의 필사 시기가 근대(近代)에 보다 근접되어 있음을 알 수 있다. 다음에는 필사본 자료의 필사 시기를 엿볼 수 있게 해주는 작가의 논평적 진술의 두 개의 예를 들어 보기로 한다.

> 인간 부부는 싱민의 비로시오 만복에 근원이라 싱젼 영욕과 평싱 고락이 모다 이에 달이엿시니 엇지 남가예혼을 경솔이 하리요 그런고로 근러 죠션에도 문명이 진보되고 풍죠가 유신한 이후로 신공기를 흡슈하고 신지식이 셤부한 가인 제자는 신혼식을 쥬창ᄒ야 남녀가 셔로 보고 면혼함이 죵죵 잇스나 아직도 구십을 기혁치 못한 인사는 면혼함이 예의를 손상한다 하야 비쇼함이 젹지 아니하니[12]

> 지금은 문명이 츳츳 진보되고 인지가 졈졈 기발하야 법률이 발근 시디라 경출이 엄밀ᄒ고 지판이 공평ᄒ야 공후작녹을 가진 귀족 권문이라도 법 박게 힝동을 하지 못하고 여항진민이라고 원억한 일을 페이지 아니홈이 읍시나 그쩌로 말하면 여간 마관 말직이라도 권리를 람용ᄒ야 잔민을 학디함이 젹지 아니 ᄒ야거늘[13]

「미인도」 자료의 필사 내지 이 작품의 형성 시기까지를 짐작케 해주는 이러한 요소들은 간지가 적혀 있는 김동욱본(계힉), 정문연본(갑자), 김종철본(을축), 원광대본(신미) 「미인도」 자료들의 필사 연대가 각기 1923년, 1924년, 1925년, 1931년임을 극명하게 보여준다. 그리고 간지가 보이지 않아 필사 연대를 구체적으로 확인할 수는 없지만, 강전섭본과 임기중본의 「미인도」 자료도 앞에 제시한 자료들의 필사 연대에서 크게 벗어나지 않는 시기에 필사된 것으로 보아 큰 무리가 없겠다.

(3) 자료의 이본적 차이

이처럼 현재 전해지고 있는 필사본 「미인도」 자료들은 대체로 1920년

---

12) 정문연본 「미인도」, 13면.
13) 정문연본 「미인도」, 15면.

대 이후에 필사된 것들이다. 이들 필사본 「미인도」는 이들 자료에 선행(先行)하여 1913년 이후 간행·유통되던 활자본 「미인도」를 그 저본(底本)으로 하여 만들어진 자료들이라 하겠다. 이처럼 필사본 「미인도」의 자료들은 공통모본(共通母本)에 바탕을 두고 필사된 동일 계열의 자료들이기 때문에 본문(本文) 내용에서는 각각의 자료들이 거의 일치하는 모습을 보여주고 있다. 그러나 그럼에도 불구하고 그 자료들 사이에는 엄연히 이본적(異本的) 차이(差異)가 존재하는 것도 또한 사실이다.

① 음운 표기의 차이

현전하는 「미인도」의 필사본 자료에서 가장 빈번하게 나타나는 이본적 차이는 필사자의 개성적인 음운(音韻) 표기방식(表記方式)으로 인해 초래된 표기상(表記上)의 변화다. 「미인도」 자료의 필사자들은 각자의 표기 습관에 따라 모본(母本)을 옮겨 적었을 것인데, 이들이 동일한 본문의 내용을 어떻게 달리 필사하여 각각의 이본적 차이를 만들어 놓고 있는지 살펴보기로 한다.

▶ 김동욱본 「미인도」

츈영소졔의 부모 김진사 닉외는 누디 명문거족이요 가산도 유여ᄒ건마은 ᄒ가 자공이 부족ᄒ여 혼탄으로 지닉더니 사십 후에야 비로소 ᄒ 딸을 두엇난디 불면 날가 쥐면 꺼질가 금지옥엽 갓치 남에 열 아달 부럽지 안이ᄒ게 사랑ᄒ더니[14]

▶ 정문연본 「미인도」

츈여쇼져의 부모 김진사 닉외는 누디 명문거족이요 가산도 유여하건마는 한갓 자궁이 부족ᄒ야 한탄으로 지닉더니 사십 후에야 비로쇼 한 딸을 두엇는디 불면 날가 쥐면 꺼질가 금지옥엽 가치 남의 열 아들 못지 안게 사랑ᄒ더니[15]

---

14) 김동욱본 「미인도」, 3~4면.
15) 정문연본 「미인도」, 4면.

▶ 강전섭본 「미인도」

춘영소제의 부모 김진亽 니외는 뉴더 명문거죡이요 가산도 유여ᄒ것만은 혼갓
즈궁이 부죡ᄒ야 혼탄으로 지니던니 사십 후에아 비로쇼 혼 ᄯᅡᆯ을 두엇ᄂᆞ디 불면 날
가 쥐면 써질가 금지옥엽 갓치 남의 열 아들 뭇지 아니ᄒ계 사랑ᄒ던이[16]

▶ 임기중본 「미인도」

츈영소져의 부모 김진사 너외난 누더 명문거죡이요 가산도 뉴여ᄒ것마난 한갓
자궁이 부죡하야 한탄으로 지나든이 사십 후의야 비로소 한 ᄯᅡᆯ을 두엇난더 불면 날
ᄶᅡ 쥐면 써질ᄶᅡ 금지옥엽 갓쥐 남의 열 아달 뭇지 안이ᄒ계 사랑ᄒ던이[17]

▶ 원광대본 「미인도」

츈영쇼져의 부모 너외 김진亽난 누더 명문거죡이요 가산도 유여ᄒ것만은 혼갓
자궁이 부죡ᄒ야 혼탄의로 지ᄂᆞ더니 亽십 후에 비로쇼 혼 ᄯᅡᆯ을 두엇ᄂᆞ디 불면 날ᄭᅵ
쥐면 써질ᄭᅵ 금지옥엽 갓치 남의 열 아달 못치 아니ᄒ계 亽룽ᄒ더니[18]

② 음절·구절의 차이

필사자들의 개성적인 표기 습관으로 인해 생기게 되는 이러한 음운 표
기의 차이 이외에도 필사본 「미인도」의 이본들 사이에서는 음절(音節)이
나 구절(句節)의 첨가나 생략 또는 변화 등으로 인해 야기된 본문 내용의
차이도 존재한다. 음절이나 구절상에 나타나고 있는 이러한 이본적 차이
도 필사본 자료에서 쉽게 찾아볼 수 있는 현상 중의 하나인데, 다음에는
여기에 해당하는 예문을 제시해 보기로 한다.

▶ 김동욱본 「미인도」

진사 너당에 드러가니 그 부인 홍씨 진사을 바라보고 오날은 무삼 조흔 일 잇셔
희삼이 만안 ᄒ시온잇가 진사 우리 츈영에 빅연가우를 오날이야 완정 ᄒ야스니 엇

---

16) 강전섭본 「미인도」, 2면.
17) 임기중본 「미인도」, 4면.
18) 원광대본 「미인도」, 4면.

지 깁부지 안흐오릿가[19)

▶ 정문연본 「미인도」
진사 니당에 드러가니 그 부인 홍씨 진사를 바러보고 왈 오날은 무삼 죠흔 일이
잇셔 안면에 희식이 져와 갓치 현져하오잇까 진사는 웃는 낫흐로 디답흐되 우리 춘
영의 빅년가약을 오날이야 완정흐얏스니 엇지 깁부지 아니하리요[20)

▶ 강전섭본 「미인도」
진亽 니당의 드러가니 그 부인 홍씨 진亽을 보고 무삼 죠흔 일이 잇셔 안면예
희식이 져와 갓치 현젼흐오잇까 진亽눈 웃고 답왈 우리 츈영의 빅연긔우를 오날이
야 완셩흐야스니 엇지 깁부지 안니흐오릿긔[21)

▶ 임기중본 「미인도」
진셰 니당의 드려가이 그 부인 홍시난 진샤을 바라보고 오날은 무샴 조흔 일니
잇셔 만면의 희식이 져와 갓치 현져흐오릿가 진샤난 웃난 낫으로 디답흔다 우리 츈
영의 빅연가우을 오날이야 완정흐얏스이 엇디 깁부지 안이흐오릿가[22)

▶ 원광대본 「미인도」
진亽 니당에 드러긔니 그 부인 홍씨 진亽을 바라보고 오날은 무슴 죠흔 일리 잇
셔 안면에 히식이 져와 갓치 헌져흐오니깟 진亽난 웃는 낫으로 디답흔다 우리 춘영
의 빅년가우을 오날이야 완졍흐얏스니 엇지 깃부지 아니흐오릿긔[23)

③ 한문투 문장으로 변개
이러한 음운상의 차이, 음절이나 구절상의 차이 외에 필사본 자료에서
는 다소간의 문장의 변화가 일어나기도 한다. 다른 자료들과는 달리 일부

---

19) 김동욱본 「미인도」, 8면.
20) 정문연본 「미인도」, 8면.
21) 강전섭본 「미인도」, 4면.
22) 임기중본 「미인도」, 9면.
23) 원광대본 「미인도」, 9∼10면.

문장을 한문투의 문장으로 변개(變改)시켜 놓고 있는 예를 살펴보기로 한다.

▶ 김동욱본 「미인도」
약간 고셔를 보와 신에을 즘작ㅎ온 바 츙신은 두 임군을 셤기지 안이ㅎ고 열여난 두 지아비을 셤기지 안니ㅎ다 ㅎ엿스니 쳡이 비록 고이에 졀기을 회측지 못ㅎ오나 엇지 두 번 몸을 언약ㅎ리요[24]

▶ 정문연본 「미인도」
약간 고셔를 보와 신의를 짐작하온 바 츙신은 불사이군요 열여는 불경이부라 ㅎ엿시니 쳡이 비록 고인의 졀기를 효칙지 못ㅎ오나 엇지 두 번 몸을 언약ㅎ리요[25]

▶ 강전섭본 「미인도」
약간 고셔을 보와 신의을 짐작ㅎ온 바 츙신은 두 임군을 셤기지 안이ㅎ고 열여는 두 지아비을 셤기지 안니ㅎ다 ㅎ엿스니 쳡이 비록 고인의 졀기을 효측지 못ㅎ오느 엇지 두 벼을 언약ㅎ리요[26]

▶ 임기중본 「미인도」
약간 고셔을 보와 신의을 짐작ㅎ온 바 츙신은 두 임군을 셤기지 안이ㅎ고 열여난 두 지아비을 셤기지 안이ㅎ다 ㅎ엿스이 쳡의 비록 고인의 졀기을 호츅지 못ㅎ오나 엇지 두 번 몸을 언약ㅎ리요[27]

▶ 원광대본 「미인도」
약간 고셔을 보와 신의을 짐작ㅎ온 바 충신은 두 임군을 셤기지 아니ㅎ고 열여는 두 지익비를 셤기지 아니ㅎ다 ㅎ엿스니 쳡이 비록 고인의 졀기을 효칙지 못ㅎ오느 엇지 두 번 몸을 언약홀리요[28]

---

24) 김동욱본 「미인도」, 29~30면.
25) 정문연본 「미인도」, 28면.
26) 강전섭본 「미인도」, 15면.
27) 임기중본 「미인도」, 34면.

위에 제시한 예문이 보여 주듯이, 정문연본 「미인도」를 제외한 나머지 필사본의 내용은 음운, 음절들의 사소한 차이 외에는 거의 동일한 모습을 취하고 있다. 그러나 여타 자료가 대체로 ' 츙신은 두 임군을 셤기지 안이ᄒ고 열여난 두 지아비를 셤기지 안이ᄒ다(김동욱본 「미인도」)'의 문장 형태를 지니고 있는데 비해, 정문연본 「미인도」의 경우는 '츙신은 불사이군요(忠臣不事二君) 열여는 불경이부라(烈女不更二夫)'는 식의 한문투 문장으로 변개되어 있는 것이다. 이러한 변개는 필사자의 고의성(故意性)이 개입된 결과며, 이런 변개 양상은 위의 예 이외에도 정문연본 「미인도」에서 더 찾아 볼 수 있다.

④ 문장의 도치와 누락

이상에서 살펴 본 이본적 차이보다 심각한 본문 내용의 변화는 필사자의 오기(誤記)로 빚어진 부정적(否定的)인 변개(變改) 현상이다. 이런 예는 특히 강전섭본 「미인도」의 본문 내용에서 두드러지게 나타나고 있는데, 문장 순서의 도치(倒置) 양상과 상당한 문장의 생략·누락 현상이 바로 여기에 해당한다.

강전섭본 「미인도」에서 주로 보여지고 있는 바, 필사자의 실수가 빚어낸 본문 내용의 부정적인 변화 중 우선 문장 순서의 도치로 인한 변개 양상을 살펴보기로 한다.

▶ 강전섭본 「미인도」

엇더흔 절문 쇼연니 의표도 남누ᄒ고 힝식이 슈상ᄒ던 시쇼반 일비쥬예 체읍 통곡ᄒ고 잇는 쳥연 남ᄌᄂ 뉘ᄀ 보던지 걸인이 안니면 남의 집 찬밥 신셰 만히 지운 과긱이라 ᄒ리로ᄃ (나) 혈혈무의흔 윤경열은 김진ᄉ 집을 쩌는 후로 응당 힝식이 쵸쵸ᄒ고 의표ᄀ 남누ᄒ고 ᄀ이 업ᄃ (가) 니 ᄉ롬은 별 ᄉ롬이 안라 이작고인 ᄒ야 황쳔객이 되어 잇ᄂ 윤ᄉᄀ의 무미 독신 귀공ᄌ요 병영 옥즁의셔 명지경각ᄒ야

---

28) 원광대본 「미인도」, 27~28면.

잇는 김진스의 셔랑이요 정부스 집 뒤방 안의 쳬읍 탄식ᄒᆞᄂᆞᆫ 츈영쇼졔의 빅연ᄀᆞ위 윤경열이로다29)

강전섭본 「미인도」를 제외한 다른 필사본 자료의 본문 내용은 위 인용문의 내용 중 (나)부분과 (가)부분이 뒤바뀌어져 있다. (나)와 (가)부분이 바르게 연결되어 있는 자료의 예를 제시해 양자를 대비시켜 보기로 한다.

▶ 원광대본 「미인도」

엇던ᄒᆞᆫ 졀문 쇼년이 의표도 남누ᄒᆞ고 힝식이 슈상ᄒᆞᆫ디 시쇼반 일비쥬에 톄읍 통곡ᄒᆞ고 잇난 쳥년 남자는 뉘가 보던지 걸인이 아니면 남의 집 찬밥 신셰 만니 지운 과긱이라 ᄒᆞ리로다 (가) 이 쇼년은 별 ᄉᆞ롬이 아니라 이작고인 ᄒᆞ야 황쳔긱이 되어 잇는 윤ᄉᆞ간의 무미 독신 귀공자요 병영 옥즁에셔 명지경각ᄒᆞ야 잇는 김진스의 셔랑이요 정부스 집 뒤방에셔 이원 쳬참으로 탄식ᄒᆞᄂᆞᆫ 츈영쇼져의 빅년ᄀᆞ우 윤경렬이로다 (나) 헐헐무의ᄒᆞᆫ 경열은 김진스 집을 쩌ᄂᆞᆫ 후로난 응당 힝식이 쵸최ᄒᆞ고 의표ᄀᆞ 남루ᄒᆞ고30)

강전섭본 「미인도」가 보여주는 이러한 문장 도치가 비록 작중 사건의 진행과정에 있어서 별다른 영향을 미치지 않는 것은 사실이다. 그러나 서술 내용의 의미 연결로 보았을 때 강전섭본 「미인도」의 (나)와 (가)의 부분은 바뀌어져야 논리적이고 합리적이다. 이런 점에서 강전섭본 「미인도」가 보여주는 위에서와 같은 문장의 도치 현상은 필사자의 실수가 빚어낸 무의도적(無意圖的)이며 부정적(否定的)인 형태의 변개 양상이라 하겠다.

「미인도」 필사본의 이본(異本)에서 찾아 볼 수 있는 보다 심각한 부정적인 변개 양상은 문장의 누락(漏落) 현상이다. 이러한 현상 역시 강전섭본 「미인도」에서 적잖이 찾아 볼 수 있다. 강전섭본 「미인도」가 문장의 누락 현상을 통해 여타 필사본의 본문 내용을 부정적으로 변개시켜 놓고 있는

---

29) 강전섭본 「미인도」, 49면.
30) 원광대본 「미인도」, 94~95면.

예를 하나만 제시해 보기로 한다.

▶ 정문연본 「미인도」
　화설 츈영쇼져는 지장암에셔 쩌나 동편을 바리보며 한업시 가다가 문득 한 곳에 당도ㅎ니 이 곳은 하구정이라 【(가) 미양 번화한 곳을 당ㅎ면 디로를 바리고 쇼로로 힝ㅎ엿스나 하구정은 유명훈 도방일 뿐 아니라 좌우로 틱산이 츙쳔ㅎ고 압혜는 압록진으로 흘러가는 물이 잇셔 다른 길노는 갈 곳이 읍는지라 홀 일 업셔 ㅎ구정 동즁으로 지니여 오며 힝식은 틱연ㅎ나】 마음은 죠민ㅎ더니 귓결에 줌시 들이는 말이 미우 샹 업더라 【(나) 여러 잡유빅가 모여 안자 츈영쇼져를 보고 공논ㅎ는 말이라 그 공자난 잘도 싱기엿다 붓잡아 놋코 셩명이ㄴ 좀 무러 볼가 한 사람이 쏘 디답훈다 거름거리와 눈미 싱긴 것이 남자 갓지 아니ㅎ니 아모커ㄴ 한 번 시흠ㅎ리라 ㅎ고 츈영쇼져를 부르며】 사람 수십 인이 뒤를 좃ᄎ 오는지라[31]

　위의 인용문은 병마절도사인 박병사가 강권하는 혼인을 피해 유마사 지장암이란 사찰에 은신해 있던 여주인공 춘영이 그곳을 나와 동쪽으로 피신하다가 학구정이란 곳에서 잡배들에게 곤란을 겪고 있는 장면이다. 이러한 본문 내용 중 (가)와 (나)부분이 강전섭본 「미인도」에서는 보이지 않는다. 이처럼 강전섭본 「미인도」는 다른 필사본의 내용 상당 부분을 생략·누락시켜 놓고 있는데, 그 실상을 보면 다음과 같다.

▶ 강전섭본 「미인도」
　화셜 츈영쇼졔는 지장암예 쩌ᄂ 동편을 바라고 ㅎ업시 ㄱ득ㄱ 문득 훈 고디 당도ㅎ니 이 곳은 황구정이라 【 (가) 】 마음이 죠민ㅎ더니 귀결에 잠시 들리는 말니 미우 샹더라 【 (나) 】 엇더 ᄉ롬 슈십 인니 뒤를 좃ᄎ 오는지라[32]

　위의 인용문이 보여 주듯, 강전섭본 「미인도」는 지장암을 떠나 피신하

---

31) 정문연본 「미인도」, 86~87면.
32) 강전섭본 「미인도」, 46면.

고 있는 춘영이 타인의 눈을 피해 많은 사람들이 다니는 번잡한 길로 다
니는 것을 피했음에도 불구하고 왜 학구정으로 가는 대로(大路)를 선택할
수밖에 없었는지를 설명해 주고 있는 (가)부분과, 남자로 변장하고 있는
춘영을 보고 아무래도 여자 같아 보인다며 희롱하는 (나)부분의 잡배(雜輩)
들의 수작(酬酌)을 누락·생략시키고 있는 것이다. 이러한 부분을 빠뜨림
으로써 강전섭본 「미인도」가 여타의 필사본에 비해 상대적으로 문학적
효과가 떨어지고 있는 것은 사실이다. 이러한 문장의 생략·누락 현상은
강전섭본 「미인도」의 후반부에서 빈번하게 나타나고 있다. 이런 점에서
강전섭본 「미인도」는 다른 필사본 자료에 비해 본문 내용의 변화가 심한
이본 자료라 하겠다.

이상에서 살펴본 바와 같이 현전하는 「미인도」의 필사본 자료들은 필
사자의 개성적인 표기 습관이나 또는 그의 의도적 또는 무의도적인 본문
내용의 변개로 인하여 크던, 작던 간에 이본적인 차이를 드러내고 있다.
그러나 이러한 이본적 차이는 이 자료들이 필사본이기 때문에 필연적으
로 가지게 되는 현상에 지나지 않으며, 계통(系統)을 달리할 정도의 이본
적 차이는 물론 아니다. 이처럼 현전 「미인도」의 필사본은 대소간의 이본
적 차이가 있는 것은 사실이지만, 그러나 이들 필사본은 모두 공통모본(共
通母本)에 바탕을 둔 동일 계열의 필사본 자료임은 분명하다 보아진다.

2) 활자본의 실태와 작품적 실상

「미인도」의 활자본은 1913년 회동서관(匯東書館)에서 간행된 이래 1920
년대에 꾸준히 중간(重刊)된 바 있다. 그런데 「미인도」의 활자본 자료로는
이 회동서관본 「미인도」 이외에 1972년에 향민사에서 간행된 후대적 이
본 자료인 「절세 미인도(絶世 美人圖)」가 있다. 다음에서는 이 두 활자본

자료의 면모에 대해 살펴보기로 한다.

(1) 회동서관본 「미인도」의 실상

활자본 「미인도(美人圖)」는 1913년 9월 20일에 회동서관(匯東書館)에서 처음 간행하였다. 이 활자본 「미인도」는 초간(初刊)된 이후 1919년 1월 23일에 재판(再版), 1920년 12월 6일에 3판, 그리고 1921년 12월 5일에 5판을 거쳐 1924년 12월 15일에 8판 인쇄된 바 있다.[33] 이처럼 활자본 「미인도」의 중간(重刊)이 거듭되었다는 사실은, 이 작품이 1910년대와 1920년대 당시에 상당한 독자층을 확보하였던 인기 있는 작품이었음을 실증적으로 보여주는 바라 하겠다.

이 활자본 「미인도」는 총 68면으로 되어 있으며, 표제는 '미인도(美人圖)'라는 제명(題名) 앞에 '비극소설(悲劇小說)'이란 용어를 병기(倂記)해 놓은 모습이다.

① 필사본과의 비교

그런데 이 활자본이 담고 있는 서사 내용은 앞에서 살펴본 필사본의 그것과 동일하다. 양 판본(板本) 간의 본문 부합 양상을 구체적으로 살펴보기 위해 활자본과 필사본(정문연본)의 본문 내용 일부를 비교·제시해 보면 다음과 같다.

▶ 활자본 「미인도」

슯흐다 인간 만사가 호사다마요 홍진비래라 사간이 우연이 몸이 곤하야 신음하다가 병이 점점 골수에 드니 세상에 오래 머물지 못할 줄을 짐작하고 한 손으로 부인의 손을 잡고 쏘 한 손으로 경열의 손을 잡으며 삼연이 눈물을 나리더니 츄연 탄

---

33) 하동호, 「개화기 소설의 서지적 정리 및 조사」, 『동양학』제7집, 단국대 동양학연구소, 1977, 203면 참조

식 왈 사람이 도망키 어려운 것은 목숨이라 경열의 혼사를 보지 못하고 속절업시 황쳔의 객이 되니 엇지 여한이 업스리요[34]

▶ 필사본 「미인도」

슬푸다 인간 만사가 호사다마요 홍진비러라 사간이 우연이 몸이 곤ᄒ야 신음하다가 병이 점점 골슈에 드니 셰상에 오리 머믈지 못할 쥴을 짐작ᄒ고 한 숀으로 부인의 숀을 잡고 쏘 ᄒᆫ 숀으로 경열의 숀을 잡으며 눈물을 나리더니 츄연 탄식 왈 사람이 도망기 어려운 거슨 목슘이라 경열의 혼사를 보지 못하고 속절업시 황쳔긱이 되니 엇지 여한이 업스리요[35]

이처럼 활자본 「미인도」는 판본의 차이에도 불구하고 본문의 내용에 있어서는 약간의 음운적 차이를 제외하고는 필사본과 거의 동일한 모습을 지니고 있다.[36] 이러한 사실은 이들 양자가 동일 계통의 근친적 관계에 있음을 보여 주는 바라 하겠다.

② 필사본의 저본적 성격

그런데 여기서 주목되는 사실은 본문 내용상 별다른 차이가 없는 현전하는 「미인도」의 필사본 자료와 활자본 자료 중 앞서 살펴본 것처럼 활자본의 초간(初刊) 시기가 필사본 자료들의 필사(筆寫) 시기보다 선행한다는 점이다. 물론 활자본 「미인도」의 초간 이전에 지금은 전하고 있지 않지만 이미 「미인도」란 작품이 형성·유통되었으며, 그것을 저본(底本)으로 하여 현전하는 활자본과 필사본이 간행·필사되었을 수 있다는 가능성도 고려해 볼 수는 있겠다. 그러나 활자본 「미인도」가 출현한 당시의 문학적 상황이나 「미인도」란 작품이 지닌 성격으로 미루어 볼 때, 「미인도」는 우선 활자본으로 만들어진 작품이고, 현전하는 필사본 자료들은 이 활자본을 저

---

34) 활자본 「미인도」, 7~8면.
35) 정문연본 「미인도」, 15면.
36) 김종철, 앞의 논문, 34면 참조

본(底本)으로 하여 그 내용을 이기(移記)하여 이루어진 것으로 짐작된다.[37]

기실 「미인도」의 활자본이 초간된 1910년대에 많은 서적상들은 일제의 언론탄압(1909년 출판법 공포)으로 인해 영업상의 어려움을 겪고 있었고, 그 난관을 타개하기 위해 서적상들은 활자본 고전소설을 대량으로 간행하게 된다. 그리하여 이 무렵에 이르러 기존의 필사본·목판본 작품들이 출판되거나, 또는 개작(改作)·신작(新作) 형태의 활자본 고전소설 작품들이 왕성하게 출간되었다.[38] 「미인도」 역시 이러한 시대적 여건 속에서 활자본으로 출현한 고전소설 작품인 것이다.

이러한 추정을 가능하게 해주는 작품적 요소로는 앞서 살펴보았듯이, 「미인도」에 등장하고 있는 개항(開港) 이후에 전래된 서양 문화적 흔적('불변식 사진')과 근대(近代)에 근접되어 있는 작가의 논평적 진술이다. 이러한 것들은 「미인도」의 형성 시기를 대체로 1900년대 이전으로 앞당길 수 없음을 단적으로 보여준다. 이와 더불어 이런 추정을 보다 확실하게 해주는 것으로 중시할 만한 점은 「미인도」가 지닌 신소설적(新小說的)인 작품 면모다.

우선 「미인도」는 표제에서부터 전대소설(前代小說)과 확연히 구별되는 '미인도(美人圖)'란 개성적인 제명(題名)을 사용하고 있음이 주목된다. 뿐만 아니라 「미인도」는 작품의 서두(序頭)도 주인공의 가계(家系)·출생에서 비롯되는 순차적인 전개가 아닌 서술적(敍述的) 역전(逆轉) 양상을 보여준다.[39]

---

37) 고전소설 작품 가운데 활자본을 저본으로 하여 필사본이 만들어진 경우로는 「채봉감별곡(彩鳳感別曲)」을 들 수 있다. 그런데 이은숙은 「청루의녀전(靑樓義女傳)」이 잡지에 연재된 후 필사된 사실에 주목하면서, 필사본이 활자본보다 늦게 나온 예가 「채봉감별곡」 외에도 더 존재할 가능성을 지적하기도 하였다. 「미인도」의 경우 역시 현전하는 필사본 자료들은 이 「채봉감별곡」의 경우와 마찬가지로 활자본을 저본으로 하여 만들어진 것으로 보인다.(이은숙, 앞의 논문, 23면 참조)
38) 설성경, 「구활자본 고전소설의 소설사적 의의」, 『고전소설』, 민족문화사, 1983, 5면 참조
39) 김종철, 앞의 논문, 36~37면 참조

슬슬한 가을 바람은 미화가지 아러 셔리 기별을 전하고 쇼쇼한 션근 비바을은 단풍 입사귀를 물듸리는디 어졔 갓치 무셩하던 만산 쵸목이 일시에 번화한 흥취를 이러 바리고 모다 황양 쇼쇄혼 빗흘 씌여 잇는 추 구월 십오일자 야반이라 만뢰는 구격하고 월식은 만공산 한디 쳔이 만리에 짝을 일코 울고 가는 외기러기 쇼리가 젼라도 동복 유마사 후원 별당 안에 칙상을 의지하야 죠을고 잇는 엇더혼 이팔 공자의 계우 든 쇠잔한 꿈을 놀니여 씨엿더라 그 공자는 ……(중략)…… 무엇이 그리 급하던지 공부하던 셔책도 거두지 아니하고 무엇이 그리 두려온지 수족이 모다 황망하야지며 가만이 문을 열고 사면을 이리 져리 휘휘 둘러 보더니 자최업시 후원 동산 고목나무 아러 몸을 은신호고 이윽히 듯더니 간신히 수족을 운동호야 셕벽을 더우 잡고 유마산 깁흔 골로 구학을 분변치 아니하고 젼지도지 호야 한업시 도망호 다가 관음봉지 장암바우 아러 펼셕 주져 안지며 ……(중략)…… 쇼리읍시 늑기며 체읍하다가 인호야 긔졀하얏더라[40]

위의 인용문은 「미인도」의 작품이 처음 시작한 서두(序頭) 부분이다. 박병사의 눈을 피해 남자로 위장하고 유마사에 은신·수학하던 여주인공 춘영이 꿈에서 깨어나 급히 은신처에서 피신하는 장면이다. 이 작품은 여기에 이어 시간을 역전(逆轉)시켜 춘영의 가계와 탄생으로부터 현재의 위기 상황에 이르기까지의 과거지사(過去之事)를 서술해 나간다.

주인공의 가계·출생으로 작품의 서두가 시작되는 고전소설의 일반적인 관습에서 탈피한 이 같은 양상은 「미인도」 외에도 「부용상사곡」(신구서림, 1913년 간행), 「채봉감별곡」(박문서관, 1914년 간행), 「봉황금」(회동서관, 1918년 간행) 등 1910년대에 출현한 활자본 고전소설의 서두에서도 찾아볼 수 있다. 이 점은 「미인도」의 형성 시기를 추정해 볼 수 있는 귀중한 근거가 된다.

잘 아는 바와 같이, 「미인도」를 비롯한 1910년대 활자본 중 일부 고전소설 작품의 서두에서 보이고 있는 이 같은 서술적 역전 기법은 신소설의 서두에서 흔히 사용되는 수법이다.[41] 「혈의 루」의 서두를 통해 신소설의

---

40) 정문연본 「미인도」, 1~3면.

서두 실상을 살펴보기로 한다.

　　일쳥전장의 춍소리는 평양 일경이 쪄느가는 듯 흐더니 그 춍쇼리가 긋치미 사롬의 즈취는 쓰너지고 샨과 들에 비린 씌끌 뿐이라 평양성 외 모란봉에 쩌러지는 져녁볏은 누엿누엿 너머 가는디 져 희빗을 붓드러 미고 시푼 마옴에 붓드러 미지는 못흐고 숨이 턱에 단드시 갈팡질퐁 흐는 혼 부인이 삼십이 되락말락 흐고 얼골은 분을 짜고 넌드시 힌 얼골이느 인정업시 쓰겁게 느리 쪼히는 가을볏에 얼골이 익어셔 션잉의 빗이 되고 거름거리는 허동지동 흐는디 옷은 흘러 느려서 젓가슴이 다 드러느고 치마ㅆ락은 짜헤 질질 쎨려서 거름을 건는디로 치마가 발피니 그 부인은 아무리 급흔 거름거리를 흐더러도 멀리 가지도 못흐고 허동거리기만 흔다[42]

　　위의 인용문은 이인직의 「혈의 루」 서두로, 한 부인이 청·일 전쟁의 와중에서 헤어진 남편과 딸 옥련을 찾아 헤매는 장면이다. 이 장면 제시에 이어서 이 작품은 시간을 역전시켜 현재의 상황에 이르게 된 내력을 해부적 구성 방식으로 서술해 나간다.[43]
　　「미인도」의 서두는 신소설의 이러한 서두와 일치하고 있다. 또한 행복으로 시작되고 있는 전대 고전소설의 도식적인 서두와 달리 「미인도」가 고난적(苦難的) 장면의 제시로부터 발단하고 있음도 신소설적인 수법과 상통한다.[44] 이와 같이 「미인도」의 서술 방식은 고전소설의 관습에서 탈피하고 있음을 알 수 있으며, 이런 점으로 미루어 「미인도」가 1910년대 활자본 고전소설로 출현한 작품일 가능성이 크다 하겠다.[45]

---

41) 이재선, 「신소설의 서술구조론」, 『한국개화기소설연구』, 일조각, 1972, 204~263면 참조
42) 한국학문헌연구소편, 『한국개화기문학총서1, 신소설·번안(역)소설1』, 아세아문화사, 1978, 3면.
43) 전광용, 『신소설연구』, 새문사, 1986, 19면 참조
44) 조동일, 『신소설의 문학사적 성격』, 서울대 출판부, 1973, 119~125면 참조
45) 1913년 초간된 활자본 「미인도」가 신작 형태의 작품인지 구체적으로 밝히기는 쉽지 않다. 권순긍은 신작으로 규정할 수 있는 주요 근거로 1. 필사본이나 방각본이 없으면서 저작자가 밝혀진 경우, 2. 작품의 서두나 말미에 저작 배경을 밝히는 해설이 들어 있는 경우, 3. 서두가 '화설'이 아니라 바로 상황을 제시하는 것이나 다른 얘기로 화두를 꺼내는 경우, 4. 당시

③ 고전소설적 작품 면모

이와 같이 「미인도」는 서술 방식에 있어서는 신소설적인 작품 면모를 부분적으로 보여 주고 있다. 그러나 이 작품은 문체와 내용·주제 등에 있어서는 여전히 고전소설적인 색채를 유지하고 있다. 「미인도」가 지닌 이러한 고전소설적인 색채는 이 작품이 비록 1910년대에 신작 형태의 활자본 작품으로 출현하여 신소설적인 구성을 따르고 있긴 하지만, 고전소설의 범주에 포함되는 작품임을 극명하게 보여 준다.

◪ 율문체적 문장 표현

우선 「미인도」는 문체면에서 3·4조 내지 4·4조의 율문체적(律文體的) 문장 표현을 빈번하게 사용하고 있다. 활자본 「미인도」의 이러한 율문체적 문체 실상을 예문을 통해 제시해 보면 다음과 같다.

> 어시직시 서리중방 청배역줄를 지휘하야 전라도로 발행할새 남대문밧 내달아 동정강 얼는건너 수원와서 숙소하고 쩍전거리 요긔후에 진위역말 가라타고 칠원평택 얼는지나 텬안새술막 숙소하고 텬안삼거리 얼는지나 전의역마 가라타고 광정궁원 얼핏지나 공주금강 얼는건너 산성드러 숙소하고 로성을 당도하니46)

위의 인용문은 「미인도」의 남주인공인 윤경렬이 암행어사가 된 후, 박병사를 봉고 파직시키기 위해 전라도에 이르는 과정을 서술하고 있는 부분이다. 여기서 보여 주는 「미인도」의 문체적 모습은 대체로 4·4조를 위주로 한 율문체다. 활자본 「미인도」의 이러한 문체적 실상은 거의 산문 형태로 전환된 신소설의 문체와는 상당한 거리가 있다. 「미인도」의 이러

의 용어가 작품 속에 들어 있는 경우 등을 들고 있다.(권순긍, 「1910년대 활자본 고소설 연구」, 성균관대 박사논문, 1990, 39~42면 참조)

「미인도」는 위의 4가지 근거 중 저작 배경의 해설을 제외한 여타의 조건을 갖추고 있어 신작 형태의 활자본 작품일 가능성이 크다고 보아진다.

46) 활자본 「미인도」, 54~55면.

한 율문체적 예문을 하나 더 들어 보기로 한다.

　　슯흐다 우리부뫼 무남독녀 나한아를 금옥갓치 귀이길너 영화볼가 바라시더니 조물이 시긔한지 귀신이 작희한지 당상에 학발양친 영결하고 죽게되니 죽는나도 서르려니와 불상한 우리부모 그아니 절박한가 가련한 윤공자도 혈혈무의 슯흐도다 이광경을 목도하고 마음이 온전할까 미구에 집을떠나 종적이 묘망할것이니 그아니 분하리요[47]

　윤경렬과 약혼한 춘영에게 박병사가 권세를 악용하여 혼인을 강권하자 춘영은 정절을 지키기 위해 자결을 결심한다. 위의 인용문은 이런 상황에서 춘영이 하는 독백으로, 거의 3·4조 내지 4·4조의 문장으로 되어 있다. 이처럼 「미인도」는 문체면에서 여전히 고전소설의 관습을 따르고 있는 것이다.

▶ 회고형 문장 종결사의 사용

　1910년대에 활자본 소설로 출현하고 있는 「미인도」의 고전소설적 색채는 이 작품이 '~였더라' 또는 '~더라'와 같은 문장 종결사를 빈번하게 사용하고 있다는 점을 통해서도 확인할 수 있다. 「미인도」의 이러한 과거지사(過去之事) 회고형의 문장 종결사는 '~ㄴ다'와 같은 현재 시제형으로 바뀌기 시작한 신소설의 문장 종결사와 구별되는 바다.[48] 활자본 「미인도」에 보이는 과거지사 회고식의 문장 종결사의 양상을 살펴 보면 다음과 같다.

　　세월은 점점 흘너 박병사의 혼인날이 하로 밤을 격하엿더라[49]

---

47) 활자본 「미인도」, 13면.
48) 김우종, 「신소설」, 『한국소설사』, 현대문학, 1990, 391면 참조
49) 활자본 「미인도」, 16면.

이와 갓치 근심하다가 무엇을 황연히 깨다름과 갓치 금시에 묘한 게책을 연구하엿더라[50]

도리어 욕될가 저어 하나이다 하고 언필에 서로 혼연 잠소하더라[51]

자긔 수단을 한 번 자랑할 차로 순쳔으로 행하더라[52]

▶ '화설'이란 화두어의 사용

또한 활자본 「미인도」는 작품의 첫머리에는 사용하지 않았지만 작품의 중간에 간혹 '화설(話說)'이라는 화두어(話頭語)를 사용하여 고전소설적 색채를 드러내기도 한다. 이런 예를 제시해 보면 다음과 같다.

화설 윤공자는 김진사의 집을 써나 근처에 두류하며 하회를 기다리더니 대례를 순성치 못하얏다는 말을 듯고 내렴에 생각하되[53]

화설 춘영소저는 지장암에서 써나 동편을 바라보며 한업시 가다가 문득 한 곳에 당도하니 이곳은 학구정이라[54]

▶ 주제·내용의 전근대성

이러한 점 외에도 「미인도」가 지니고 있는 고전소설적인 작품 색채는 주제·내용면에서도 찾아볼 수 있다. 우선 「미인도」의 내용에는 혼일(婚日)을 정한 후 경렬 양친의 갑작스러운 죽음, 경렬 부친이 춘영에게 닥쳐올 재앙을 계시하는 현몽(現夢), 춘영과 경렬 그리고 그들의 부친을 각기 옥경(玉京) 선녀·옥경 선관·요지(瑤池) 선관 등에 비유하는 식의 적강 모

---

50) 활자본 「미인도」, 28면.
51) 활자본 「미인도」, 4면.
52) 활자본 「미인도」, 36면.
53) 활자본 「미인도」, 32면.
54) 활자본 「미인도」, 48면.

티브의 잔재(殘在) 등과 같은 우연직(偶然的)이면서도 전기적(傳奇的)인 요소들이 적잖이 나타난다. 이와 같이 작중 내용에 전근대적이고 비현실적인 사건·소재가 수용되고 있다는 사실과 더불어 '열녀불경이부(烈女不更二夫)'라는 중세적 정절을 강조하고 있다는 점 역시 「미인도」가 고전소설의 범주에 속하는 작품임을 보여주는 바라 하겠다.

이와 같이 「미인도」는 고전소설과 신소설이 공존했던 1910년대에 신작 활자본 소설로 새롭게 출현한 고전소설이다. 「미인도」에 전대적(前代的) 요소와 근대적(近代的) 요소가 섞여 있는 것은 바로 이 작품이 1910년대에 신작 형태의 활자본으로 만들어졌기 때문인 것이다. 그리고 이 활자본 「미인도」가 활발히 유통되면서 이를 저본으로 하여 필사본 「미인도」의 등장이 이루어졌던 것으로 짐작된다.

(2) 향민사본 「절세 미인도」의 실상

① 서지 사항

회동서관에서 간행한 활자본 「미인도」의 초간이 있은 1913년보다 근 60여 년 뒤에 출간된 활자본 계통의 「미인도」 이본이 있음도 주목할 만하다. 이 활자본 계통의 후대적 이본 자료는 「절세 미인도(絶世 美人圖)」로, 이 후대적 활자본의 이본 자료는 1972년 9월 15일 대구의 향민사에서 간행되었다.

이 「절세 미인도」의 겉표지에 적힌 제명(題名)은 '절세 미인도(絶世 美人圖)'이고, 내지에는 '미인도'라고 표기해 놓고 있다. 이 「절세 미인도」는 총 47면으로 이루어져 있는데, 본문의 내용은 세로쓰기로 인쇄하고 있고, 겉 표지의 그림이나 책의 크기는 딱지본과 흡사한 양상을 보여 주고 있다.

② 향민사본 「절세 미인도」의 이본적 면모

이 「절세 미인도」는 아주 후대적(後代的) 이본(異本)으로서 그 자료적인 가치가 적은 것은 사실이다. 그러나 이 활자본 자료는 회동서관본 「미인도」나 이를 저본(底本)으로 등장한 필사본 계통의 「미인도」와는 구성 방식, 배경 설정, 작중 인물의 이름 등에서 외관상 변화된 모습을 지니고 있다. 「절세 미인도」가 보여주고 있는 이러한 이본적 차이를 대략 정리해 보면 다음과 같다.

　㉠ 활자본(회동서관본) 「미인도」와 필사본 「미인도」의 서두(序頭)가 고전소설의 전형적인 서두의 모습에서 상당히 벗어난 양상을 보여 주고 있음에 비해 「절세 미인도」의 서두는 오히려 고전소설의 전형적인 모습을 답습하고 있다.

　㉡ 활자본(회동서관본) 「미인도」와 필사본 「미인도」가 영조 즉위 초 전라도 순천부를 시·공간적 배경으로 설정하고 있음에 비해 「절세 미인도」는 숙종 말 영조 초를 시대배경으로, 서울 자하골을 무대 공간으로 설정하고 있다.

　㉢ 활자본(회동서관본) 「미인도」와 필사본 「미인도」가 김진사의 딸인 춘영과 윤 사간의 아들인 경렬을 남녀 주인공으로 설정하고 있음에 비해 「절세 미인도」는 이참판의 딸인 옥경과 김진사의 아들인 성용을 주인공으로 설정하고 있다.

　㉣ 활자본(회동서관본) 「미인도」와 필사본 「미인도」가 춘영에게 억지로 혼인을 강요하는 탐관오리를 전라 병마절도사인 박병사로 설정하고 있음에 비해 「절세 미인도」에서는 그 탐관오리를 경기 감사로 바꾸어 놓고 있다.

　㉤ 활자본(회동서관본) 「미인도」와 필사본 「미인도」가 춘영의 모친을 홍씨로, 그녀의 몸종을 근년으로, 그리고 그 몸종의 딸을 화영으로, 화영이 속량(贖良)되어 출가한 곳은 화순으로 각각 설정해 놓고 있는데 비해 「절세 미인도」에서는 춘영의 모친은 박씨, 몸종은 난형, 몸종의 딸은 화선, 그리고 그녀가 출가한 곳은 공주로 달리 설정하고 있다.

　㉥ 활자본(회동서관본) 「미인도」와 필사본 「미인도」가 춘영이 박병사의 혼인 요청을 피해 도주하여 은신한 절을 유마사로, 그곳에서 그녀를 화폭에 담아 미인도를 그린 승려를 양법사로 설정하고 있음에 비해 「절세 미인도」에서는 은신한 절은 용주사로, 미인도를 그린 승려는 안법사로 바꾸어 놓고 있다.

㉄ 활자본(회동서관본) 「미인도」와 필사본 「미인도」가 박병사와의 혼인을 거부하
　고 집을 나와 고생하는 춘영의 구원자로 방물장수 황소사를, 그리고 그녀의
　딸을 장옥심으로 설정하고 있음에 비해 「절세 미인도」에서는 구원자를 장소
　사로, 그리고 그녀의 딸은 주선영으로 설정하고 있다.

「절세 미인도」가 보여 주는 이러한 이본적 차이가 작품의 기본 성격을 변화시킬 정도의 것은 물론 아니다. 위에서 열거한 것처럼, 신소설적 느낌이 나는 서두를 전형적인 고전소설의 서두 모습으로 환원시킨 것 이외에는 배경이나 작중 인물에 약간의 변화를 주었을 정도다.

이처럼 이 「절세 미인도」가 가지는 이본적 가치는 그다지 크지 않은 것이 사실이다. 그러나 이 같은 「미인도」의 이본 자료가 1970년대에 새롭게 등장하고 있다는 사실은 「미인도」의 인쇄 유통이 근자에까지 이루어지고 있음을 실증적으로 보여줄 뿐만 아니라, 이 작품의 독자층이 근래에까지 존재하고 있음을 구체적으로 보여주는 사실로써 주목할 필요가 있다 하겠다.

3. 작품의 순차 구조

「미인도」는 영조(英祖) 즉위 초를 시간적 배경으로, 전라도 순천 일대를 공간적 배경으로 서사 사건이 전개되고 있는 작자 미상의 작품이다. 그런데 이 작품에 설정되어 있는 무대 공간을 검토해 보면, 「미인도」의 작자는 적어도 이 작품의 중심 무대가 된 순천 인근의 지리(地理)나 지명(地名) 등에 대하여 소상한 지식을 가지고 있었던 인물이었음을 짐작할 수 있다.

기실 「미인도」에는 작품의 중심 무대인 순천을 정점으로 하여 그 주변의 마을인 화순, 동복, 강진, 광양 등이 주요 무대 공간으로 설정되어 있

으며, 그 외에도 삼산, 주암, 신전, 학구, 압록진 등 순천 주변의 크고 작은 지역의 이름이 작품 내에서 상세히 언급되고 있다. 뿐만 아니라「미인도」의 서사 내용 중 여주인공이 박병사의 횡포를 피해 피신하는 고행 과정에 등장하고 있는 '검부역말'과[55] '유마사'라는[56] 작중 공간은 실제로 화순 지역에 위치하고 있는 마을과 사찰이기도 하다. 이런 점으로 미루어 볼 때,「미인도」의 작가는 순천 일대의 지리·지명에 매우 밝았던 사람임이 분명하다 보아진다. 뿐만 아니라「미인도」의 작가는 전라도 풍속에 대한 풍부한 지식을 가지고 있었던 것으로 짐작된다.

> 홍씨 문왈 보살은 어디 계시며 어디로 가는 길이잇가 전라도 풍속에 양반의 부
> 인은 여승을 보면 의례히 하대를 하건만은 홍씨는 원리 겸손한 마음이 섬부할 뿐
> 아니라 불가불 더욱 존승훈 성질이 잇서 로승을 이와 갓치 공디흠이러라[57]

이러한 사실은「미인도」의 작가가 순천 내지는 전라도와 연고가 있는 인물이 아닌가 하는 추정을 가능케 해주는 바라 하겠다.

이와 같이「미인도」는 순천 일대의 지리·풍속에 식견을 가진 작가에 의해 이루어진 작품으로 보아지는데,「미인도」는 이 순천 일대를 공간적인 배경으로 삼아 김춘영과 윤경렬이 혼사장애(婚事障碍)를 극복하고 혼인을 성취해내는 일련의 과정을 그려내고 있다. 다음의 논의를 위해 이 작품의 서사 내용을 시간적 순차에 따라 정리해 보기로 한다.[58]

---

55) '검부역말'은 현재의 화순군 동복면 한천리다. 이곳은 가림역, 인물역과 함께 화순 지역에 설치되었던 역원 중의 하나다.(화순군,『마을 유래지』, 1995, 1445면 참조)

56) '유마사'는 화순군 남면 유마리 모후산 기슭에 위치하고 있는 송광사의 말사(末寺)다. 이 사찰은 신라 진평왕(眞平王) 49년(627년)에 중국에서 건너온 유마운과 그의 딸 보운이 창건한 것으로 전해지고 있다. 그런데 이 유마사는 6·25 때 모두 소실되었다가 최근에 재건되어 오늘에 이르고 있다.(한국정신문화연구원,『한국민족문화대백과사전』17, 1991, 24~25면 참조)

57) 정문연본「미인도」, 70면.

58) 앞에서 살펴 보았듯이「미인도」의 작품 구성상 서두 부분은 고전소설의 전형적인 방식에서

① 순천 동부원의 김진사 내외가 사십이 넘어 춘영을 낳는다.

② 춘영의 나이가 십육 세에 이르렀을 때, 노성 윤사간이 아들 경렬과 김진사 댁에 이른다.

③ 김진사와 윤사간이 자녀의 혼인을 약정하고, 춘영과 경렬은 사주를 교환한다.

④ 윤사간 내외가 구몰(俱沒)하여 혼인이 연기된다.

⑤ 전라 병마절도사인 박병사가 김진사에게 춘영과의 혼인을 강권한다.

⑥ 경렬이 김진사에게 박병사의 청혼을 받아들일 것을 권하며, 김진사가 이에 따른다.

⑦ 춘영이 절개를 지키기 위해 자결을 시도하나, 모친(母親)의 몸종의 딸인 화영의 도움으로 목숨을 구한다.

⑧ 춘영이 남복변착(男服變着)하고 도피하여 검부역말에 사는 방물장사인 황소사의 집에 머문다.

⑨ 화영이 춘영으로 위장하여 박병사와의 혼인을 대행(代行)하고는 자결한다.

⑩ 경렬은 춘영이 자결한 것으로 알고, 그 억울한 죽음을 상소하기 위해 상경한다.

⑪ 황소사의 딸 장옥심이 남복(男服)한 춘영에게 청혼하며, 춘영이 이를 승낙한다.

⑫ 춘영이 수학을 구실로 황소사의 집을 떠나 유마사란 사찰에 머문다.

⑬ 천향국색을 그려달라는 박병사의 요청을 받은 유마사에 있는 양법사란 승려가 춘영도 모르게 박병사에게 갖다 줄 미인도의 화폭에 남복한 그녀를 여자의 모습으로 바꾸어 그린다.

⑭ 양법사가 미인도를 가지고 박병사에게 가다가 김진사 댁에 들러, 그 미인도는 김진사 수중에 들어간다.

⑮ 박병사가 이 사실을 통해 춘영이 살아있음을 눈치채고, 그녀와 김진사를 잡아오라고 명한다.

⑯ 춘영이 윤사간의 현몽으로 유마사에서 도망쳐 동쪽으로 행한다.

⑰ 춘영이 학구정에서 잡배들을 만나 곤란을 겪다가 경렬의 외조부인 정부사를 만나 광양으로 피신한다.

⑱ 김진사 내외가 강진 병영으로 잡혀 오고, 춘영 대신 황소사 모녀가 잡혀와

크게 벗어나 오히려 신소설의 서두 방식과 흡사한 모습을 보여 준다. 그리하여 다음에 제시하는 작품의 순차 구조에서 실제적으로는 서사 단락(16)이 「미인도」의 맨 앞에 위치한다.(김종철, 앞의 논문, 36~37면 참조. 이재선, 앞의 책, 204~263면 참조)

하옥된다.

⑲ 경렬이 과거에 급제하여 전라 어사가 되어 순천으로 내려온다.

⑳ 장옥심이 박병사의 횡포에 맞서 항거한다.

㉑ 김진사 내외와 황소사 모녀가 사형 직전에 이르고, 정부사가 김진사 내외를 구하고자 이곳에 당도한다.

㉒ 경렬이 출두하여 이들을 구하고, 박병사를 봉고 파직시킨다.

㉓ 경렬과 춘영이 재회·혼인하고, 장옥심은 경렬의 부실이 된다.

이상의 순차 구조를 통해 살펴볼 수 있듯이, 「미인도」는 박병사가 유발한 혼사장애 때문에 남녀 주인공이 겪는 고난과, 그들이 그 장애요소를 제거·극복하여 마침내 혼인을 성취하는 일련의 과정을 서사한 작품이다.[59] 「미인도」에서처럼 남녀 주인공의 예정된 혼사가 늑혼(勒婚)으로 인해 시련을 겪는 예는 「백학선전(白鶴扇傳)」, 「권중익전(權重益傳)」 등 애정소설류의 작품에서 쉽게 찾아볼 수 있기도 하다.[60] 「미인도」 역시 이들 작품에서처럼 늑혼이라는 장애요소를 통해 정혼(定婚) 상태에 있는 춘영과 경렬을 일시적으로 헤어지게 만들고, 이들 남녀 주인공이 이 위기 상황을 극복하고 재회·혼인하게 되는 결말을 그려내고 있는 것이다.

4. 다중적 갈등 양상

「미인도」에는 남녀 주인공인 윤경렬과 김춘영, 그리고 혼사장애 유발자인 박병사를 위시하여 김진사 내외, 윤사간, 황소사, 장옥심, 화영, 화순 현령, 양법사, 정부사 등 다수의 인물이 등장한다. 이들 작중 인물은 상호 유기적인 관련을 맺으면서 서사 사건을 전개시켜 나가는데, 이러한 작중

---

59) 김종철, 앞의 논문, 39면 참조

60) 임갑낭, 「조선후기 애정소설 연구」, 계명대 박사논문, 1992, 42~44면 참조

인물간의 관계 중에서 특히 주목되는 것은 적대자(敵對者)인 박병사가 주요 작중 인물들과 빚어내고 있는 다중적(多重的)인 갈등 양상이다. 기실 「미인도」의 서사 사건은 박병사가 야기한 혼사장애를 근간으로 하여 전개되기 때문에, 박병사는 작품 내에서 핵심적인 방해 인물로 존재하면서 남녀 주인공은 물론이거니와 다수의 주변 인물들과 대립·충돌하면서 갈등을 유발하기 마련이다.

다음에는 적대자인 박병사가 주요 작중 인물들과 대립·충돌하면서 빚어내고 있는 갈등 양상에 대해 살펴보기로 한다.

1) 김진사와 박병사의 대립

「미인도」에서 김진사와 박병사의 대립·충돌은 박병사가 김진사에게 춘영과의 혼인을 요청함으로써 비롯되며, 이 인물 대립을 통해 작품 내에 갈등적 상황이 조성된다. 중년(中年)에 상처(喪妻)한 박병사는 사방으로 신부를 구하던 중 춘영의 자태(姿態) 화용(花容)이 뛰어나며, 윤경렬의 부모가 모두 고인(故人)이 되었음을 알고, 병마절도사(兵馬節度使)라는 권세를 악용하여 혼인을 강권한다. 이 같은 박병사의 혼인 강요는 김춘영과 윤경렬의 혼인을 방해하는 장애요인으로 작용하며, 김춘영이 이미 윤경렬과 정혼한 처지임을 들어 김진사가 이를 거절함으로써 박병사와 김진사는 대립적 위치에 서게 된다.

> 간활한 협잡비가 병사의게 아첨ᄒ야 김소져의 자티 화용이며 윤공자의 혈혈고단함을 귀가 젓도록 드른 병사의 마음은 불갓흔 욕심이 것잡지 못ᄒ야 쳐음은 호의로 달녀 편지ᄒ얏다가 급기야 김진사의 거절을 당ᄒ니 노발이 상싱ᄒ고 로기 등쳔ᄒ야 사갈갓흔 홈차를 불너 김진사를 결박ᄒ야 셩화칙녀ᄒ라 하엿시니 무지ᄒ 장츠들은 큰 수나 싱긴 드시 억기 바람에 홍을 너여 홍사와 용두 고랑을 허리에 츠고 빅구타령을 부르며 셔실잇게 달여 들어 역적 죄인이나 잡난 드시 강도 죄슈나 만넌

드시 김진사 집 사면으로 풍우갓치 달여 들어 김진사를 포칙ᄒ야 슈족에 홍사를 지
우고 신발갑 족치를 우려 너노라고 축지박지로 곤란을 무슈이 당ᄒ던 이쩌라61)

김진사는 '니가 아모리 죽기로 자식을 엇지 두 사람의게 허혼' 하겠느
냐며 박병사와 맞서다가 곤욕을 당한다. 이 장면을 목격한 윤경렬은 자신
이 박명한 탓에 춘영과의 인연이 끊어진 것이라 생각하고, 김진사에게 박
병사의 청혼을 받아들일 것을 청한다. 이에 김진사는 박병사의 청혼을 수
용하게 된다. 이로 인해 그들의 대립·갈등은 표면화되지는 않으며, 대신
김춘영이 박병사와 대립·갈등적인 위치에 놓이게 된다.

2) 김춘영과 박병사의 대립

김진사가 박병사의 청혼을 받아들임으로써 춘영이 박병사와 대립 관계
를 맺게 되는데, 이 양자의 인물 대립으로 인해 갈등 상황은 위기의 국면
으로 치닫게 된다. 이 두 인물간의 대립은 작품의 순차 구조에서 보듯 지
속적으로 전개되면서 서사 내용의 대부분을 차지하고 있으며, 김춘영은
이 대립 과정에서 많은 시련과 고통을 겪는다.

첩은 본러 용열ᄒ 아녀자로 성현의 도를 비우지 못ᄒ야 명힝슉덕이 업사오나 약
간 고셔를 보와 신의를 짐작하온 바 츙신은 불사이군요 열여는 불경이부라 ᄒ엿시
니 첩이 비록 고인의 절기를 효칙지 못ᄒ오나 엇지 두 번 몸을 언약ᄒ리요 삼년 전
즁당에셔 비로쇼 부모의 명으로 피츳 면약할 시에 발거잇던 월식이 지금도 오히려
변치 아니할 뿐 아니라 시부 상사에 반쳔리 원정인 고로 분상은 하지 못ᄒ엿사오나
삼년 거상에 쇼복은 벗지 아니 하엿사오니 아모리 권문셰가에셔 위협 강박ᄒ오나
녀즈의 일편고심을 엇지 변역ᄒ오릿가 사이도차에 빅계무칙이라 할 일 업시 잔명
을 쓴어 이비의 자최를 짜르고져 결심하엿사오니 녀즈 절기를 위ᄒ야 싱명을 칼날

―――――――――――

61) 정문연본 「미인도」, 21~22면.

에 붓침은 자고로 상사오니 오작 바리옵건디 유유훈 세월에 귀체를 보즁ㅎ시고 후 천 타일에나 다시 만나 이 셰상에 미진훈 남은 한을 풀어 볼까 그만 긋치나이다[62]

위의 인용문은 김춘영이 절개를 지키기 위하여 자결하겠다는 자신의 내심(內心)을 적어 윤경렬에게 보낸 봉서(封書) 내용의 일부다. 여기에서 드러나듯 춘영은 강한 정조관을 지닌 여성으로, 죽음으로써 정절을 고수하고자 하는 순절적 열녀의 표상으로 손색이 없다 하겠다.[63] 따라서 춘영과 박병사의 관계는 화해의 여지가 전혀 없는 상극적(相剋的)인 대립 관계를 조성하게 된다. 그리고 이러한 갈등적 상황은 결국 춘영으로 하여금 자살을 기도하게끔 만든다. 춘영은 자결이라는 수단을 통해 혼인을 강요하는 박병사의 횡포에 저항하고 있는 것이다.

이러한 춘영의 자살 기도는 화영이란 인물에 의해 무위로 그치고 만다. 화영은 원래 춘영 모친의 몸종 딸이었으나, 속량(贖良)되어 화순으로 출가한 여인이다. 그러나 그녀는 청상과부가 되어 지내던 중, 화순 현령의 수청을 거부하고 이 날 김진사 댁으로 도망하였다가 춘영을 죽음에서 구한 것이다.

춘영의 자살 기도는 화영에 의해 무위로 그치게 되고, 춘영은 화영의 간청에 못 이겨 남복변착(男服變着)하고 도피한다. 춘영을 도피시킨 후, 화영은 춘영과 동갑일 뿐만 아니라 외모와 음성까지 흡사한 점을 이용하여, 자신이 춘영인 체 위장하여 박병사와의 혼인을 대행하고 자결한다. 이로써 박병사는 춘영이 자결한 것으로 알게 되고, 양자의 갈등적 대립 관계

---

62) 정문연본 「미인도」, 27~29면.

63) 춘영은 자결 직전에 구출되어 엄격한 의미에서는 순절적 열녀라 보기 어려운 점이 있는 것이 사실이다. 그러나 우쾌재 교수의 지적대로, 고전소설에서 여주인공의 죽음은 작품 구성상 피하고 있는 것으로 생각되기 때문에, 죽음을 각오하고 정절을 지킨 고전소설 속의 여인은 순절적 열녀에 포함시킬 수 있겠다. 이런 점에서 춘영은 고전소설에 보이는 순절적 열녀의 전형적 인물이라 하겠다.(우쾌재, 「가정소설에 나타난 가족 의식 고찰」, 『고소설연구』 제2집, 한국고소설학회, 1996, 146~149면 참조)

는 일단 잠복 상태에 들어간다.

그러나 김춘영과 박병사 간의 이 잠복 상태의 대립 관계는 '미인도'로 인하여 다시 수면 위로 떠오르게 된다. 기실 이 작품에서 미인도는 춘영은 물론 그녀의 주변 인물들까지 영향을 미칠 수 있는 화상(畵像)으로서, 작가가 이를 표제로 내세울 정도로 사건 전개에서 중요한 의미를 지닌다. 실제로 이 미인도는 주인공 춘영이 겪는 고행담에서 은신해 있던 그녀의 존재를 외부로 알림과 동시에 그녀의 죽음이 위장된 것임을 드러내는 계기로 작용한다. 이로 인해 소멸 상태에 있던 박병사의 횡포가 다시 살아나면서 작중 사건은 절박한 위기 상황으로 급진전하고, 김춘영과 박병사 간의 대립 관계가 다시 표면화된다.

남복변착하고 집을 나온 춘영은 방물장사인 황소사를 만나 그녀의 집에 머물다가, 마침 그곳에 들른 여승을 따라 유마사라는 사찰에 가서 은거하게 된다. 그렇지만 그 곳은 춘영에게 안전한 은신처가 될 수 없었다. 왜냐하면 유마사에는 박병사의 소청에 따라 미인도를 그려야 하는 양법사라는 화상이 있었기 때문이다.

양법사는 작품의 순차 구조에서 이미 밝혔듯이 일등화사(一等畵師)로 명성이 있던 승려로서 미인도를 그려 보내라는 박병사의 명령을 받아놓고 있었다. 그리하여 그는 미인도를 그리기 위한 대상을 물색하고 있던 중이었다. 그런 양법사가 있는 곳이기에 자태 화용이 뛰어난 춘영에게 있어서 그 곳은 은신의 장소가 아니라 오히려 위기적인 공간일 수밖에 없는 것이다.

양법사는 미인도에 그릴 대상 인물을 구하지 못해 고심하다가, 남장여인(男裝女人) 춘영을 보고는 그녀 모르게 춘영을 여인의 모습으로 변화시켜 미인도를 완성한다.

춘영소져와 한 곳에 거러 둘진디 엇던 미인이 사람이며 엇던 미인이 화상인지 분별치 못할만치 되엿시니 만일 그 미인도를 춘영소져가 볼진디 자기 본식을 양법사가 아는가 두려운 싱각도 업지 아니할 것이요 만일 그 미인도를 김진사 너외가

> 볼진더 자기 쌀이 환싱흔 듯 반겨할 것이요 만일 그 미인도를 박병사가 볼진더 김
> 진사 쌀이 지금도 사랏는가 의심도 할 것이요[64]

위의 인용문이 말하고 있듯이, 미인도 속의 여인은 누가 보던 춘영의 모습이었다. 양법사는 이 미인도를 가지고 박병사에게 가던 중 김진사 집에 잠시 들르게 된다. 이때 미인도는 김진사의 수중에 들어가게 된다. 이 사실을 알게 된 박병사는 화폭에 그려진 인물이 춘영임을 알게 된다. 이처럼 미인도는 결과적으로 박병사로 하여금 춘영의 생존 사실을 눈치채게 만든 문학적인 장치인 것이다.

이로 인해 김춘영과 박병사의 대립·충돌은 새로운 국면을 맞이하게 된다. 박병사는 춘영이 남자로 변장하여 유마사에 은신하고 있음을 알고 사령에게 명하여 그녀를 잡아 들이라 한다. 그리하여 소강 상태에 머물러 있던 양자의 대립은 더욱 심각한 위기 상황으로 치닫게 된다. 춘영은 이러한 갈등적 위기 상황에서 윤사간의 현몽 도움으로 유마사에서 도망쳐 광양 정부사 댁에 피신함으로써 일단 극적 위기 상태에서 벗어난다.

그렇다고 춘영과 박병사의 대립·갈등이 완전히 해소된 것은 물론 아니다. 앞에서 언급한 것처럼, 이 두 사람 사이의 대립·갈등은 본질적으로 화해가 불가능한 상극적(相剋的)인 대립·갈등이기 때문에, 윤경렬에 의해 적대자인 박병사가 제거되기 전까지 이 위기적인 상황은 지속될 수밖에 없는 것이다.

3) 장옥심과 박병사의 대립

춘영이 유마사에서 도망치자, 박병사는 황소사와 그녀의 딸인 장옥심을 잡아들인다. 이리하여 춘영과 박병사 사이의 대립·충돌은 잠시 표면

---

64) 정문연본 「미인도」, 64면.

아래로 가라앉고, 그대신 장옥심과 박병사 사이에서 대립 관계가 이루어
지게 된다. 그리고 이 양자의 대립 과정에서 갈등적 상황은 절정의 단계
에 이르게 된다.

장옥심은 춘영이 자기 집에 잠시 머물고 있을 때 그녀가 여자인 줄 모
르고 청혼하였고, 춘영은 후일 윤경렬을 찾아 그녀와 가연(佳緣)을 맺어
줄 요량으로 이를 승낙한 바 있었다. 그런데 박병사는 춘영을 잡지 못하
자 장옥심을 하옥하고는, 그녀가 춘영과 모의하여 자신을 속인다고 하여
문초한다. 이렇듯 장옥심과 박병사의 대립·충돌은 박병사의 일방적인
횡포에 의해 만들어진 결과다.

그러나 장옥심은 강압에 굴하지 않고 박병사의 부당한 횡포에 정면으
로 대항하는 적극적인 여인의 모습을 드러낸다.

> 셜영 츈영소져가 사른잇고 혼인을 거역홀 지른도 병사도논 민지부모시른 임주
> 잇논 혼인을 위협 강박으로 병사도 욕심만 치우고져 흐시니 엇지 올타 흐올잇가 병
> 사른 흐시논 칙임이 일 기인의 욕심에 절디격 잇지 아니흐고 국가 정체에 잇사오며
> 금일 병사는 자긔 욕심만 치우고져 흐시느 나라에셔 병사를 보닉시는 본 뜻이 여게
> 굿치지 아니 하엿논이다 나라에 위론를 방어흐고 국민의 치안을 아니흐며 싱민을
> 사룽하고 싱민을 건지수 어지신 인군의 거록하신 뜻을 빅성의게 전흐라 흐심이요
> 병사의 욕심만 치우고 사사로운 일노 빅성을 죽이랴 흐심은 절디격 아니올시다[65]

위의 대목은 춘영과 옥심의 정혼(定婚) 내막을 이실직고하라는 박병사
에게 한 옥심의 항변 일부다. 박병사와의 대립에서 여성적 소극성을 면치
못한 춘영의 대응 방식보다 옥심의 대응 방식이 적극성을 띠고 있음을 여
실히 보여준다.

이러한 긴장적 대립 관계는 옥심을 위시하여 주요 작중 인물들이 박병
사의 횡포에 의해 사형 직전에 이름으로써 주요 인물과 적대 인물의 대립

---

65) 정문연본 「미인도」, 103~104면.

은 첨예화되고, 따라서 극적인 갈등 상황도 정점에 도달하게 된다.

　　방포일셩에 고각이 진동터니 죄슈를 잡아 드려 쓸 압헤 안처 놋코 각기 다짐 바
든 후에 사형디예 올여 안쳐 금광을 츔츄니 슙푸다 김진사는 홍씨를 붓줍고 가련ᄒᆞᆫ
옥심 랑즈는 황소사를 부여 줍고 정신은 비월ᄒᆞ며 혼빅은 상쳔이랑 병사또 분부ᄒᆞ
되 죵쇼리 세 변 나거든 일시에 쳬춈ᄒᆞ라 이잣치 분부ᄒᆞ다66)

　위의 인용문은 옥심이 그녀의 모친과 김진사 내외와 함께 사형 당할
긴박한 상황에 처한 장면이다. 이 같은 극적 갈등의 상태는 곧이어 전개
되는 윤경렬의 어사 출두로 인하여 이완의 단계로 접어들게 된다.

4) 윤경렬과 박병사의 대립

　이 두 사람의 대립·충돌은 상호 힘의 우열에 따라 판이한 양상을 보
여 준다. 양자의 대립이 직접적인 대결 양상을 보이지는 않지만, 작품 전
반부의 경우 윤경렬은 힘의 열세로 인해 박병사의 처사에 대항하지 못하
는 소극성을 보인다.

　　이제 병사의 혼인을 거절코져 ᄒᆞ시거니와 당금 병마졀도사의 분부를 뉘 능히 거
역ᄒᆞ오며 만일 거역ᄒᆞ실진더 반다시 독한 형벌이 몸에 밋치여 죤귀ᄒᆞ신 셩명에 ᄒᆡ가
밋칠 거시니 자식을 위ᄒᆞ여 엇지 부모가 죽사오며 부모가 죽은 후에는 쇼셩이 엇지
혼인을 일우울잇가 모다 쇼셩의 박명ᄒᆞᆫ 타시오니 아모리 싱각ᄒᆞ여도 달이는 구쳐가
업사오니 깁히 싱각ᄒᆞ사 병사의게 혼인을 허락ᄒᆞ는 뜻으로 글을 닥가 보니옵쇼셔67)

　위의 인용문은 김진사가 박병사의 청혼을 거절하여 곤욕을 당하는 것

---

66) 정문연본 「미인도」, 107~108면.
67) 정문연본 「미인도」, 22~23면.

을 목도한 윤경렬이 김진사에게 한 말이다. 이처럼 그는 박병사의 부당한 혼인 요구에도 '병마절도사의 분부를 뉘 능히 거역'하겠느냐면서 적극적으로 맞서지 못한다.

그러나 이러한 윤경렬의 소극적인 대응 태도는 춘영의 죽음 사실을 접하면서 변화를 일으키게 된다. 화영이 춘영으로 위장하여 혼인을 치르고 자결한 사실을 모르는 윤경렬은 춘영의 죽음을 원통해 하여 상소(上疏)를 통해 박병사의 불의에 대항하고자 한다. 잘 아는 바와 같이, 시정의 폐단을 지적하거나 특권 세력의 비리를 탄핵(彈劾)하고자 하는 동기에서 올려지는 상소는 그것을 작성하기도 용이한 일이 아니었을 뿐만 아니라, 특히 그것을 제출하는 자의 대단한 용기를 필요로 하는 언로(言路) 형식이다.[68] 이런 점으로 볼 때, 박병사의 비리를 상소하기 위한 윤경렬의 상경(上京)은 그가 박병사와의 대립·충돌에서 소극적 태도를 벗어나는 전환점적인 사건이라 하겠다.

윤경렬이 작품 전반부에서 소극적인 태도로 대응했던 박병사와의 대립 관계를 역전시키는 계기는 과거급제다. 그는 상소를 올리기 위해 상경하였다가 별과에 급제하여 한림(翰林)에 제수된다. 그리고는 국사를 논하는 자리에서 윤경렬은 박병사의 불법횡포(不法橫暴)를 상주(上奏)한다.

> 전하 드르시고 이윽히 싱각ᄒ시다가 황연히 ᄭᅵ다르시고 죠졍에 강명 졍직ᄒ야 명망잇는 자를 갈이여 팔도에 암ᄒᆡᆼ어ᄉᆞ를 퇵츌할 시 젼라도ᄂᆞᆫ 박병사의 불법학졍을 통분히 싱각ᄒ사 윤한림으로 젼라 어사를 졔슈ᄒ시며 봉셔를 ᄂᆡ여 쥬시니 어사 사은ᄒ고 마픽와 슈의를 바든 후에 젼ᄒᆡᄭᅴ ᄒ직 슉빅ᄒ고 궐문 밧게 ᄂᆞ와 봉셔를 ᄯᅦ여 보니 젼라 병사ᄂᆞᆫ 봉고파직 후 임의로 쳐단ᄒ라 ᄒ시엿더라[69]

---

68) 이상희, 「조선조사회의 언론현상 연구」, 『한국의 사회와 문화』 제10집, 한국정신문화연구원, 1989, 29면.
69) 정문연본 「미인도」, 97면.

위의 대목은 윤경렬이 전라 어사에 제수되는 장면이다. 여기에서 보여
주듯, 윤경렬은 어사가 되고, '전라 병스는 봉고파직 후에 임의로 쳐단ᄒ
라'는 상명(上命)을 받기에 이른다. 이로써 윤경렬은 박병사와의 대립·충
돌에서 절대적인 우위를 확보하게 된다.

> 너는 쇼위 병마절도사로 나릭의 본의를 어기고 네 욕심만 치우고져 ᄒ야 무죄ᄒ
> 충셩을 이갓치 어육이 되게 ᄒ야 김진사 너외와 항쇼사 모녀를 쳬츕코져 ᄒ엿스니
> 니 욕심모 치우라는 병스가 아니릭 죄를 론의ᄒᆯ 진더 맛당히 쥭일 거시로더 아쯱은
> 엄슈ᄒ거니와 일후에 죠령더로 쳐결ᄒ리릭70)

위의 인용문은 장옥심과 김진사 내외 그리고 황소사가 사형되기 직전,
어사 출두하여 박병사를 봉고파직하면서 윤경렬이 한 말이다. 이처럼 경
렬은 작품 후반부에서는 힘의 우위를 바탕으로 박병사와의 대결에서 승
리한다.

그런데 이는 경렬만의 승리에서 그치는 것이 아니라, 박병사와 대립 관
계에 있던 김춘영과 장옥심에게도 승리를 안겨 주는 파급적인 효과를 지
닌다. 혼사장애 유발자인 방해인물 박병사가 제거됨으로써 춘영은 위기
에서 벗어나 경렬과의 혼인을 성취하게 되었으며, 옥심은 물론 김진사 내
외와 황소사 또한 죽음의 위기를 극적으로 모면하게 되는 것이다. 이처럼
「미인도」의 후반부에 보이는 윤경렬과 박병사의 대립은 박병사로 인해
야기된 갈등적 상황을 모두 해소하면서 결말로 이끄는 종결적 대립의 성
격을 지닌다.

---

70) 정문연본 「미인도」, 116면.

5. 갈등 구조의 의미

앞에서 검토한 바와 같이, 「미인도」에서 박병사는 갈등의 한 축을 이루고 있는 적대자일 뿐만 아니라 작품의 갈등 구조에서 차지하고 있는 비중도 크다. 때문에 박병사라는 인물은 이 작품을 이해하는데 있어서 중시될 필요가 있다. 그것은 「미인도」에서 박병사의 부정적인 면모는 크게 부각되고 있으며, 이 작품은 궁극적으로 박병사의 그러한 부정성(否定性)을 드러내 강하게 비판하고 있기 때문이다.

다음에서는 이러한 점에 주목하여 적대자인 박병사를 한 축으로 하여 전개되고 있는 이 작품의 갈등 구조에 담겨진 의미에 대해 검토해 보기로 한다.

1) 비집권 양반층에 대한 집권 양반층의 전횡

「미인도」에서 비집권(非執權) 양반층에 대한 집권(執權) 양반층의 횡포를 보여주는 인물 대립은 김진사와 박병사의 대립이다. 박병사와 김진사는 모두 양반 계층의 인물이다. 그러나 이들간에는 기실 계층적인 차이가 존재한다. 그것은 박병사가 집권 양반층인데 비하여, 김진사는 비록 누대(累代) 명문거족(名門巨族)이기는 하지만 벼슬에서 물러난 비집권양반이라는 점이다. 박병사가 김진사에게 부당한 혼인을 강권하고, 이를 권세를 통해 성취하는 것은 바로 벼슬에서 물러난 김진사에 대한 집권 양반층의 전횡(專橫)인 것이다. 조선조 후기에 이르게 되면, 집권 양반층과 비집권 양반층의 구분이 확연해지고 집권 양반층이 정권을 전단하는 현상이 나타나는데,71) 박병사와 김진사의 대립·갈등은 바로 이러한 조선 후기 시대상을 반영하고 있는 것이다.

---

71) 강만길, 『한국근대사』, 창작과 비평사, 1984, 116~123면 참조

「미인도」의 전반부에서 박병사의 전횡에 대항하지 못하는 윤경렬 역시 비집권 양반층의 자제다. 그의 부친인 윤사간이 김진사와 마찬가지로 예전에 벼슬을 하다가 지금은 낙향하여 살고 있는 비집권 양반이기 때문이다.

> 윤사간이 답왈 광양 죽림동 정부사난 쇼계의 빙장이라 금월 십팔일은 쇼계의 빙모 회갑이온 바 외손자를 보시고져 하와 슈츠 긔별이 잇삽기로 자식을 다리고 빙가에 갓삽다가 회정ᄒ난 길이옵더니 형장 이곳에 계신 줄은 임의 아ᄂᆞᆫ 바라 정의에 첨아 과문치 못ᄒ옵고 잠시 문후코자 ᄒ와 존문에 져달하엿사오나 왕사를 싱각하오니 쏘훈 옛일이라 우리 피츳 경사에셔 머물던 일이 어졔 갓흔디 발셔 빈발이 셩셩 하얏스니 엇지 한심치 아니 하리요[72]

위의 대목은 윤사간이 아들 경렬을 데리고 김진사 댁을 들렀을 때 김진사와 나누는 대화의 일부다. 이 말 속에서 드러나듯이 윤사간과 김진사는 모두 비집권층의 양반인 것이다. 뿐만 아니라 윤경렬의 경우에는 부모가 모두 세상을 떠난 이후 가문이 급작스럽게 쇠잔해져 사회 경제적으로 몹시 열악한 상태에 처하게 되는 몰락양반(沒落兩班)의 신세가 되기까지 한다.

> 스사로 쩌러지는 눈물을 금치 못ᄒ더니 밤을 타셔 쇼져의 무덤을 츠져 원혼을 위로ᄒ고 다시 싱각ᄒ니 분심이 탱즁ᄒ야 그 길노 바로 병영을 득달ᄒ야 디칼에 병사를 죽이여 쇼져의 원슈를 갑고져 ᄒ나 츳 쇼위 독불장군이요 강약이 부동일 ᄲᅮᆫ 아니라[73]

위의 인용문은 춘영이 죽은 줄 알고 원통해 하는 윤경렬의 심리적 갈등을 서술하고 있는 부분이다. '강약이 부동'이라는 윤경렬의 하소연은

---

72) 정문연본 「미인도」, 6~7면.
73) 정문연본 「미인도」, 61면.

집권 양반층의 불의(不義)에 대해서도 저항할 수 없는 비집권 양반층 내지 몰락 양반층의 계층적(階層的) 한계의식을 반영한 것이라 하겠다.

2) 호색적 탐관오리의 탐학

박병사와 김춘영의 대립은 호색적(好色的) 탐관오리와 순절적(殉節的) 열녀의 충돌·마찰이다. 이러한 대립·충돌은 절개를 지키려는 열녀로서의 춘영에게 심각한 심리적 갈등 상황을 초래하게 된다. 「미인도」는 이러한 갈등적 상황을 증폭시키면서 호색적 탐관오리로서의 박병사의 부정적 면모를 부각시킨다. 박병사는 김춘영의 자태 화용이 빼어남을 알고는, 그녀가 이미 혼약한 곳이 있음에도 '불갓흔 욕심이 것잡지 못하야' 권세를 앞세워 혼인을 강권한다. 그러나 김춘영은 유교적 열녀의식(烈女意識)이 투철한 여인으로서, 그 혼인을 받아들일 수 없었다.

> 사람이 셰상에 삼겨남이 엇지 여즈 되엿시며 불힁이 여즈 되엿기로 일부종사를 못흐고 일신 양약이 왼일인가 윤공자와 셔로 사쥬를 교환흐엿실 분 아니라 쪼흔 더 면흐야 면약쩌진 흐얏시니 윤공자는 만리를 가도 나의 가군이요 나는 죽어 혼빅이라도 윤공자의 가인이라[74]

따라서 춘영은 스스로 죽음의 길을 택할 수밖에 없었으며, 절개를 지키기 위해 겪는 그녀의 갈등이 심각하면 심각할수록 박병사의 호색적인 탐학성(貪虐性)의 정도도 비례하여 커지게 되는 것이다.

이러한 갈등의 양상은 화순 현령과 화영 사이의 긴장적인 대립·마찰에서도 찾아볼 수 있다. 앞에서 살펴본 바와 같이, 화영은 청상(靑孀)에 과부가 되었으나 재가(再嫁)하지 않고 절개를 지키며 살아가던 수절녀(守節

---

74) 정문연본 「미인도」, 25면.

女)로서, 춘영의 분신적(分身的) 존재에 해당하는 인물이다. 그런데 화순 현령이 화영에 대한 소문을 듣고는 그녀를 첩으로 삼고자 하였다. 그러나 화영이 이를 거절하자, 화순 현령은 그녀를 모함하여 관비(官婢)로 만들고 수청을 강요하기에 이른다. 화순현령의 부당한 횡포로 야기된 이러한 갈등적 상황에 화영은 죽음으로써 대처한다.

이와 같이 화순 현령은 호색적 탐관오리의 전형적 인물로서 박병사에 견줄 만한 인물이다. 그리고 화순 현령의 횡포에 죽음으로 항거하는 화영 역시 춘영과 마찬가지로 순절적 열녀의 면모를 여실히 보여준다. 이렇듯 화영과 화순 현령간의 대립·갈등 역시 탐관오리와 열녀의 대립·갈등으로서, 이들 사이에 조성되는 대립·갈등은 탐관오리의 호색적 탐학에 대한 비판의 강도를 증폭시켜 주는 구실을 한다.

3) 지배층의 학정과 서민의 항거

서민에 대한 지배층의 학정(虐政)이 부각되고 있는 인물 대립은 장옥심과 박병사의 대립이다. 이 대립 관계에서 박병사는 무고한 백성을 억압하는 부패한 지배층의 인물로 그려지고 있다. 그리고 억울한 죄명으로 사형이라는 갈등적 위기 상황에 처하게 되는 방물장사 황소사의 딸인 장옥심은 그런 부패한 지배층의 억압 밑에서 고통 받는 서민을 대표하는 인물로 형상화되고 있다.

그런데 여기서 주목되는 바는, 이러한 지배층의 불의에 장옥심이 적극적으로 저항하고 있다는 사실이다.

> 이제 병亽쏘계옵셔 빅셩을 사룽치 아니ㅎ시고 션졍을 베푸지 아니ㅎ시면 이는
> 곳 나른을 속임이니 기군망상은 딕력무도라 ㅎ는 말이 두렵지 아니ㅎ며 이제 쇼녀
> ㄱ 거짓말노 쥬작부언할진딕 김진사 닉외가 죽는 것도 불상ㅎ지만은 쇼녀의 모친
> 이 죽사올 거시니 비친죵타는 극악불효ㄱ 엇지 두렵지 아니 ㅎ올잇ㄱ 쇼녀ㄱ 지금

고하난 말삼이 병소卒를 위호고 빅셩을 위호는 츙고이오니 오월비상의 원한을 짓
게 마르시고 죄업는 빅셩을 속히 살여 보니쇼셔[75]

위의 대목은 옥심과 춘영이 서로 짜고 혼인하여 자신을 속인 것이 아니냐는 박병사의 추궁에, 옥심이 한 항변 중의 마지막 부분이다. 박병사의 횡포에 맞서 무죄한 백성을 살려 보내라는 그녀의 외침은 박병사에 대한 옥심의 저항인 동시에, 지배층의 불의와 횡포에 대한 피지배층의 항거이기도 한 것이다. 기실 조선조 후기에 이르게 되면 민중의 의식이 성장하여서 그들은 관권의 횡포와 지배층의 불의에 대해 여러 형태로 저항하였던 바,[76] 박병사에 대한 옥심의 항거는 바로 이러한 조선조 후기의 시대 상황을 제대로 반영하고 있는 것이라 하겠다.

4) 봉건 지배층의 횡포에 대한 응징

봉건 지배층의 횡포에 대한 응징이라는 의미를 내포하고 있는 인물 대립은 「미인도」의 후반부에 설정된 윤경렬과 박병사의 대립이다. 이 대립 관계는 암행어사와 부정한 봉건 지배층의 대립·충돌로 제기되고 있다. 이 인물 대립에서 박병사는 김진사, 김춘영, 장옥심과의 대립을 통해 부각된 부정적 이미지의 총합체라는 성격을 지니게 된다. 즉 그는 전횡(專橫)과 학정(虐政)을 일삼는 부도덕한 집권 지배층·호색적 탐관오리의 전형적인 인물이다. 따라서 박병사는 봉건 지배층의 횡포를 상징적으로 형상화한 인물이라 하겠으며, 박병사에 대한 암행어사의 치죄(治罪)는 이러한 봉건 지배층의 횡포에 대한 응징의 의미를 지니게 된다.[77]

윤경렬에게 있어서 어사 출두는 일차적으로는 자신과 정혼한 춘영을

___

75) 정문연본 「미인도」, 105면.
76) 강만길, 앞의 책, 147~149면 참조
77) 김종철, 앞의 논문, 39~45면 참조

사지(死地)로 몰아 넣은 장본인에 대한 개인적 복수의 성격을 지니게 된다. 그러나 어사 출두의 의미는 여기서 그치는 것이 아니라, 그것이 봉건 지배층의 부정과 불의에 대한 응징이라는데 더 중요한 본질적인 의미가 있다.

> 제일 유감되온 바는 각 도 각 읍에 방빅 슈령이 성의를 봉체치 아니ᄒ고 스사로 권리만 람용ᄒ야 빅셩의 지산을 침어ᄒ고 불상한 충성을 어육이 되게 ᄒ야 빅셩 살히ᄒ기를 쵸기갓치 역이오니 셔로 원망ᄒᄂᆫ 쇼리 길을 연ᄒ야 근치지 아니ᄒ옵고 춤듐ᄒ 광경은 가히 형언ᄒᆯ 슈 업사오니 셩은이 엇지 민간에 보급ᄒ오며 빅셩이 엇지 싱활ᄒᆞ올잇가 가증할 것 방빅 슈령의 혹정이요 불상ᄒ 것 도탄에 든 빅셩이라 국가에 급션무ᄂᆫ 오즉 죠졍에 강명 졍직ᄒ 사름으로 방빅 슈령을 틱츌ᄒ야 불상ᄒ 충성을 건지시면 나라에 어진 졍사가 자연이 보급ᄒ옵고 국가에 기쵸가 공고ᄒ야 상ᄒ에 원망이 읍실진더 셩더 티평을 일울가 ᄒ나이다[78]

위의 인용문은 별과에 급제한 윤경렬이 박병사의 횡포를 응징하기 위해 상주(上奏)한 말의 일부다. 이 말 속에는 봉건 지배층의 가혹한 수탈과 폭정에 대한 비판과, 도탄에 빠진 백성의 구제라는 의미가 담겨 있으며, 그것을 실현시키는 것이 바로 어사 출두인 것이다. 박병사는 바로 이 인용문에서 제시되고 있는 바, 수탈과 폭정을 일삼아 백성의 원망을 사는 부도덕한 봉건 지배층에 해당하는 인물이며, 이러한 봉건 지배층의 불의와 횡포를 어사 출두로 처단하고 있는 것이다.

이와 같이 「미인도」가 봉건 지배층 대 암행어사의 대립·갈등 양상을 통해 봉건 지배층의 불의와 횡포를 비판·극복하고자 하는 의미를 담고 있다는 점은 이 작품의 주제 내지 작가의식과 관련하여 주목할 필요가 있다 하겠다.

---

78) 정문연본 「미인도」, 96면.

6. 작품에 투영된 조선 후기의 사회상

이상에서 살펴 보았듯이, 「미인도」는 남녀 주인공이 봉건 지배층의 횡포를 극복하고 혼인을 성취해 내는 일련의 사건을 그린 작품이다. 그런데 「미인도」는 이 같은 서사 사건을 전개해 나가는데 있어, 이 작품이 시대 배경으로 설정해 놓고 있는 조선 후기의 다양한 사회상을 작품 속에 수용해 놓고 있다.

다음에서는 「미인도」에 조선 후기의 어떠한 사회상이 수용되고 있으며, 또한 그것은 작품 형성에 어떻게 활용되고 있는지 구체적으로 검토해 보기로 한다.

1) 신분 질서의 동요

「미인도」가 시대 배경으로 설정하고 있는 시기는 조선 후기인 영조대(英祖代)다. 이미 언급했듯이, 조선 후기는 중세 봉건 질서가 붕괴되면서 다양한 사회 변화상을 보여주던 시기다. 그러한 변화상 중의 하나는 신분 질서의 동요다. 임병 양란을 거친 이후 조선 사회의 전통적인 신분 체제는 크게 뒤흔들렸고, 상하 신분 계층간의 이동 현상과 신분 계층 내부의 분화 현상 등이 나타나게 된다. 「미인도」의 등장 인물들은 이 같은 조선 후기의 사회 변화상을 핍진하게 반영하는 인물들로 형상화되어 있다.

(1) 양반층의 분화

조선 후기에 이르러 양반의 수가 크게 증가하고 당쟁이 격화되면서 집권 양반층과 비집권 양반층의 구분이 확연해지게 된다.[79] 그리고 권력을

---

79) 강만길, 앞의 책, 121면 참조

보유한 소수의 집권 양반층을 제외한 대다수의 양반들은 몰락의 길을 걷게 된다. 「미인도」에서 남녀 주인공은 바로 이러한 양반계층 내의 분화 현상을 반영하고 있는 실세한 양반층의 자녀들이다. 김춘영의 부친인 김진사는 비록 누대 명문 거족의 후예이긴 하지만 벼슬에서 물러나 있는 비집권층의 양반이다. 이는 윤경렬의 부친인 경우에도 마찬가지로, 그 역시 정권에서 이탈된 양반이다. 이에 비해 전라 박병사와 화순 현령은 「미인도」에 등장하는 집권 양반층에 속하는 대표적인 인물들이다.

김춘영의 부친인 김진사는 권력에서 소외되어 있기는 하지만 사회·경제적으로 어느 정도의 양반의 권위를 유지하고 있다. 그러나 윤경렬의 경우는 양반의 사회적 지위와 경제적 기반을 모두 상실한 지경에까지 몰락하고 있다.

> 상가 셰월은 별노히 쌔른 지 어언간 삼년상을 지니니 가산은 자연 영체ᄒ야 일신도 안보ᄒ기 어려울 쑨 아니라 진사 쏘한 인마를 보니여 공자를 쳥ᄒ니 공자 방양으로 여간 남은 가산은 노복의계 젼ᄒ고 장ᄎ 고토를 쩌나려 할 시 사당에 드러가 고비하고 부모 양위 산쇼에 이르러 망극 이통으로 고별한 후 인마에 몸을 의퇵ᄒ야 여러 날 만에 진사덕을 당도하니80)

윤경렬의 양친은 양가의 혼인을 약정한 후 곧바로 세상을 뜨고, 윤경렬의 가문은 급격히 열악한 상태에 놓이게 된다. 위의 인용문은 바로 그러한 윤경렬의 처지를 여실히 보여준다. 이와 같은 과정을 거치면서 윤경렬의 처지는 신분적으로는 비록 양반이었으나 사회·경제적 조건은 서민과 거의 차이가 없었던 조선 후기 몰락 양반의 형상을 여실히 보여주게 된다.

> 슬푸다 윤공자는 아모리 진퇴유곡이 되엿스나 사의도ᄎ에 일시인들 그 집에 머물러 잇시리만은 진사의 강권함을 괄시치 못ᄒ야 이즉 머물너 잇시나 미구에 진사

---

80) 정문연본 「미인도」, 17면.

의 집을 써나 천지로 집을 삼고 사히로 방을 부처 정처업시 써날 작정이라[81]

조선 후기의 몰락 양반 중에는 상당한 학식과 교양을 지닌 채 유랑 생활을 하는 경우도 적지 않았다. 이런 자를 일컬어 과객(過客)이라 한다. 그런데 그들은 양반가(兩班家)의 사랑이나 행랑채에 유숙하면서 집 주인과 담소를 나누고 일정한 대접을 받으면서 생활을 영위해 나갔다.[82] 위의 인용문이 보여주듯, 부모상(父母喪)을 당한 이후, 고향을 떠나 객지로 떠돌던 윤경렬의 처지는 바로 이러한 과객과 다를 바 없는 것이다.

다음의 예문은 이와 같은 윤경렬의 몰락한 양반의 모습을 잘 드러내 보인다.

호접은 편편ᄒ야 화간에 츔을 츄고 두견은 체체ᄒ야 공산에 실피울 졔 순천부 동부원 건넌편 솑임 속에 만고열여 츈영지묘라 삭엿ᄂ 비셕 압헤 엇더ᄒ 졀문 쇼년이 의표도 람누ᄒ고 힝식이 수상ᄒ디 시쇼반 일비쥬에 체읍 통곡ᄒ고 잇ᄂ 쳥년 남자ᄂ 뉘가 보던지 걸인이 아니면 눔의 집 츤밥 신셰 만히 지은 과긱이라 ᄒ리로다[83]

(2) 서민 상인층의 성장

이렇듯 남녀 주인공과 박병사가 조선 후기 양반 계층의 분화라는 신분제의 동요 현상을 보여주며, 특히 윤경렬이 양반의 몰락 양상을 반영하고 있는데 비해, 장옥심과 그녀의 모친인 황소사는 서민 상인층이 성장해 나가던 당시의 시대 상황을 사실적으로 반영하고 있는 인물들로 그려지고 있다. 앞에서 언급하였듯이, 장옥심은 정절을 지키기 위해 남복(男服)으로

---

81) 정문연본 「미인도」, 25면.
82) 이와 같이 조선 후기 몰락양반 중에서 과객이 된 자들은 이 지방, 저 지방을 유랑하면서 민심을 수집하고, 정보를 유통시키는 등의 역할을 담당하기도 했기 때문에 이들은 조선조 믐路의 한 부분을 형성하기도 한다.(이상희, 앞의 논문, 304~306면 참조)
83) 정문연본 「미인도」, 94면.

변착(變着)하고 도피 생활을 하던 김춘영을 남자로 알고는 그녀에게 청혼한 인물이다. 이 여성 인물은 부친을 잃고 모친과 더불어 생활하는데, 그녀의 모친은 방물장사를 하는 황소사다.

> 쇼져는 그 녀인을 자셔이 보니 젼일에 보던 방물장슈 녀인이라 쇼져는 그 녀인을 짐작하엿시나 그 녀인은 남복한 쇼져를 엇지 아라 보리요 이 노파는 다른 사람이 아니라 검부역 마을 근쳐에 사는 황쇼사라 일즉 가군을 여희고 다만 한 쭐을 의지ㅎ야 지너는더 그 쭐의 일홈은 장옥심이라 년금 십팔에 얼골이 절식이요 지질이 민쳡ㅎ야 시셔 빅가를 통달ㅎ엿는더 황쇼사는 일구월심에 옥심과 갓흔 사외를 구코져 ㅎ야 방물짐을 하여 가지고 가가호호 방방곡곡이 두로 다니며 순텬 동부원 김진사 딕을 만히 단이엿시나 그 쇼져는 녀인이라도 외인 더ㅎ기를 질겨 아니함으로 김쇼져의 얼골을 자셔이 보지 못ㅎ엿스나 쇼져는 미양 노파를 만이 보앗더라[84]

잘 아는 바와 같이, 조선시대에는 상업이 천시되어 임병 양란 이전에는 상품의 유통이 활기를 띠지 못하였다. 그러나 조선 후기에 접어들면서 화폐의 유통이 활발해지고 상품 경제의 발달도 가속화되었다. 그리하여 수공업의 발달도 촉진되고, 상품의 교역이 전국적으로 활성화되었던 것이다. 이러한 사회경제적 변화는 경제 활동의 중심 계층이었던 서민층의 경제적 성장을 야기하게 된다. 이처럼 조선 후기에 이르면 다양한 경제 활동으로 부를 축적한 서민층이 그 경제력을 바탕으로 하여 신분 상승을 꾀하기도 했다.[85] 위에서 제시한 인용문에서 살펴볼 수 있듯이, 바느질 도구·화장품·패물 등 여자에게 소용되는 방물짐을 가지고 전국을 돌아다니며 물건을 파는 방물장수 황소사와 그녀의 딸 장옥심은 바로 상업 활동을 통해 경제적으로 성장해 가던 조선 후기 서민 상인층의 모습을 반영하고 있는 인물이라 하겠다.

---

84) 정문연본 「미인도」, 41~42면.
85) 최진옥, 「서민층의 성장」, 국사편찬위원회, 『한국사』 34, 탐구당 문화사, 1995, 105~129면 참조

(3) 노비층의 신분 상승

조선 후기에 나타난 신분 변동의 주요 양상 중의 하나는 노비 신분층의 동요 현상이다. 이 시기에 이르면 노비 계층에 대한 신분적 제약이 상당히 완화되어갔고, 또한 노비 계층의 신분 상승도 활발히 전개되었다. 이러한 노비의 신분 상승은 도망을 하거나 유리하여 양인의 신분을 모칭하는 불법적 방법으로 시도되기도 했지만, 제도화되어 있는 합법적인 방법을 통하여 이루어지기도 하였다.86) 이와 같은 조선 후기 노비층의 신분 상승이라는 사회 변화상을 제대로 보여주는 인물은 화영과 그녀의 모친인 근년이다.

이미 언급하였듯이, 화영은 김춘영이 절개를 지키고자 자결을 기도했을 때 그녀를 죽음으로부터 구해준 인물이다. 뿐만 아니라 그녀는 기지를 발휘하여 김춘영을 남자로 위장시켜 도주시키기도 하였다. 그리고 화영은 자신의 나이와 용모 그리고 음성 등이 김춘영의 그것과 흡사하다는 점을 이용해 김춘영을 대신하여 자신이 박병사와의 혼례를 치르고 즉시 자결한다. 이렇듯 김춘영에게 있어서 생명의 은인이요, 그녀의 분신적(分身的) 존재라 할만한 화영의 신분은 원래 노비였다.

---

86) 노비의 합법적인 신분상승 방법에는 納粟策, 軍功免賤, 功勞免賤, 代口贖身 등이 있다. 납속책은 국가의 재정난을 타개하기 위해 실시한 것으로 재력이 있는 노비는 이 납속면천에 의해 신분상승을 이룰 수 있었다. 군공면천은 임란 때 대대적으로 실시된 바 있는데 군공을 세우는 경우에 면천되었으며, 임란 이후에도 반란 진압·역적 포획 등의 군공을 세울 경우 면천되었다. 또한 충·효 등의 유교적 덕행을 실천한 노비에 대해서는 공로에 의하여 면천이 허가되기도 하였으며, 부유한 노비들은 자기 대신에 다른 노비를 매입하여 충당하고 자신은 면천되기도 하였는데 이것이 대구속신이다. 이와 같이 조선 후기에는 노비들이 합법적인 방법으로 면천되는 길이 다양하게 존재하였다.(전형택, 「노비신분층의 동향과 변화」, 국사편찬위원회, 『한국사』 34, 탐구당 문화사, 1995, 144~147면 참조, 平木實, 『조선후기 노비제 연구』, 지식산업사, 1982, 152~191면 참조)

그 녀ㅈ는 별사람이 아니라 쇼져의 모친 홍씨 부인이 김진사의계 출가할 시에 다리고 온 몸종 근년의 딸 화영이라 홍씨 쇼져를 잉터할 쎠에 금년도 쏘훈 슈터ㅎ야 홍씨는 사월 십오일에 쇼져를 싱산ㅎ고 금년은 사월 십육일에 화영을 나엇는더 ㅎ로가 틀인 동갑일 뿐 아니라 그 얼골과 ㅈ티 거동이며 심지여 음셩까지 셔로 츠착이 업시 갓흔고로87)

잘 아는 바대로, 조선 후기는 종모법(從母法)이 실시되어 노비의 신분은 모친의 신분에 따라 결정되었다. 따라서 김춘영 모친의 시비였던 금년이 노비의 신분이었기 때문에 그녀의 딸인 화영 역시 금년의 신분에 따라 노비의 신분이었던 것이다. 그러나 다음의 인용문에서 볼 수 있듯이, 화영 모녀는 속량(贖良)되어 양인의 신분을 획득하게 된다.

진사 니외 사랑ㅎ야 일홈을 춘영이라 ㅎ고 화영이라 ㅎ야 친형졔ㄴ 진 바 업시 갓치 공부를 식이며 화영의 모녀를 속양ㅎ야 형우졔공으로 지너더니 화영이 십오 셰에 화슌으로 츌가ㅎ엿더니88)

화영 모녀는 조선시대에 개인의 재산으로 간주되던 사노비(私奴婢)다. 이들 사노비는 국가에서 간여할 여지가 거의 없었기 때문에 면천(免賤)·속량(贖良)의 기회가 공노비(公奴婢)에 비해 상대적으로 적을 수밖에 없었다. 그러나 조선 후기에 이르게 되면 사노비의 속량도 공노비의 속량과 더불어 확대되어 나갔다.89) 「미인도」가 시대 배경으로 하고 있는 영조대에 전개된 이 같은 상황은 다음의 기록을 통해 충분히 짐작할 수 있다.

공사 노복의 면천의 길이 多岐하여 賤籍에서 빠져나가 혹 政望에 참여하기도 한다.90)

---

87) 정문연본 「미인도」, 34~35면.
88) 정문연본 「미인도」, 35면.
89) 전형택, 『조선 후기 노비 신분 연구』, 일조각, 1989, 185면 참조
90) 『영조실록』, 권39, 영조 10년 12월 정미조

「미인도」에서 화영 모녀의 속량 사유가 무엇인지 작품 내에서 명시하고 있지는 않다. 그러나 이들 모녀의 면천·속량은 축적된 부를 바탕으로 한 자발적인 것은 아니며, 김진사 내외의 은전에 의해서 이루어진 것으로 보아진다. 실제로 조선 후기에는 화영 모녀의 경우와 같이 주인을 잘 섬긴 공로를 인정하여 노주(奴主)가 자신의 사노비를 면천·속량해 주기도 하였다.[91] 여하튼 「미인도」에서 화영 모녀의 면천·속량은 조선 후기에 활발하게 전개되던 노비 계층의 신분 동요 현상을 사실적으로 반영하고 있다 하겠다.

이상에서 검토한 바와 같이, 「미인도」는 양반 계층 내의 분화 현상과 몰락 양반의 등장, 서민 상인층의 성장 그리고 노비 계층의 신분 상승 등 중세 봉건사회가 변동·해체되면서 야기된 조선 후기의 신분 질서 동요 양상을 사실적으로 반영하고 있다. 이 작품 속에 등장하는 주요 작중 인물들은 바로 이러한 당시의 변화하는 사회상을 제대로 대변해주고 있는 인물들인 것이다.

2) 봉건 지배층의 부패상

「미인도」에는 조선 후기의 부패한 봉건 관료와 그 하수인을 상징적으로 형상화하고 있는 전형적 인물들이 다수 등장하고 있다. 이러한 존재들은 전라 병마절도사와 화순 현령과 같은 지배층의 봉건 관료와 그들의 휘하에 있는 장교·장차·사령·관차 등이다. 이들 부패 관료와 그 관속들은 조선조 봉건제도의 구조적 모순과 그 병폐를 대변하는 인물들이다.

잘 아는 것처럼 조선 후기에 이르면 봉건사회의 구조적 모순이 심화되

---

91) 영조 때 李衡祥이 36년 동안 자신을 잘 섬겼다 하여 그의 충복인 善一을 면천·속량시켜 준 예가 『瓶窩集』에 기록되어 있다.(전형택, 앞의 책, 185면 참조)

면서 지배층의 횡포와 탐학이 빈번해지며, 그로 인해 민중들이 겪는 고통
은 가중되고 있다. 「미인도」는 이들 부패 관료와 그 부하들이 저지르는
악행을 통해 조선 후기 봉건 지배층의 비리와 부패상을 사실적으로 반영
하고 있는 것이다.

> 민간에 악훈 폭힝이 이르지 아니한 곳이 업스나 뉘가 감히 금지할 능력도 업거
> 니와 안하에 무인이 되야 령문 장츠가 한 번 지니가는 곳에는 사람은 고사ㅎ고 심
> 지어 계견 육축까지라도 희를 입는고 아모 죄가 업는 사람이라도 형셰가 여간 죠만
> 셕죽을 걱정 아니ㅎ던지 그러치 아니ㅎ면 집안이나 두두룩한 사람은 밤이라도 단
> 잠을 자지 못ㅎ고 슈족과 지기를 폐지 못하야 솔깁이 지닌 곳에 병아리 사라가듯
> 마음을 놋치 못훈 중에 죠고만한 허물이 잇던지 그러치 아니ㅎ면 무죄히 사문사 한
> 번을 만니면 령문에 잡히여 가기 전에 장교 츠사의 예치를 물어니기예 법에 업는
> 사미도 만이 맛고 근자독지로 알들히 모흔 지산을 기둥 뿌리가 쑥쑥 빠지도록 쏙쏙
> 터러 바치는 일이 이루 손까락을 꼽아 헤아리기 어려운 그쩌 시절이라[92]

위의 인용문에서도 형상화되고 있듯이, 조선 후기의 부패 관료와 그 관
속들은 무죄한 백성들을 위협하여 재물을 약탈하기도 하고, 형옥을 남발
하여 부정하게 축재하기도 하였던 것이다.[93] 당시의 백성들은 이런 탐학
관리와 관속들에 의해 부당하게 수탈 당하고, 그들의 폭정에 시달려야만
했던 것이다.

이와 같은 불법적 횡포를 일삼았던 조선 후기의 부패한 봉건 지배층을
대변하는 인물로 「미인도」에서 형상화되고 있는 대표적인 존재가 바로 박
병사이며, 화순 현령과 그들의 휘하에 속하는 관속들도 역시 당시 봉건 지
배층의 비리와 부패상을 그려내는데 일익을 담당한다. 다음에는 「미인도」
에 그려지고 있는 이들 봉건 지배층의 부패상에 대해 살펴보기로 한다.

---

92) 정문연본 「미인도」, 20~21면.
93) 한상권, 「조선 후기 세도가문의 축재와 농민항쟁」, 『한국사 시민강좌』 제22집, 일조각,
    1998, 83~101면 참조

(1) 권세를 악용한 박병사의 늑혼 강요

박병사는 중년에 상처하자 속현하려고 마땅한 혼처를 물색한다. 그러다가 그는 김춘영에 대한 소문을 듣고는 청혼을 한다. 그러나 김진사는 자기 여식이 이미 윤경렬과 정혼한 사실을 이유로 박병사의 청혼을 정중히 거절한다. 그러자 박병사는 병마절도사라는 자신의 신분적 특권을 악용해 김진사에게 억압적인 횡포를 가하게 된다.

> 김진사로 말ᄒ여도 자기 쌀 혼인을 자기가 쥬장할 거시오 더구ᄂ 혼인을 면약까지 ᄒ엿다 ᄒ면 그만이지만은 간활한 협잡비가 병사의계 아첨ᄒ야 김쇼져의 자타 화용이며 윤공자의 혈혈 고단함을 귀가 졋도록 드른 병사의 마음은 불갓흔 욕심이 것잡지 못ᄒ야 쳐음은 호의로 달ᄂ여 편지ᄒ얏다가 급기야 김진사의 거절을 당ᄒ니 노발이 상싱ᄒ고 로기 등천ᄒ야 사갈 갓흔 홈츠를 불너 김진사를 결박ᄒ야 성화 최ᄂ ᄒ라 하엿시니 무지ᄒ 장츠들은 큰 수나 싱긴 드시 억기 바람에 흥을 니여 홍사와 용두 고랑을 허리에 츠고 빅구타령을 부르며 셔실잇게 달여 들어 역젹 죄인이나 잡난 드시 강도 죄슈나 만닌 드시 김진사 집 사면으로 풍우 갓치 달여 들어 김진사를 포착ᄒ야 슈족에 홍사를 지우고 신발갑 족치를 우려 니노라고 축지박지로 곤란을 무슈히 당ᄒ던 이쩌리[94]

박병사는 김진사의 혼사거부를 자신의 권위에 대한 무시로 간주하고 자신이 가지고 있는 막강한 권세를 악용하여 김진사에게 횡포를 가하고 있는 것이다. 위의 인용문은 이 같은 박병사의 횡포와 거기에 곁들여 그의 부하들이 저지르고 있는 악행이 묘사되고 있는 장면이다. 이러한 횡포와 악행은 부패한 봉건 지배층에 의해 자행되는 학정의 한 모습인 것이다.

---

94) 정문연본 「미인도」, 21~22면.

(2) 화순 현령의 부당한 수청 강요

자신의 신분적 권세를 악용하여 민중을 침학하고 있는 이러한 봉건 관료의 부패상은 화순 현령의 경우에서도 찾아볼 수 있다. 박병사의 횡포가 김춘영에 대한 늑혼 강요에서 빚어지고 있는데 비해, 화순 현령이 보여주고 있는 봉건 지배층의 부패상은 화영에 대한 수청 강요다.

> 화영이 듯고 눈물을 나리며 왈 쇼졔 가군을 사별ᄒ고 근근히 지너 오더니 마참 본읍 현령이 나의 쇼문을 듯고 잉첩을 삼고져 ᄒ야 누ᄎ 사람을 보너여 달너옵기로 거이칙지ᄒ야 보너엿더니 현령이 진로ᄒ고 나를 모함에 너어 관부에 잡아다가 관비에 일홈을 박고 슈청들나 하옵기로 거짓 허락ᄒ고 마음을 눙친 후에 즉시 죽기로 결심하온즉[95]

앞에서 이미 지적한 바와 같이, 화영은 원래 김춘영의 모친인 홍씨 부인이 거느리던 몸종의 딸로 노비 신분의 인물이었다. 그러나 그녀는 노비에서 속량되어 양인이 되었고, 그후 화순 지방으로 시집을 가게 된다. 그렇지만 불운하게도 화영은 청상과부의 신세가 된다. 이 때 탐학 관리인 화순 현령이 화영의 처지를 알고는 그녀를 시첩(侍妾)으로 삼고자 한다. 그러나 화영이 이를 거절하자 화순 현령 역시 박병사와 마찬가지로 자신의 권세를 동원하여 부당하게 그녀를 관비(官婢)로 전락시킨 다음 수청을 강요하기에 이른다. 그리고 화순 현령의 이러한 부당한 수청 강요는 김춘영에 대한 박병사의 늑혼 강요와 맞물리면서 결국 화영을 죽음으로 내모는 계기로 작용하게 된다.

---

95) 정문연본 「미인도」, 35~36면.

(3) 박병사의 불법적 학정

김춘영에 대한 늑혼 강요에서 비롯된 박병사의 횡포는 미인도라는 그
림으로 인해 그녀의 주변 인물들에까지 확대되고 있다.

> 박병사 듯고 디분호야 즉시 김진사 너외와 황쇼사를 쥬뢰로 궁문호나 엇지 다른
> 말이 잇시리요 다만 이만 쑥쑥 갈고 어셔 죽여 달나눈 말 쑨이더라 병사눈 오히려
> 분을 이기지 못호야 크고 큰 졀목 칼을 목에 씨우고 삼인을 엄슈후로 다시 장츠를
> 보너여 황쇼사의 딸 옥심랑자를 잡펏더라[96]

김춘영은 박병사의 늑혼 강요를 피해 남복 변착하고 남자의 행세를 하
며 유마사에서 은거한다. 그러나 그녀의 화용 월태는 감출 수 없어, 박병
사의 요청에 따라 미인도를 그리고자 대상을 물색하던 화가 양법사의 눈
에 그녀가 띄게 된다. 그리하여 그녀의 모습은 화폭에 담기게 되고, 이 미
인도는 박병사에게 가던 도중 김진사의 수중에 들어가게 된다. 그러나 이
사실이 박병사에게 발각되면서 그는 김춘영의 죽음이 위장된 것임을 눈
치챈다. 그리고 난 후 박병사는 김진사 내외와 황소사 모녀가 자신을 기
만했다고 하여 그들을 잡아들이고, 이들에게 혹독한 형벌을 가한다. 위의
인용문은 바로 이런 장면을 보여주는 대목이다. 그런데 이러한 박병사의
모습은 무죄한 백성을 잡아다가 억울한 죄명을 씌워 가혹하게 징치하는
부패한 봉건 관료의 형상이라 하겠다.

「미인도」에서 박병사로 상징화된 부패한 봉건 관료의 침학은 여기서
그치는 것이 아니라 백성 전체에 이르기까지 광범위하게 확산되고 있다.

> 원근읍 빅성들과 성외 성너 빅성들은 사름 죽이는 구경이 보기 조와 모인 바는
> 아니지만은 김진사 너외와 황쇼사 모녀의 춤혹훈 죽음이 눕의 일 갓지 아니호야 셔

---

96) 정문연본, 「미인도」, 86면.

로 면면이 도라보며 셔로 눈물을 뿌리며 인산인희를 이루엇는더[97]

앞서 언급하였듯이, 박병사는 형옥(刑獄)을 남용하여 죄없는 김진사 내외와 황소사 모녀를 잡아다가 국문(鞫問)을 하고 그들 모두를 사형시키고자 한다. 위의 장면은 무죄한 사람들이 억울하게 처형당하게 된 것을 슬퍼하는 백성들의 모습을 보여준다. 죄 없는 자들이 사형 당하는 일을 남의 일 같지 않게 여기는 그들의 인식을 통해 부패 관료의 폭정이 폭넓게 퍼져 있었음을 알 수 있다. 박병사에 대한 민중들의 원성이 끊어지지 않았으며, 병영의 옥중에 무죄한 백성들이 갇혀있다는 사실은 이와 같은 점을 여실히 입증하는 바이기도 하다.

이와 같이 「미인도」에서 박병사와 화순 현령 그리고 그들 휘하의 관속들은 봉건 지배층이 지닌 권세를 악용해 탐학과 횡포를 자행하고 있다. 이러한 봉건 지배층의 부패상을 함축적으로 잘 보여주고 있는 부분은 박병사의 불법학정을 응징하기 위해 윤경렬이 임금에게 상주(上奏)한 말이다. 이 글의 내용은 이미 앞에서 인용·소개한 바 있는데, 윤경렬은 이 상주를 통해 권리를 남용하여 수탈과 폭정을 일삼는 탐학 관리를 처단하여야 백성의 원망이 없고 태평성대를 이룰 수 있다고 주장하고 있다.

윤경렬의 입을 통해 제시되고 있는 박병사의 학정은 그가 신분적 특권을 악용하여 백성들의 재물을 불법적으로 수탈하며, 백성의 생명을 초개와 같이 가볍게 여겨 형옥을 남용한다는 것이다. 이로 인해 탐학 관리에 대한 백성의 원성은 높아가고, 자연 그들은 도탄에 빠지게 되는 것이다. 박병사를 통해 표출되고 있는 이러한 학정의 실상은 앞서 지적한 바와 같이, 조선 후기의 탐학 관리들에 의해 자행된 부패상과 상통하며, 박병사의 학정에 신음하는 백성들의 모습 역시 봉건 지배층의 가혹한 탐학으로

---

97) 정문연본, 「미인도」, 108면.

고통받던 조선 후기 민중들의 삶을 반영하고 있는 것으로 보아진다.

3) 민중의 저항

앞서 언급한 바대로, 조선 후기는 중세 사회의 모순이 심화되면서 정치·사회적인 혼란이 더욱 심화되었고, 이로 인하여 민생과 민심은 점차 피폐해져 갔다. 봉건 지배층의 가혹한 탐학은 민중들의 고통을 가중시켰고, 그들은 드디어 봉건 지배층의 독선과 부패 관료의 침학에 대해 저항하기에 이르게 된다. 조선 후기 민중들은 봉건적 수탈과 횡포를 극복할 합법적 방법을 제대로 가지고 있지 못하였다. 부패한 지방관리에 대한 합법적 소송의 길이 막혀 있었고, 그들을 고소하는 경우 무고죄로 처벌되었으며, 수령의 학정을 호소하다가는 벌금을 물고 귀양을 살아야 했다.[98] 그리하여 일부 민중들은 불법적인 행동을 통해 수탈과 횡포에 저항했던 것이다.

조선 후기 민중의 저항은 다양한 형태로 표출되고 있었다. 그들 중 일부는 부패 관료의 간섭을 피해 고향을 떠나 유망(流亡)하는 것처럼 소극적 행동으로 저항하기도 했고, 이와는 달리 피역(避役), 항조(抗租), 거세(拒稅) 등의 형태로 봉건적 수취체제에 저항하거나, 벽서(壁書) 등의 방법으로 지배체제의 모순과 부패 관료의 탐학을 비판하거나, 심지어는 무력을 동원하여 변란을 일으키기도 하였던 것이다.[99]

이렇듯 조선 후기의 민중들은 일정한 한계를 지니고 있긴 했지만, 봉건 사회의 구조적 모순을 서서히 인식하면서 봉건적 지배체제에 대해 저항하고 있었던 것이다. 「미인도」에서 박병사와 화순 현령과 같은 부패 관료

---

98) 강만길, 앞의 책, 147면 참조
99) 최완기, 「18세기의 민중운동」, 국사편찬위원회, 『한국사』 36, 탐구당 문화사, 1997, 119면
　　참조

의 독선과 탐학에 맞서는 장옥심과 화영의 도전적 행동은 바로 민중의 저항이라는 조선 후기의 변화된 사회상이 반영된 결과라 볼 수 있다. 다음에서는 「미인도」에 투영되고 있는 이러한 사회상에 대해 살펴보기로 한다.

(1) 성장한 민중적 표상

이미 살펴보았듯이, 화영과 장옥심은 조선 후기 봉건 권력에 대항할 수 있을 만큼 새롭게 성장한 민중적 표상(表象)에 해당하는 인물들이다. 화영은 본디 노비의 신분이었으나 면천·속량 되어 양인이 된 자로 김춘영과 동문 수학하여 어느 정도의 학식을 갖추고 있었으며, 또한 김춘영이 박병사의 늑혼 강요로 곤란에 처해 있을 때 그 위기 상황을 해결해 줄 만큼의 지략을 갖춘 인물이다. 장옥심 역시 조선 후기 상공업의 발달로 크게 성장한 상인 계층의 서민 여성으로 미모와 학식 및 담력을 두루 겸비하고 있는 인물이다. 다음의 인용문에서는 이 같은 장옥심의 모습이 잘 드러나고 있다.

> 그 랑자는 별 사람이 아니라 쥬인 로파의 딸 옥심이라 년광은 당금 십팔세요 얼골이 천흥절식이라 십오세에 부친을 여의고 모친을 위로흐며 지니엿스니 쳐음 듯난 사람은 아모 것도 비오지 못흐엿시리라 싱각흐지마난 옥심랑자 칠세부터 부친의계 학문을 공부흐야 총명이 문일지십하더니 십세젼에 뉘칙과 열네젼 쇼학 등을 통달흐고 십오세에 칠셰를 열람흐엿난디 옥심랑자의 아름다온 틱도와 꼿다오 일홈은 자연 원근에 랑자홈을 맛치 아름다온 작약이 잡풀 속에 감츄어 잇시나 그 향니 난 감츄지 못홈과 갓치 쇼문이 츠츠 전파되야 청혼하난 자 끈치지 아니하나[100]

더욱이 장옥심은 남장(男裝)한 여인 김춘영을 정말 남자로 알고는, 그녀

---

[100] 정문연본 「미인도」, 47~48면.

에게 연정시(戀情詩)를 지어 보내면서 먼저 청혼할 정도로 능동적이고 적극적인 사고 방식을 가진 여성이었다. 이와 같이 화영과 장옥심은 봉건 지배층의 횡포에 맞설 수 있을 만큼 성장했던 조선 후기 민중세계를 사실적으로 반영하고 있는 인물들인 것이다.

(2) 화영의 신분적 항거

「미인도」에서 화영의 저항은 화순 현령과의 대립에서 빚어지고 있는데, 그녀의 저항은 양인으로 속량된 자신의 신분을 고수하고자 하는 신분적 항거의 의미를 지닌다. 탐학 관리인 화순 현령은 노비에서 면천된 화영이 청상 과부의 신세에 처해 있음을 알고는 그녀를 자신의 시첩으로 삼고자 한다. 그러나 화영은 현령의 처사가 사리에 맞지 않는다는 점을 내세워 이를 거절한다. 그러자 부패 관료인 화순 현령은 그녀를 모함하여 관비로 만들고는 그녀에게 수청을 강요한다.

조선 후기에 사노비가 면천·속량되었다 하더라도 실제적으로는 바로 양인과 동등한 대우를 받지는 못했던 것이 사실이다.[101]그렇다 하더라도 화영의 신분은 면천된 양인임에는 틀림없다. 그럼에도 불구하고 화순 현령은 그녀를 다시 관비라는 노비의 신분으로 전락시키는 횡포를 자행하고 있는 것이다. 화영의 수청 거부행위 속에는 전통사회의 수절의식이 자리잡고 있다는 사실도 배제할 수는 없다 하겠다. 그러나 그 못지 않게 그거부행위 이면에는 면천·속량됨으로써 획득한 자신의 양인 신분을 인정하지 않는 부당한 봉건적 횡포에 맞서 자신의 신분상승을 유지하고자 하는 화영의 민중적 항거의 의미가 내포되어 있는 것으로 이해하는 것이 타당하리라 보아진다.

---

101) 平木實, 『조선후기 노비제 연구』, 지식산업사, 1982, 190~191면 참조
　　　전형택, 앞의 책, 187~188면 참조

(3) 장옥심의 적극적 항거

이와 같이 화영은 자신의 신분 상승을 무시하고 수청을 강요하는 봉건적 권력에 맞서 저항을 하지만, 도피라는 방식을 취함으로써 소극적인 저항의 형태를 보여주는데 머물고 있다. 이러한 화영의 저항방식과 비교해 볼 때, 박병사의 횡포에 맞서는 장옥심의 항거는 다분히 적극적이다.

> 셜영 츈영 쇼져가 사룻잇고 혼인을 거역홀 지룻도 병사도눈 민지부모시룻 임즈 잇눈 혼인을 위협강박으로 병사도 욕심만 치우고져 ᄒ시니 엇지 올타 ᄒ올잇가 병사룻 ᄒ시눈 칙임이 일기인의 욕심에 졀딕격 잇지 아니ᄒ고 국가 정체에 잇사오며 금일 병사눈 자긔 욕망만 치우고져 ᄒ시ᄂ 나라에셔 병사를 보너시눈 본 뜻이 여게 굿치지 아니 하엿눈이다 나라에 위론를 방어ᄒ고 국민의 치안을 아니ᄒ며 싱민을 사룽ᄒ고 싱민을 건지ᄉ 어지신 인군의 거룩하신 뜻을 빅셩의게 젼ᄒ라 하심이요 병사의 욕심만 치우고 사사로운 일노 빅셩을 쥭이랴 ᄒ심은 졀딕격 아니올시다 츈영 쇼져의 혼인 거역ᄒ눈 일이 국가에 무슨 관계 잇사오며 법율에 무슨 져축이 되얏눈잇ㄱ 일기인의 일에 지너지 못할 쑨 아니룻 만고에 열졀을 포장ᄒᄂ이 올커니 그 부모를 악형ᄒ야 쥬긔에 이르게 ᄒ오며 쇼녀의 모녀를 악형ᄒ오니 이졔 빅셩은 누구를 밋구 사룻ᄂ오릿가[102]

김춘영의 죽음이 위장된 것임이 발각되었을 때, 장옥심은 김춘영과 혼약했다는 이유로 전라 병영에 잡혀가게 된다. 위의 인용문은 죄인 아닌 죄인으로 문초를 당하면서도 박병사에게 당당하게 자신의 주장을 피력하고 있는 장옥심의 발언 중 일부다. 박병사의 늑혼 강요가 부당한 것임을 지적하면서, 그녀는 동시에 부패한 봉건 관료의 민중에 대한 횡포와 폭정을 비판하고 있다. 여기서 한 걸음 더 나아가, 그녀는 형옥을 남발하여 민중을 괴롭히는 봉건 지배층에 대한 저항의식을 강하게 표출해 내기도 한다.

---

102) 정문연본 「미인도」, 103~104면.

우리 셩군은 빅셩을 젹즈갓치 사롱ᄒ시거늘 병사는 빅셩을 사갈갓치 박멸ᄒ오니 잔약ᄒ 빅셩은 뉘구를 밋고 사올릿가 쩟쩟ᄒ 신의와 명명ᄒ 의리를 직히는 츈영 쇼져ㄱ 무슨 죄ㄱ 그닷이 극즁ᄒ시온잇ㄱ 이졔 병ᄉᆞ쏘계옵셔 빅셩을 사롱치 아니ᄒ시고 션졍을 베푸지 아니ᄒ시면 이는 곳 나롤을 쇽임이니 기군망상은 디력무도라 ᄒ는 말이 두렵지 아니ᄒ며 이졔 쇼녀ㄱ 거짓말노 쥬작부언 할진디 김진사 너외가 죽는 것도 불상ᄒ지만은 쇼녀의 모친이 죽사올 거시니 비친죵타는 극악불효ㄱ 엇지 두렵지 아니 ᄒ올잇ㄱ 쇼녀가 지금 고하난 말삼이 병ᄉᆞ쏘를 위ᄒ고 빅셩을 위ᄒ는 츙고이오니 오월비상의 원한을 짓게 마르시고 죄업는 빅셩을 쇽히 살여 보너쇼셔[103]

이처럼 장옥심은 부당한 봉건 권력의 횡포에 맞서 적극적으로 대항할 수 있을 만큼 각성했던 조선 후기 민중을 대변하는 인물인 것이다.

(4) 민중의 소망 실현

「미인도」에서 민중을 억압하고 횡포를 자행하던 부패 관료 박병사는 암행어사가 되어 내려온 윤경렬에 의해 봉고파직 된다. 이렇듯이 박병사의 처단은 민중의 저항에 의해서 이루어지고 있지는 않다. 그러나 암행어사 출두로 결국은 봉건 지배층의 가혹한 수탈과 폭정으로 도탄에 빠져 있는 백성들이 구제된다는 점에서 박병사의 봉고파직은 곧 민중의 승리를 의미하는 것으로 보아도 무방하다.

잇쩌에 김진사 너외와 황쇼사 모녀는 이 셰상에 다시 살기를 엇지 바릿스리요 혼몽ᄒ야 죽기만 기다리더니 막막ᄒ 귀결에 암힝어사 츌도 쇼리갈 들이거늘 쌈작 반겨 눈을 쩌보니 검광은 간디 업고 마피가 휘황ᄒ며 관속은 어디 가고 셔리 역졸 쑌이더니 쳔만 ᄯᅳᆺ밧게 윤경열이 왓단 말을 듯고 염왕의 쑴을 낀 듯 벌덕 이러느 어사를 붓들고 이것이 쑴인가 싱시인ㄱ 여광여취ᄒ는 즁에 장쇼져와 황쇼사ㄱ 어사를 붓들고 죵디츌ᄒ여 쌍으로 쇼삿는잇ㄱ 죵쳔강ᄒ야 ᄒ날노 날엇는잇ㄱ 경각 죽

---

103) 정문연본 「미인도」, 104~105면.

을 목슘을 이그치 살리시고 무도흔 박병ᄉᄅ 결박ᄒ야 노왓스니 영혼이 오신잇ㄱ
귀신이 오신잇가 이러타시 질길 젹에 구경ᄒᄂ 만빅셩도 츔츄고 노릐ᄒ야 만셰를
부르ᄂ 쇼리 쳔지 진동ᄒ더ᄅ 어ᄉ 급피 옥문을 통긔ᄒ고 죄업ᄂ 빅셩을 무사방면
ᄒ고 졍부사와 김진사 ᄂ외며 황쇼사 모녀까지 모다 당상에 모시고 병사를 결박ᄒ
야 졍ᄒ에 쓸이엿시며104)

위의 인용문이 보여 주듯이, 부패한 봉건 지배층 인물인 박병사에 대한
응징은 김진사 내외와 황소사 모녀의 생명을 구제하는 데에서 머무르지
않는다. 암행어사 출두로 인한 부패 관료의 처단은 나아가 민중들의 불편
과 불만을 해소시켜주고, 그들의 꿈과 소망을 실현시켜주는 방편이기도
했던 것이다. 암행어사 출두로 박병사가 봉고파직되자 춤추고, 노래하며
만세를 부르는 등 축제적 분위기를 연출해 내고 있는 민중들의 모습은 바
로 이러한 사실을 여실히 보여주는 바라 하겠다.

이상에 살펴본 바와 같이, 「미인도」에서 장옥심과 화영은 부패한 봉건
지배층의 독선과 탐학에 대항하는 민중적 인물로 형상화되고 있다. 「미인
도」는 신분제의 동요로 인하여 새롭게 신분 상승을 이루어가고 있는 이
두 여성 인물을 통해 조선 후기에 나타나고 있는 민중세계의 각성과 봉건
지배층에 대한 민중의 항거라는 당시의 시대상을 핍진하게 반영해 내고
있는 것이다.

7. 맺음말

이상에서 본고는 「미인도」의 현전하는 필사본 자료와 활자본 자료의

---

104) 정문연본 「미인도」, 112~113면.

실태와 실상을 살피고, 인물 대립 양상을 중심으로 갈등 구조의 의미를 검토하였으며, 또한 작품에 투영되고 있는 조선 후기의 사회상을 고찰하였다. 지금까지 논의된 내용을 요약·정리하여 결론을 삼고자 한다.

현전하는 「미인도」의 자료는 6종의 필사본 자료와 그것의 저본격(底本格)인 활자본 자료가 있다. 필사본 자료는 대체로 1920년대에서 1930년대 초반에 이루어진 자료들이며, 활자본 자료는 1913년에 초간이 이루어졌으며, 1972년에 후대적 이본 자료가 간행되기도 하였다. 현전하는 6종의 필사본 자료는 약간의 이본적(異本的)차이가 있기는 하나 그 변모는 대수롭지 않은 정도이며, 이들 필사본의 형성 근원은 활자본 「미인도」로 짐작된다. 그런데 이들 자료의 필사·간행 시기나 이 작품이 지닌 내용으로 미루어 볼 때, 「미인도」의 형성 시기는 1910년대로 추정되며, 동시에 이 작품은 신작(新作) 형태의 활자본 고전소설일 가능성이 크다 보아진다.

「미인도」는 순천 주변의 지리에 식견을 가지고 있는 작가에 의해 지어진 작품으로 보아지는데, 이 작품에는 다수의 인물이 등장하여 사건이 전개되고 있으며, 그 중 주요 인물은 김춘영, 윤경렬, 박병사, 김진사, 장옥심 등이다. 이러한 작중 인물 중 박병사는 갈등을 유발하고, 그것을 지속적으로 이끌고 나가는 적대자로서, 여타의 주요 인물들과 다중적(多重的)인 대립·갈등의 관계를 맺고 있다. 이러한 다중적 갈등 양상을 통해 「미인도」에서 박병사의 부정적 면모가 부각되고 있으며, 또한 그것에 대한 비판·극복도 이루어지고 있다.

「미인도」에서 박병사의 부정성(否定性)은 김진사, 김춘영, 장옥심과의 대립을 통해 제시되고 있다. 이러한 갈등적 인물 대립은 김춘영과 윤경렬의 정혼 사실을 알면서도, 박병사가 김진사에게 춘영과의 혼인을 강권함으로써 비롯된다. 이 양자간의 대립·충돌로 작품 내에 갈등적 상황이 빚어지며, 김진사가 박병사의 권세에 눌려 그의 청혼을 수용하면서 작중 인물간의 대립 관계는 춘영과 박병사의 대립·마찰로 변환되고, 갈등 상황은 위기 국면으로 치닫게 된다. 그리고 남복변착하고 은신해 있던 춘영의 존재가 '미인도'를 통해 드러나면서 박병사의 갈등 상대역은 장옥심으로 바뀌게 되며, 이로써 갈등적 상황은 그 정점에 이르게 된다. 이러한 다중적 갈등 양상을 통해 드러나는 박병사의 부정적 모습은 집권 양반층의 전횡(專橫), 호색적 탐관오리의 탐학(貪虐), 부패한 지배층의 학정(虐政) 등이다.

이처럼 박병사를 통해 상징적으로 형상화되고 있는 봉건 지배층의 횡포는 윤경렬에 의해 치죄(治罪)됨으로써 비판·극복된다. 윤경렬은 박병사와의 대립에서 과거 급제 이전에는 힘의 열세로 인해 그의 부당한 횡포에 대해 적극적인 대응을 하지 못한다. 그러나 그는 전라 어사에 제수됨으로써 힘의 절대적 우위를 확보하여 박병사와의 대립에서 승리하며, 이로 인해 박병사가 다중적 인물 대립을 통해 빚어진 갈등 상황은 모두 해소된다. 이처럼 윤경렬과 박병사의 대립·충돌은 작품의 종결적 인물 대립이며, 봉건 지배층에 횡포에 대한 응징이라는 상징적 의미를 지나게 된다. 이러한 점은 이 작품의 주제 내지 작가의식을 검토하는데 있어 중시할 필요가 있다 보아진다.

「미인도」에 등장하는 주요 인물들은 중세 봉건질서가 붕괴되면서 나타난 조선 후기 신분제의 동요 현상을 사실적으로 반영하고 있다. 실세 양반층의 자녀인 이 작품의 남녀 주인공은 조선 후기에 양반 계층의 분화로 인해 등장한 몰락 양반의 실상을 제대로 보여주고 있으며, 장옥심 모녀는 당시 경제적으로 성장해 나가던 서민 상인층을 대변하고 있다. 또한 화영의 모녀는 노비에서 양인으로 속량된 인물들로, 이들은 조선 후기 노비 신분층의 동요 현상을 사실적으로 보여준다.

「미인도」에서 박병사와 화순 현령과 같은 봉건 관료와 그들의 휘하에 있는 관속들은 조선 후기의 탐학 관리와 그 하수인을 상징적으로 형상화하고 있는 작중 인물들이다. 이들은 자신의 신분적 권세를 악용하여 늑혼과 수청을 강요하거나 형옥을 남발하는 등 갖은 불법적 횡포를 저지르며 무죄한 백성들을 괴롭힌다. 「미인도」는 이들 부패한 봉건 관료와 그 관속들이 자행하는 탐학과 수탈을 통해 조선 후기 봉건 지배층의 비리와 부패상을 여실히 반영하고 있는 것이다.

이러한 부패한 봉건 관료의 독선과 탐학에 맞서는 인물이 화영과 장옥심이다. 이들은 봉건 지배층의 횡포에 대항할 만큼 성장해간 조선 후기의 민중세계를 반영하는 인물들로 당시의 각성된 민중적 표상이라 할 만하다. 화영은 자신의 신분 상승을 무시하는 권력의 횡포에 맞서며, 장옥심은 권력을 남용하여 백성을 괴롭히고 민중에게 폭정을 자행하는 부패한 봉건 지배층의 횡포에 적극적으로 저항한다. 「미인도」는 이 같은 항거를 통해 민중세계의 각성이라는 조선 후기 사회상의 일면을 핍진하게 반영해 내고 있는 것이다.

참고 문헌

강만길, 『한국근대사』, 창작과 비평사, 1984.

권순긍, 「활자본 고소설의 간행과 유통」, 『고소설사의 제문제』, 집문당, 1993.

김종철, 「미인도 연구」, 『인문논총』 제2집, 아주대, 1991.

이상희, 「조선조 사회의 언로현상 연구」, 『한국의 사회와 문화』 제10집, 한국정신문화
　　　연구원, 1989.

이은숙, 「활자본 신작 구소설에서의 애정소설 연구」, 한국학 대학원 석사논문, 1986.

이재선, 『한국개화기소설연구』, 일조각, 1972.

이주영, 「구활자본 고전소설의 간행과 유통에 관한 연구」, 서울대 대학원 박사논문,
　　　1997.

전형택, 『조선 후기 노비 신분 연구』, 일조각, 1989.

＿＿＿, 「노비신분층의 동향과 변화」, 국사편찬위원회, 『한국사』 34, 탐구당 문화사,
　　　1995.

정성종, 『조선 후기 사회 변동연구』, 일조각, 1983.

조동일, 『신소설의 문학사적 성격』, 서울대 출판부, 1973.

＿＿＿, 『한국문학통사』 4, 지식산업사, 1986.

전광용, 『신소설연구』, 새문사, 1986.

平木實, 『조선 후기 노비제 연구』, 지식산업사, 1982.

하동호, 「개화기 소설의 서지적 정리 및 조사」, 『동양학』 제7집, 단국대 동양학연구소,
　　　1977.

한상권, 「조선후기 세도가문의 축재와 농민항쟁」, 『한국사 시민강좌』 제22집, 일조각,
　　　1998.

화순군, 『마을 유래지』, 1995.

찾아보기

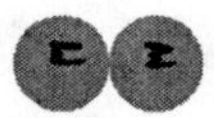

ㅈ

■ **경일남**
· 충남대학교 국어국문학과 졸업
· 충남대학교 대학원 수료(문학박사)
· 청주대 · 목원대 · 배재대 강사 역임
· 현재 충남대학교 국어국문학과 교수

【주요논문】
· 고전소설에 삽입된 상소문의 양상과 기능
· 고전소설에 삽입된 제문의 양상과 기능
· 만강홍의 공간구조와 작가의식
· 숙향전의 고난양상과 결연의미 외 다수

한국 고전소설의 구조와 의미

인 쇄　2002년 12월 16일
발 행　2002년 12월 23일
지은이　경 일 남
펴낸이　이 대 현
편 집　이은희 · 안현진 · 조유미 · 박진희
펴낸곳　도서출판 역락 / 서울 성동구 성수2가 3동 301-80
　　　　(주)지시코 별관 3층(우133-835)
Tel 대표 · 영업 3409-2058 편집부 3409-2060 FAX 3409-2059
E-mail　yk3888@kornet.net / youkrack@hanmail.net
등 록　1999년 4월 19일 제2-2803호
ISBN 89-5556-182-2-93810

가격 12,000원